Grandes miradas

Alonso Cueto

Grandes miradas

EDITORIAL ANAGRAMA
BARCELONA

Diseño de la colección:
Julio Vivas
Ilustración de Eduardo Tokeshi / Luz Letts

© Alonso Cueto, 2003, 2005

© EDITORIAL ANAGRAMA, S. A., 2005
Pedró de la Creu, 58
08034 Barcelona

ISBN: 84-339-6872-6
Depósito Legal: B. 1300-2005

Printed in Spain

Liberduplex, S. L., Constitució, 19, 08014 Barcelona

En concordancia con su naturaleza novelesca, los hechos que se narran en este libro pertenecen al ámbito de la ficción. En algunos casos, están inspirados en pasajes de la magnífica biografía *Montesinos. Vida y tiempos de un corruptor,* de Luis Jochamowitz.

A Ernesto de la Jara

Taking a chance, I think
That's where she must have gone:
Into the artifice of not forgetting
A name and what went on,
When the boys watched and owls
Heard the hammer come down.

«A Forge in Darkness»,
CHRISTOPHER MIDDLETON

He had given himself to his Dead and it was
good: this time his Dead would keep him.

The Altar of the Dead,
HENRY JAMES

Porque llevábamos algo que allí, allá, donde
fuera, no tenían; algo que no tienen los habitantes
de ninguna ciudad, los establecidos; algo que solamente tiene el que ha sido arrancado de raíz, el
errante, el que se encuentra un día sin nada bajo
el cielo y sin tierra; el que ha sentido el peso del
cielo sin tierra que lo sostenga.

La tumba de Antígona,
MARÍA ZAMBRANO

I

La luz ámbar se acerca, parpadea, pasa por encima. La noche continúa. Gabriela mira de frente, a través de la neblina del vidrio. Postes encorvados, faros rojizos, una delgada línea blanca. Junta las piernas. El chofer a su lado es una silueta vaga. Delante de ella el viento dobla las ramas, martiriza las hojas, fija una sombra en la vereda. El vértigo horizontal: paredes desolladas, dos hileras luminosas, Kola Real, Mirinda, bocaditos Chipy's. El carro acelera, como marchando hacia un abismo. El chofer frena junto a un microbús. «Trabaja y no envidies», las letras se inclinan hacia la derecha, apuntan al foco resquebrajado, forman una ola entre manchas color óxido. Más arriba, las caras en la ventana de relámpagos la observan desde una distancia congelada, un museo ambulante de la melancolía. Ella golpea el vidrio con la uña toc toc. El microbús avanza, la pista se abre, ¿vas a matar a Montesinos hoy, vas a poder?, ¿alguien sabe, te han descubierto, te están siguiendo? Toc.

No distingue la forma del zapato, mueve las piernas, se repliega en el asiento, lejos del hombre en el timón. Gabriela saca el espejo, se peina. El maquillaje le ha aclarado la piel, le ha fijado los ojos, la pintura cristaliza los labios toc toc.

El mundo va a detenerse. Va a llegar, falta poco para que ocurra, ¿falta poco para que ocurra? El grifo a la derecha, las paredes rendidas, agonizantes de mugre blanda, el poste con la

13

luz más cruel de todas las calles del mundo: un resplandor que baja como una cuchilla, la sangre amarilla del cemento. Por fin un farol, una fila de tablas, una reja. El chofer frena. Un guardia incierto se acerca, inclina la cabeza. La luz sesgada de lluvia, un murmullo de lija.

–Viene para el doctor.

–¿Su nombre?

–Es la señorita Celaya.

Un músculo se aplasta en la cara. El guardia abre un espacio del ancho del carro. La fachada, el patio, la manija redonda como un puño. Pisa, endereza las rodillas, alza la cabeza, camina hacia la escalera. Entra en una masa de viento.

Llega a un salón con mesas, un estrado, una barra, una serie de columnas. Tres mozos de saco negro pululan entre las sillas. Gabriela se acerca. Un muchacho –cara triangular, pelo en forma de casco, ojos lánguidos como velas– le señala el corredor. La salsa vibra en un parlante. Hay dos parejas que bailan.

Las manos expeditivas de un tipo que le abre la cartera, tiene brazos de boxeador, le toca la ropa.

–Venga.

Lo sigue hasta otra puerta. Entra a una suite: paredes celestes, bustos blancos, una alfombra granate, vasijas plastificadas, una cama de barrotes amarillos, las hélices redondas de dos caños, una planta colgada.

Se sienta en la cama. Extiende las manos. Mira la puerta. ¿Se abriría pronto? ¿Entraría, la abrazaría, la besaría?

El breve tambor de pasos. La puerta se abre. No es él. No es él.

Lo ve acercarse. El pelo encrespado, la barra sucia de un bigote, una arruga en la tela negra. Recorre el cuarto, toca las cortinas, entra al baño. Hace todo mientras habla por teléfono en voz baja, como un cura que confiesa.

El hombre apaga el celular. Se aparta. No la ha revisado. No la ha revisado. Gabriela lo ve salir.

Espera sentada, columpiando una rodilla. Él aparece. Terno azul, camisa granate, peinado redondo, una mueca risueña. Es él. Es Montesinos. No puede apartar los ojos. El cráneo húmedo, las mejillas altas, los ojos secos de ofidio, la nariz afilada, la piel de escamas y puntos, el grosor de la sonrisa. Lo ve acercarse, tocarla en la mejilla, decirle mi amor, mi amor, mi amor, mi vida, viniste por fin, ahora sí, vidita. Una camisa con una abertura en forma de V que lo horada, una tela decorada por botones anchos, como medallas, un perfume azucarado. La rodea con los brazos y la besa. Le insiste con la boca ahogada en la piel, qué linda eres, mi amor, por fin, mi amor, por fin. ¿Y qué hiciste estos días? Cosas del gobierno, siempre las cosas del gobierno, los viajes que me tienen esclavo, oye. Él se aparta. Se abre el saco, se deshace la corbata. ¿Bailamos? Pone un CD. El piano lento. La voz sudorosa. Él se acerca, la sostiene, se mueve con ella. La música termina.

Gabriela lo toca: el placer viscoso de la tela, el abandono en el hombro, el buceo de la carne tibia. Rendirse, alzarse. Tocarlo en la lentitud, en el silencio. Esperar con la dureza de la repugnancia, de la nostalgia, besarlo con los ojos impunes. Una mano en el pecho contra el llanto y la otra aferrada en la otra piel. Igualar su energía, prolongar el pacto con su aliento, ponerse la corona de reina.

Baja el brazo. Siente el borde de la navaja.

II

Cinco meses antes

–¿Vas a venir temprano? –dice Gabriela.
La pregunta ya se ha formado, cristalizada en el aire del teléfono; una frase culpable, un gesto de fuerza que la debilita. «No sé todavía», contesta Guido. Ella está a punto de agregar mejor cuídate, yo voy a tu casa, pero él agrega:
–No me siento muy bien. Estoy empezando con la gripe.
–Mejor vete a tu casa. Yo voy y te hago un té con limón.
–De todas maneras voy a verte un ratito, Gaby.
Gabriela cuelga. El susurro de Laura Pausini, la aparición de su madre desde el corredor, quieres que te ayude en algo, hijita, los pasos lentos, la bata de flores derretidas, su pelo, un torrente plateado de fantasma.
–¿Qué haces aquí? Acuéstate.
–Te ayudo.
–Déjame a mí. Yo voy a cocinar.
–Pero...
–Anda, vete a ver tu novela. Yo voy a hacer una sopita. No te preocupes.
Los susurros de la telenovela al otro lado de la pared. Gabriela tapa la olla, limpia y ordena los platos en la mesa, barre el piso. Se sienta a esperarlo.
Por fin, el ruido del timbre, un salto rápido, la salida hacia

16

la puerta. Guido parado en su terno oscuro, la sonrisa disminuida de sonámbulo, el saco plegado, la palidez entera de sobreviviente.

–Aquí te caliento la sopa en un ratito.

–Me siento hasta las patas.

–Bueno, pero te va a hacer bien. Un ratito nomás y te sirvo.

–¿Nadie llamó?

–No.

–¿No hubo otras llamadas? ¿Nada raro?

–No, no. Nada.

Gabriela lo lleva a la mesa. El plato de sopa, un vaso con limonada caliente, una servilleta blanca, y dos tabletas de aspirina. Una ofrenda en un altar.

–¿Y tu mamá?

–Adentro, viendo su novela.

Comen mientras ella le habla de su día en el colegio. «Los chicos están tan malcriados. Debe ser la recesión que está golpeando los nervios de sus padres. Todo el ambiente de las casas debe ser de lo más tenso. Además, con este gobierno...» Al fondo, la música infartada de la telenovela, las exclamaciones de su madre y de la enfermera, ay, qué hombre más canalla Juan Francisco, qué tal sinvergüenza.

–Tu mamá grita bien. Parece que está recuperándose.

–Sí, parece que se puso bien sólo para ver la novela.

Tiene los ojos líquidos, la frente rociada de sudor.

–Creo que mejor me voy a acostar.

–Una buena dormida es lo que te conviene, oye.

Lo ve pararse. Se para con él. Lo acompaña a la puerta. La luz blanca del poste, el beso, la cabeza contra el pecho.

Javier, periodista de la televisión, entra al gimnasio con una sonrisa prefabricada. Lanza un saludo general a los demás, piensa que es el salvoconducto para el olvido y se sube a la bicicleta, un trono temporal. Desde allí mira el museo de pesas, máquinas y bolsas de boxeo. El ejercicio y la ducha de las cinco, las últimas escalas de la tarde, los trámites del cuerpo, un pretexto para la soledad. El trote y las pesas y la cortina de agua, barreras antes y contra el noticiero, contra los corredores del canal, contra su gesto de robot risueño frente a la cámara, su cara de emitir noticias. Es así. Llegar, ponerse la corbata, aclimatar una cara de muñeco frente al ojo vibrante, decir buenas noches, amigos, hoy el presidente Fujimori anunció una donación de computadoras, y aquí nuestros principales titulares; monologar una hora, sonreír con inocencia, despedirse. Era una cuestión de poner el cuerpo, repetir las frases, estirar el cuello como un cisne de fierro hasta la negrura bienvenida de la medianoche (un Dormex a esa hora o los dos de madrugada).

Su vida, un campo de entrenamiento de caras felices, un payaso serio repitiendo bromas frente al ojo oscuro del mundo. Esa tarde, después del gimnasio (y de la sala vacía y de la cara de su esposa Marita: «Allí está tu sopa, gordi, ya te mandé planchar tu camisa»), otra vez las paredes de manchas largas del canal, otra vez el polvo del maquillaje frente al espejo, ¿ponemos nuestra cara de cojudos o todavía? Ay, cállate, le decía Jimena que leía las noticias a su lado, pero si es la verdad, pues, mira, buenas noches, amigos, hoy es miércoles veinte de mayo del año 2000 y éstas son las principales noticias cuando debería decir buenas noches, amigos, yo soy el mayordomo comisionado a la pantalla y vengo de parte de los cocineros de este canal que en coordinación con los delincuentes de terno y corbata del SIN les han preparado el siguiente bufet de comunicados oficiales. Aquí va la bola perfumada que les hemos empaquetado. El gobierno donó diez tractores y veinte carros patrulleros, ñaca, ñaca, chúpense ésa. El ministro anuncia donación de cien computadoras, jojolete, va por ustedes. Viva nuestra Fuerza Armada, viva el presidente Fujimori, viva el doctor Montesinos, arriba esas palmas, compañeros. Eso es lo que tenemos que decir, Jime, sólo que no. Nunca la decencia de reírse mientras habla. Debía velar por su sueldo, por su hija, por su terno, por el brillo en sus zapatos, por su pijama sin huecos, por su esposa Marita que es la sobrina del dueño. Nunca ponerse la nariz de payaso frente a cámaras ni dibujarse la boca roja ni ponerse el traje a colores. Un payaso circunspecto, un bufón crispado, un malabarista paralítico. Ñaca, ñaca, jojolete. Buenas noches, señores, el más cómico de todos los saluda, los informa y se despide gritando que viva el circo.

Se levanta, entra al baño, se despide rápidamente de Marita, la cara de nueve años, la piel tibia de Paola («voy a verte, papi, no me duermo, voy a verte»), y se sube al Peugeot que el canal le acaba de regalar. La hilera de carros rabiosos, los casetes de Chico Buarque contra el ruido de afuera, hasta las escaleras de piedra plastificada, sube a toda velocidad, como huyendo de algo que sube con él.

Adentro, la rutina esperada. La reunión con Tato, el repaso de los papeles, las pastillas. La música rápida, el conteo. Javier está sentado. Las facciones profesionales, el esbozo risueño, el medicamento de las palabras: «Buenas noches, amigos, hoy es miércoles veinte de mayo y éstas son las principales noticias de la jornada...»

Al amanecer Guido se siente liberado del velo de la gripe. Se levanta, se ducha. Llama a Gabriela. Sale a la avenida San Juan, encaja el cuerpo en un Tico.

Entra por una puerta lateral del Palacio de Justicia, devuelve una sonrisa en el corredor, llega al cuarto piso, pasa saludando a los secretarios, se sienta en el escritorio, y encuentra un papel con una orden, «MUERE BASTARDO». Lo arruga, lo hace una bolita y lo tira. El pequeño bulto rebota y rueda como un animalito indefenso, se pierde en la esquina.

Mira a su asistente Artemio, que se ha peinado hoy día, que lo saluda, que le entrega los expedientes, que le informa lo que va a pasar en el juicio sumario de la semana, el informante está listo. Se encontraron armas en la casa de un señor. ¿De quién eran las armas? El señor dice que de su vecino López Meneses. La policía entró a la casa de López Meneses y encontró un arsenal. Tienes que hacer el informe acusándolo, pero ellos te piden que lo exculpes. ¿Por qué? Por una sola razón. Porque López Meneses es íntimo amigo de Montesinos, ¿vas a hacerles caso?, ¿vas a exculparlo? No, no, no voy a hacer eso. Hay que hacer justicia. Si no, ¿para qué estamos, Artemio? Bueno, si quieres meterte en líos... tú ve lo que haces, Guido, te han pedido que exculpes a López Meneses y vas a acusarlo en tu informe, puta madre. Ya sabes lo que te va a pasar, compadre. Montesinos va a reventarte a palazos, Guido, eso es lo que va a pasar, ¿me entiendes?

–¿Pero tú has revisado el caso?

–Sí.

–López Meneses tenía un arsenal.

–Pero el otro día me dijeron que te diga: dile a ese cojudo que se ponga en línea. El Chato Rodríguez te ha dicho que tienes que fallar por López Meneses.

–¿Por qué?

–Porque López es amigo, como uña y mugre con Montesinos.

–Eso no lo puedo hacer, Artemio.

–¿Tienes algo contra López?

–No, pero es lo justo, pues, Artemio.

–¿Lo justo? ¿En qué mundo vives, compadre? Estamos enterrados en la mierda y te pones a hablar de lo justo.

Abre la puerta y ve la cabina de teléfono. ¿Iban a llamarlo también allí? El número 413, los tubos circulares de neón, el hueco de aire, los dos barrotes. Atrás el pequeño despacho, la salita de los secretarios. Voltea, ve la puerta de madera del 24.º Juzgado, la manija de fierro amarilla, el vidrio granulado, y le parece un lugar extraño. ¿Por qué regresar, por qué seguir?, piensa mientras tuerce a la izquierda y baja la escalera.

Por lo general Guido salía por una de las puertas laterales del edificio. Cuando me muera a lo mejor entro por las escaleras principales, le ha dicho a Artemio. Pero hoy decide bajar del cuarto piso al salón principal, enfrentar las escaleras de mármol, no escapar, mirar en la cara a los que se cruzan con él, saludarlos con una sonrisa anticipada, los ojos que se apartaban para señalarlo, oye, allí está Guido, uno de los jueces que no le obedece a Montesinos, ¿qué van a hacerle?, el rencor aplazado, las preguntas que lo aíslan, ¿verdad que tienes muchas presiones, que te llaman, que te insultan, verdad?

Baja las escaleras junto a las estatuas de los leones, ve las palmeras cortas, el pájaro inmóvil y exaltado, las banderas caídas, el gris esplendor del cielo. El peso del maletín lo llevaba a caminar con una inclinación algo torpe, como la de un tullido incipiente. A la mitad de las escaleras, se estremece el celular, la minúscula pantalla marcando un número desconocido, él memoriza las cifras y las escribe en la agenda. Se lleva el teléfono a la cabeza, en un gesto que parece el de un suicida con una pistola, «hola, concha tu madre, ya sabes lo que vas a hacer, el informe lo tiene que limpiar a López Meneses, compadre, porque si no, cuidadito que te vamos a meter el dedo, huevón». Guido dice muchas gracias, señor, apaga sin detenerse en las escaleras, cruza la calle entre los microbuses y pasa junto a los bueyes de bronce negro, los faroles de tres bolas sucias, una palmera desgarrada, una muchedumbre de peatones taciturnos, cabezas resignadas y tenaces. Llega a las puertas del Hotel Sheraton, mira la hilera de cajones de la gran pared y voltea en busca de un taxi en la procesión de humo. Deja pasar algunos carros, evalúa las caras tras los vidrios, por fin escoge uno al azar, el que viene más lejos, se desliza en el asiento de atrás, acomoda las piernas mirando la cara en el espejo, fija brevemente los ojos y da una dirección. Ofrece cinco soles y el conductor asiente con un ruido de saliva.

El taxi se abre paso por entre el carrusel de fierros rotos, enfila hacia el parque, baja a la Vía Expresa y se va perdiendo bajo las barandas de óxido. A su derecha, Guido ve pasar el bloque ovalado del Estadio Nacional. La pared está cubierta por un rocío duro de polvo. Un color abandonado, vagamente

21

sórdido, una mezcla de azul y verde matiza su patético esfuerzo de ser una construcción monumental. Un virus antiguo y metódico parece haber lamido la superficie, agujereado las ventanas, desmentido cada borde de la pared; una dolencia de la materia que nunca termina de matar el edificio, una enfermedad que lo mantiene vivo y adolorido, royéndolo lentamente sin darle el golpe de gracia.

Guido le pide al chofer que suba hacia la avenida Canadá. Mira hacia atrás. Nadie. El taxi toma la rampa, para en el semáforo, dobla a la izquierda y después de una velocidad cortada de baches entra a la avenida San Juan. Guido se baja frente a su departamento.

Apenas si están los dos o tres muchachos de siempre en la esquina, el Chato Palacios que lo saluda, el zambo de patillas en la pollería que le pregunta si va a ir a comer, están bien jugosas las pechugas hoy, por qué no se viene. Guido le dice que no, gracias, que otro día, pasa por el garaje, entrevé los faros de su venerable Opel en la puerta y llega a las escaleras. En el tercer piso la puerta intacta, los casetes en su sitio, el estante humillado por la carga de libros, el sofá negro, la cama de madera, los auriculares del equipo de música colgando desamparados, la mesita de casetes: Frank Sinatra, Barbra Streisand, dos novelas de García Márquez, cantos gregorianos y Haydn. Mira el celular y lo tira en el sillón. El aparato rebota dos veces y por fin se rinde sobre un cojín. Entra a la cocina, el vidrio helado de la cerveza sobre los dedos, prende la radio, prende la televisión y marca el número desde el que lo llamaron. Nadie contesta. Por fin un timbre largo, un silencio, un pito.

Apaga. El café, la pastilla, el doble cerrojo, las barras en el vidrio. ¿Podría llamar a Gabriela? ¿Lo estaban grabando? Mira el teléfono.

Artemio se levantó, pasó junto a los demás secretarios y entró a la oficina de Guido. Se sentó frente a la máquina de escribir y estiró los brazos en un gesto de triunfo. Tenía pómulos carnosos, ojos ligeramente desorbitados y orejas largas y tiernas como las de un elefante joven. Recorrió los estantes de libros y archivos, apagó la radio, miró el crucifijo, la Biblia abierta, y levantó el teléfono hablándole al vacío: «Aquí no aceptamos presiones, señor. Así que tenga usted la bondad de irse a la mierda, por favor. Sí, sí, a la mismísima mierda, si me hace el servicio. Muy amable, señor.»

Artemio imitaba la voz de Guido subrayando tonos graves y estirando las sílabas hasta lograr un tono operático. Desde que era su asistente, lo había querido y tratado de entender. El doctor Guido Pazos, un caballero aterrizado en el Palacio de Justicia, un sacerdote sin cáliz, un santo sin aureola. Las amenazas insistían («si no nos haces caso con este fallo te vamos a matar, huevón», «te vamos a meter el dedo por el culo y a sacártelo por la boca de pelotudo que tienes, ¿me entiendes?»). Para oírlas, Guido había fortalecido los huesos de cada oreja, había vaciado un muro de aire, el cemento armado del silencio, sus frases siempre más acá, al borde de una respuesta. No les contestaba los mensajes, hacía un ruido de insultos, se había acostumbrado a colgar el teléfono con tranquilidad. Sentado en la silla de su jefe, Artemio imitaba una respuesta a la amenaza. «Tenga la bondad de irse a la mierda, señor.»

Artemio colgó el teléfono imaginario. Los expedientes en torres sobre su mesa. Los anaqueles de archivos negros, los libros de leyes empastados, el altar en el que Guido oficiaba la misa de su probidad todos los días. Artemio recordó la escena del día anterior. Primer acto: un tipo de terno y corbata roja, alto, callado, cortés, pregunta si éste es el escritorio del doctor Pazos y deja «de parte del doctor Rodríguez», un sobre «urgente y personal», un rectángulo blanco en una esquina del escritorio. Segundo acto: Guido entra poco después, abre el sobre, encuentra el fajo de billetes, grita qué tales hijos de puta, sale con el sobre hasta la oficina de Rodríguez Morales. Tercer acto: le dice a Rodríguez tome, doctor, aquí tiene su plata, a mí no me compra, doctor, así que ya sabe. Epílogo: regresa a la oficina con la cara incendiada. Era una obra no con aplausos sino con insultos finales.

—Puta madre, me mandan la coima con un mensajero. Qué cabrones.

El teléfono disolvió el recuerdo de Artemio. Era Gabriela.

—Hola —dijo Artemio.

—Dime, ¿no sabes dónde está Guido?

—Me dijo que se iba para su casa.

—Pero no contesta el teléfono.

—Ah, no sé.

—Voy a ir a verlo.

—Ya. Pero no te preocupes, oye. Allí debe estar llegando seguro.

Artemio se puso de pie. Guido. ¿Dónde estaba? ¿Muerto, ejecutado, enterrado en la montaña de billetes que no había querido?

Gabriela sale a la pista. Se para frente a un Toyota amarillo, se desliza en el asiento, los ojos del chofer la cruzan, la descartan con un parpadeo, ella se repliega, mira hacia delante, da la dirección. Marca el número de su amiga Delia. ¿Aló? Oye, estoy llamando a Guido y no me contesta. ¿Has ido a su casa? Estoy yendo, ¿tú crees que le habrá pasado algo? No te preocupes, flaca. Debe haber desconectado el celular. Allí lo encuentras seguro. No te preocupes. Nada le va a pasar. Gracias, Delia. Gabriela cuelga, mira el aparato. Delia parece sonreírle en la pantalla. Ahora en su lugar aparece la cara de Guido.

Guido, Guido. El perfil sólido, los labios crispados, la decencia amurallada en los párpados, la cara de Guido resucitada de una juventud sin heroísmos. En el semáforo, Gabriela recordó el primer día, en el patio de la universidad, cuando atravesaron juntos la puerta, cuando salieron a la avenida Javier Prado, después de la clase de Derecho Familiar. Casos. Abandonos. Pensiones. Montepíos. En vez de Derecho debíamos estudiar Psicología, un abogado tiene que ser un poco psicólogo, ella se rió con él y lo vio desaparecer en la esquina. Esa noche había retenido su perfil en la oscuridad y se lo había imaginado besándola, el sonido de sus labios sobre ella, la extensión de su abrazo en ella, pero en realidad no fue sino hasta que Delia se lo presentó en el patio de entrada, frente a la casa Tudor de ese local, la Facultad de Derecho de la Universidad San Martín de Porres, el rumor sostenido como el mar del tráfico al fondo, la mañana que estaban estudiando para el examen de Derecho Laboral. Sí. Ya nos conocíamos, hola, cómo estás, las separatas dispersas en el patio, la sonrisa de muchacho triste, la camisa rozando su blusa, Guido sacando el cuaderno del curso, desde el primer día la había asombrado la diligencia de su bondad, la disposición de sus pequeños servicios, las maniobras de la cortesía, ¿te acompaño al paradero?, ¿te presto las separatas?, imagínate que estoy estudiando a estas alturas, yo era seminarista en realidad, iba para cura pero me salí y aquí estoy, pues. Pasé de cura a abogado. Bueno, pero los curas y abogados en algo se parecen. Que siempre andan de negro y bien vestidos, ¿no?

Después las vacaciones, los nuevos cursos, las fiestas, las idas al cine, los amigos por las noches, el primer beso saliendo del cine una madrugada, Gaby, ¿quieres que estemos juntos?, ¿quieres ser mi novia?, la secreta exuberancia de la piel, el marrón brillante de la mirada, la tibieza fulminante, las visitas de Guido a su casa, los cariños a sus padres, Gabriela le había dicho que la vida se le había convertido en una espera de su traje de novia junto a él.

Había terminado la carrera mientras continuaba su trabajo como profesora en el colegio, decidida a que su matrimonio fuera el siguiente peldaño, la ascensión a una meseta firme, la velocidad estable de crucero de una vida segura. Cuando él había decidido presentarse a la academia para ser juez, Gabriela se lo dijo. El Poder Judicial es un estercolero, una porquería, Guido, eso ya lo sabe todo el mundo, y no sé por qué tú, si puedes trabajar en un estudio, si puedes dedicarte a la actividad privada, no sé cómo puedes querer...

25

Pero él siempre la atajaba. Si el Poder Judicial es un estercolero, hay que entrar para salvarlo. Si los abogados decentes se dedican sólo a la actividad privada, ¿qué va a pasar con el sistema de justicia? Vamos, vamos, Guido, no seas iluso. ¿Quién quiere salvar al mundo hoy en día? ¿Quién le lleva flores a Bolognesi, Guido? No seas loco. ¿Quieres salvar al mundo, Guido? Sálvate tú por lo menos. Y él arremetía. ¿Qué pasa si todos los abogados se dedican a la actividad privada? ¿Y cómo va a irles bien a los abogados privados si el sistema judicial es una basura, pues? Un juzgado no es una oficina, un juez no es un trabajador así nomás, es un dios de los hechos, les da su valor, los hace significar algo, un juez es una brújula, alguien a quien los justos del mundo observan con esperanza, así la gente puede creer que todo lo bueno, el trabajo, el amor, la honestidad, son posibles, que la vida en comunidad, que la sociedad tiene sentido. ¿No te das cuenta? Bueno, así será, como tú dices. Te insisto, ¿cómo van a trabajar los abogados privados si no hay un sistema judicial decente, Gaby?

Le habían contado que había tirado el teléfono a un vocal que le había insinuado fallar por un pariente. Había mandado devolver a gritos una botella de gaseosa que un litigante había dejado a uno de sus secretarios. Todos los indicios apuntaban al mismo diagnóstico. Tenía un defecto admirable. Era un maniático del bien. Un ángel con la espada ardiendo por la justicia. Su trabajo como juez le daba empleo a su idealismo. Estaba decidido a entregarse a una causa. Esa causa era la justicia. Las coimas, las influencias, los arreglos lo enardecían como si fueran blasfemias pronunciadas frente a un devoto. Capaz de perderse en raptos de furia moral, llegaba al punto del jadeo y la piel tensa y el comienzo del grito hasta que inclinaba la cabeza en su regazo y pedía disculpas por su rabia. Gabriela sólo podía recuperarse en la ternura de verlo rendido.

Y ahora, y ahora, ¿lo va a encontrar en su casa?

El Toyota tuerce en la avenida y Gabriela puede ver las escaleras de la casa. Su amigo Javier, el ahora periodista de la tele, se lo había preguntado alguna vez y ella no había terminado de contestarle. ¿Por qué tu pata Guido es tan seriecito? ¿Por qué es tan recto, quién se ha creído ese tipo, oye?

Gabriela baja del auto y sube las escaleras. ¿Guido en el piso de su departamento con un balazo en la cabeza? ¿Lo han encontrado los agentes del gobierno? ¿Ya lo han matado? Toca la puerta.

III

Fujimori mira hacia arriba, el territorio amplio y disperso del techo, el blanco ajeno que lo asimila, lo dispersa, lo extravía. En ese instante, suena el teléfono. Alza la cabeza, un animal que tensa las antenas, alerta la piel. Se levanta, entra al baño. El teléfono insiste. Mira las paredes. Camina lentamente hacia el aparato. Lo levanta en silencio, tratando de anticipar la voz, evaluar, esperar, cómo escapar del hombre que lo llama.

–Presidente.

–¿Sí?

–Buenos días, señor presidente. Acá tengo un encargo del doctor. Me dice que si puede venir.

–¿Hoy?

–Sí, hoy. El doctor lo espera.

–Ya. ¿A qué hora?

–A las diez.

El presidente asiente con una sílaba dudosa, cuelga y regresa al baño.

Gabriela se ha bajado del taxi sin pagar y el chofer la persigue por las gradas. Lo ve a su lado: señorita, son seis soles, señorita, págueme. Los dedos temblando, abriendo la cartera, moviéndose entre la escobilla, el lápiz de labios, las llaves, por fin el monedero, el cierre atascado, la puerta de Guido. Mientras logra sostener el monedero sigue golpeando con el puño y el chofer insiste ahora en silencio, tranquilizado por la desesperación de las manos, intimidado por su cara de papel. Mientras las monedas saltan y ruedan por el piso de losetas, mientras se agacha a recogerlas, como por un acto de prestidigitación, la puerta se abre.

De pronto el cuerpo cálido de Guido, la cara abierta por el asombro y la sonrisa, mirando de reojo al taxista mientras Gabriela: «Ay, estás aquí, te estuve llamando pero no contestabas, ¿qué te pasó?», el monedero se le cae, ahogada por la felicidad, el colmo del descubrimiento de verlo vivo, la gran lluvia, el festival del ruido, la avalancha de monedas a su alrededor.

El doctor Montesinos se sienta en uno de los sillones de cuero y se mira de lejos desde la cámara.

A su alrededor, los objetos congregados como sirvientes. La lámpara alta, el paisaje marino, el parlante rectangular.

Revisa los papeles, presiente el rasguño silencioso de la cinta, se representa de perfil. Una calvicie de piedra le había devastado la frente pero el peinado de laca le cubre la cabeza salvándola de una total intemperie, honrándolo con el aspecto de un galán tardío.

Los ojos fijos, la piel escamosa, el cuello corto le dan un aspecto de ofidio sobrealimentado. Tiene una cara paralizada por la costumbre de no moverse. La única clave de esta cara es la curva de la boca. Él piensa que es un radar de los cuerpos que lo rodean. Pasa de una cortés tensión implosiva con sus conocidos a una dulzura crispada con sus mujeres, a una liberación de carcajadas con sus compinches.

Sus anteojos son un objeto estelar: ligeramente ensanchados, se alinean con las cejas y disimulan parcialmente las ojeras. Al lado izquierdo se elevan formando una diagonal de locura aplacada. Un grano oscuro le marca un lado de los labios y otro, ligeramente más grande, la garganta. Los ojos, lentos y sólidos, despiden una luz sostenida. Estos ojos laterales, cuyo poder está basado en lo que podría llamarse una opacidad vibrante, parecen absorber la luz de los alrededores para integrarla a un sistema interno, un hueco negro que absorbe toda la materia circundante en su vacío. Las orejas son un espectáculo aparte: pequeñas, abiertas y pegadas furiosamente a la cabeza, parecen artefactos instalados como sensores. La garganta ancha y corta tiene la protuberancia de una manzana de Adán. Busca siempre disimularla haciéndose un nudo impecable.

Pero no es su cara sino su cuerpo el verdadero espejo de su vida, su cuerpo hecho de una sucesión de círculos diseñados para adecuarse a todas las formas en las que pueda presentarse el mundo. Su ligero sobrepeso le da una autoridad solvente que un hombre más grueso o más delgado nunca habría logrado. Sus ternos azules, sus camisas punteadas o granates, sus corbatas largas brillan desde lejos y justifican para muchos sus costumbres (cachetear a un guardia, gritar a algún coronel, insultar a los choferes). La punta de un pañuelo de rombos blancos asoma a veces como una medalla en el lado izquierdo.

Ha dividido su cuerpo en infinitas fracciones que monitorea siempre y muy de cerca. Cuando habla, hace descender los labios en un gesto lento que suelta una voz acelerada. Los movimientos de la boca parecen ocurrir a una cierta distancia de las palabras, como si no coincidieran con los sonidos que emiten. Tiene una voz cavernosa pero precisa, que suelta fórmulas de apego («hermano», «compadre») como tics de un afecto ejercitado.

Ha ensayado una postura a lo largo de su vida. Es una posición que estira el cuello y gradúa la cara en una escala inapelable, entre la ilusión del contacto y la confirmación de la distancia. Su voz es frontal hasta la violencia y cortés hasta la efusividad, dependiendo de la cara que tenga al frente. Toda conversación es un campo de batalla o un ensayo de seducción o casi siempre ambos. Usa las palabras para engullir y triturar a quien lo escucha. El secreto de su poder es hacer sentir a salvo a las personas que lo rodean.

La miseria es su elemento. Nada en la miseria con la fluidez y la velocidad de un anfibio que finge salir ocasionalmente a la superficie. Se introduce en un pozo de agua sucia todos los días. Las reuniones para fijar coimas y arreglos son fuentes de la eterna juventud de las que emerge más fuerte y saludable. Esa tarde está mirándose en la pantalla junto a los jueces que acaban de estar allí. Piensa que tienen las caras embrutecidas por la sumisión de verlo.

El timbre de la caja suena a su lado. El doctor deja los papeles en uno de los cajones y extiende la mano para apretar el botón.

El presidente acaba de entrar al edificio.

Ángela sale a la avenida. Una hora de viaje hasta el periódico. Los microbuses azules, amarillos, verdes; la ira lenta de la calle. Camina por la vereda, los edificios de ladrillos ajados parecen los restos de un bombardeo. Ángela llega a la caseta metálica bajo el puente. Mira a su alrededor. Los asientos de cuero desollado, la señora abrumada de bolsas en un asiento, una asamblea de máscaras de cera. Se sienta detrás de un chico de maletín.

El microbús avanza. La imagen del Corazón de Jesús, la llama de un foco rojo, la cabeza ahorcada de un perrito marrón, una hilera de calcomanías de colores. Ángela inclina la cabeza en una de las grietas del vidrio. Una hora. Una hora de viaje hasta los muros del diario en Magdalena, junto al barranco. Allí donde la esperan la silla de plástico y fierros, las paredes de triplay, las teclas engomadas de la computadora, los ojos de sapo de su jefe, don Osmán. El periódico de letras rojas y verdes, con los titulares que ella misma se veía escribir: «Viudo estrangula a hija mientras hacían chuculún», «Profesor gay firmaba nota a los alumnos en el catre», «Pituco Andrade se ríe de los pobres», «Toledo dice que será necesario bañar el Perú con ríos de sangre». Ángela se imaginó su propia vida narrada en titulares. «ÁNGELA MARO SE LOQUEA DE TANTA MIERDA Y SE

PRENDE FUEGO». El microbús avanza: el perro ahorcado, el foco en el Corazón de Jesús, el salto entre los fierros.

Te estuve llamando, Guido. ¿Por qué no me contestabas? Te llamé no sé cuántas veces, oye. No estoy contestando el teléfono, ese compadre que me llama a amenazarme se pone muy pesado, ya me da risa, la verdad, me quedé revisando una apelación aquí nomás, con el celular apagado, tengo que entregar el informe pasado mañana. ¿Qué pasa? Bueno, ya sabes que López Meneses tenía las armas pero me piden que no lo ponga en el informe. Ay, Guido. Esto está totalmente podrido, tienes que dejar eso, Guido, nadie se va a enterar que has sido tan decente, todo está tan podrido, quién se va a enterar que fuiste tan honesto. Voy a saber yo y por supuesto tú, Gabriela, no sé, nuestros hijos, nuestros hijos, será algo en los genes, pues, ¿no? Debe ser una cosa hormonal que no me sale aceptar las coimas, no es ningún mérito ser como es uno tampoco. Pero ya no hablemos de eso, Gaby.

Gabriela lo siente alrededor. Sus brazos se cuelgan. La lleva hacia el dormitorio. El cuerpo en el aire. El abrazo de que él esté vivo, está aquí, Guido.

IV

Javier sale del edificio. La claridad nocturna de toda la ciudad. Ve el barrio de casas cuadradas y bajas, los tanques de agua, las tuberías en los techos, los reflejos opacos en la pista. Las sombras son fuentes de revelación. Se conoce una ciudad durante las noches. El día revela la apariencia de los objetos pero la oscuridad sugiere sus identidades, desnuda sus pretensiones, revela lo esencial en ellas. La gente sostiene sus esperanzas, sus máscaras en las oficinas, pero se rinde ante quienes son realmente en el cansancio de los bares y las casas, las claudicaciones de la noche. ¿No sería ése un breve primer verso para un poema? Dedícate a la poesía y no a la televisión, Javi.

Enciende el Peugeot. Piensa que el carro es superior a él, más firme, más bello, más generoso. La solidez iluminada de la consola, el vigor sosegado del motor, la constelación multicolor de la carrocería. Ve una araña dentro del carro. Mientras decide si va a matarla, prende el motor.

Avanza sin rumbo. Podía volver a su casa, besar a su hija y acostarse junto al cuerpo lavado de Marita o ir a la casa de la Chana donde alguna de las chicas iba a atenderlo. De todos modos el cuerpo aceitado de la Tula o de Meche, cualquiera de las dos era preferible a la mascarilla dormida, la boca descolgada de su esposa.

Decide seguir por la doble pista de la avenida Arequipa pensando que las caras anónimas hacen mejor compañía que las conocidas. Ver la frente, los hombros y las piernas de alguien, deducir en su manera de pararse si tiene deudas, si vive con sus hijos, si gana más de dos mil soles mensuales. Hay piernas de mayordomos y hay piernas de contadores y hay piernas de gerentes. También hay piernas inciertas, las de los apaleados, los indecisos crónicos, los cobardes que sobreviven aferrados a su partícula del mundo. No siempre se puede reconocer gestos, evaluar posturas, adivinar las almas. Leer cuerpos es un entretenimiento. En los racimos de las esquinas no pudo singularizar a nadie: sombras movedizas, la red negra de árboles, una cara casual en el resplandor.

Poco antes del puente Javier Prado, como un presagio del pasado, una forma familiar que se abre paso, un objeto cortando la racha anónima. Es el Opel de Guido.

¿Gabriela está con él? Su pelo, su cabeza alta.

Es ella.

Las luces se alejan. Guido está llevando a Gabriela a su casa. Los sigue, las dos sombras entrecortadas en la ventana trasera. Pasa frente al antiguo cine Country, dobla a la derecha, llega a la calle Miguel Iglesias. El Opel de Guido se para. Javier apaga las luces. La ve besarlo y bajarse y llegar a su puerta abrazada de él. Guido regresa a su carro.

Ese mismo Opel de un tiempo antes, en la universidad, cuando Guido era estudiante como él y sería el novio de Gabriela.

La calle desierta, el ruido de una bocina, la vaga música de la radio. Javier se acerca a la casa. Ve la luz.

Da una vuelta a la manzana, se lleva el celular a la cabeza.

—Aló, Chana. Dile a la Tula que me espere, ya sabe. Que no se vaya con otro, que la mato. Pago llegando nomás, ya sabes.

Maneja bajo los árboles. Se detiene. Golpea el piso con el pie. Ve un manojo de ramas, la sombra de una garra.

Marca el número.

—Aló, Gabriela, soy Javier... Hola, hola... Oye, vi tu ventana prendida... Estoy aquí a una cuadra. Aquí nomás... ¿Quieres dar una vuelta?

34

Arriba, una fracción de luz, una cicatriz en la pared, el vértice de James Dean, el marco de aluminio. Abajo, el perfil cristalizado en la lámpara. La cabeza se queda en la ventana, hace una inclinación de asombro y de interrogación, preguntándose qué ha venido a hacer a esa hora, tan elegante y famoso y necesitado, él debajo de ella a la intemperie de sus preguntas.

—Hola.

—Javier. ¿Qué haces aquí?

La risueña irritación provoca una pausa, lo hace regresar.

—¿Cómo has estado, Gabriela?

—Bien.

—¿Quieres ir a tomar un café?

—No puedo —Gabriela baja la cabeza—. Voy a bajar, espérate.

Un paso atrás. Por fin la puerta se abre, la sonrisa inacabada, la cara intacta del recuerdo.

—Es tardísimo. ¿Qué ha sido de tu vida, oye?

—Bien.

—¿Y cómo se te ocurrió venir?

Encoge los hombros.

—Es mi hora de salida del trabajo.

Una sonrisa. Gabriela cruza los brazos, se reclina en el auto.

—Cuánto tiempo.

—Sí, a veces he pasado por aquí, pero no te he llamado.

Una pausa. Un silencio. Nada ante la confesión. No «¿y por qué no llamaste?», tan sólo la blanda aceptación, la curiosidad rutinaria («cuánto tiempo», «¿cómo se te ocurrió venir?»), y ahora la voz contaminada por una fragancia de cortesía.

—Te ves bien —dice ella.

—¿De verdad?

—¿Qué tal te va?

—Bueno, igual. En el canal, por lo menos me han dado este carro.

–Está lindo.

–¿No quieres dar una vuelta?

–No. No, Javier. Muy tarde. Muy tarde.

–Te vi hace un ratito, en el carro de Guido.

–Ah..., sí.

–Sigue con el mismo carrito ese, el Opel con el que iba a la universidad.

–Sí.

–Estaba medio cayéndose el carrito.

–Un juez no gana mucho, ya sabes.

–¿Cómo está Guido?

–Bien. Está bien.

Una sonrisa, la cara hacia el costado. «Guido tiene un carrito del año ochenta y tú tienes un carro nuevo pero él es un tipo decente y tú eres una mierda. Eso es lo que ella piensa. ¿No, Gabriela?»

–Bueno. A lo mejor igual podemos vernos otro día. Tomar un cafecito.

–Ya.

Tiene las llaves en las manos como una sonaja. En ese momento, hubiera preferido estar con la Tula. La Tula estaría abrazándolo, él estaría hundido entre sus pechos, hundido y olvidado y feliz y lleno de asco. Abre la puerta del carro, nos vemos, ya te llamo.

–Gracias por venir de todos modos –dice ella acercándose a la ventanilla.

Javier la observa, asiente, mira hacia delante. Golpea el timón con el índice, la mira otra vez y se asombra como el primer día: los diamantes iluminados de los ojos, la delicada línea vertical en la mejilla, el filo de la voz que lo atraviesa.

–Dile a Guido que se cuide –sonríe.

–¿Por qué dices eso?

–No sé. Mejor dile que se vaya a su casa. Que se deje de hacer tonterías de héroe, así dile.

La larga pausa, el temblor suavizado por la duda, la mano junto a la ventana.

–Javier, por favor, ¿sabes algo?

–No, pero me imagino.

–Ay, dime qué le puede pasar, por favor.

–No sé, nada. Me imagino nomás. Me voy. A ver si nos vemos.

Ve a Gabriela alejarse en el espejo. La pista se abre a su derecha. Acelera. Un poste blanco, un monte de basura, la cabeza de un perro amarillo en la esquina.

Ángela se baja del ómnibus: las cinco cuadras que la separan del local. Planchas cuadradas, trozos de periódicos, el aire salado contra las paredes. El barranco de Magdalena, la franja de tierra sobre un abismo de piedras, la feria de papeles y botellas, el desierto líquido. La gran curva: si cayera desde allí, si volara, si viera acercarse la cama de piedras, el viento entre las piernas, qué liberación, estar en ningún sitio, perderse hacia abajo, hacia el fondo, cómo no se atrevía. Había tirado algunos guijarros para verlos achicarse, saltar dos o tres veces, seguir el rebote victorioso, hasta que la piedra golpeaba la pista, y se acercaba a la orilla, una carga renovada de cintas blancas.

El local del periódico es una pared color cemento que se levanta sobre un montículo de piedras. Ángela pasa el portón de fierro calcinado, cruza el patio, las ventanas del diario deportivo a la derecha. Allí: las seis computadoras en dos mesas de plástico, el laberinto de cables y enchufes, las calcomanías de la pared, la puerta de la oficina del director del periódico, don Osmán. Qué bueno, don Osmán, felizmente no has llegado, felizmente. Puedo estar un rato sin ti.

Ángela se sienta. La pantalla tiene una luz celeste, un perverso juego de formas y colores que se enroscan, revisa los diarios del día, los amontona como naipes grandes. El presidente acaba de ganar las elecciones, el único candidato, el rostro acerado de arrugas mirando a su costado. A quién mira, desde dónde.

37

Don Osmán Carranza parecía un cadáver desenterrado, perfumado y condecorado de broches y sortijas. Tenía unos ojos hundidos en cráteres negros que buscaba aliviar con una mueca de alegría maligna. Su corbata larga, su voz ronca, su prendedor de oro lo consagraban como el capataz del local de veinte metros cuadrados donde funcionaba el diario. Había algo de la estola de un sacerdote pagano en su saco fosforescente de mangas anchas que desplegaba como una bandera.

Ángela sabía que don Osmán iba a llamarla para explicarle otra vez lo que debían escribir hoy, Angelita, ¿cómo te va?, qué linda que viniste, acá lo que dice el candidato Toledo, fíjate, vamos a decir que se loquea y se droga, es lo mejor, ¿no te parece, Angelita?, es lo que las grandes mayorías quieren, lo que necesita este país, un gobierno fuerte y ordenado como el del ingeniero Fujimori, ¿no te parece?, a la gente no le importa la política pero nosotros contribuimos a apoyar a un gobierno fuerte, Angelita, es una contribución al Perú, una obra de bien, ¿no te vendrías a almorzar conmigo?

La frase era más una costumbre que una pregunta porque Ángela almorzaba o tomaba una ensalada de frutas o una sopita donde Charo, la dueña del quiosco de dos cuadras más abajo, con Richard o con Consuelo o sola, pero nunca con el señor Osmán Carranza, que sin embargo tomaba sus negativas con una sonrisa amarilla, y a veces un suspiro ronco. No, don Osmán, ahora no puedo, disculpe, ni modo, Angelita, otro día, qué linda se te ve, chiquita.

Trabajar cerca de él, escucharlo, asimilar el perfume azucarado, tener que obedecerle siempre...

El día en el periódico se iniciaba en realidad a las cinco de la tarde. Si el fax no despedía el ruido de metralleta floja, era porque Huayta o Pacheco iban a llegar. Uno de ellos aparecía en el umbral con una hoja escrita en letras grandes, el encargo de la primera plana del día siguiente. Huayta era un tipo bajo, redondo, de pelo apretado en rulos. Pacheco tenía aspecto de fantasma: alto, callado, perdido en un vapor inmóvil, sobrellevando un cuerpo flaco y tardío, de gafas negras. A diferencia de él, Huayta había intimado con el suelo. Tendría un metro sesenta de estatura y la compensaba con una agilidad maciza, reforzada por su locuacidad de pito flaco. Huayta entraba siempre como hablando consigo mismo, dando los buenos días colectivos para seguir su camino. Pacheco en cambio pasaba al lado de los periodistas con una lentitud mórbida, la cabeza silenciosa y de perfil, los anteojos precavidos, un sospechoso frente a testigos. Apenas Huayta o Pacheco salían de su oficina, Osmán trizaba los dedos llamando a Ángela o a Richard. Allí, protegido por las paredes de triplay, don Osmán mostraba una hoja con la frase que acababan de dejarle. «Pituco Andrade se loquea», «Toledo fumón insulta bandera», «Gobierno regala casas al pueblo».

Osmán entregaba el titular y los consejos sobre la preparación: «Toledo se droga con seis vedettes en hotel de lujo», por ejemplo, y después tú escribes cómo, cuándo, dónde y de qué colores eran las modelos. «Toledo estuvo en un hotel de cinco estrellas», sin decir el nombre, «de una cálida ciudad norteña», sin decir cuál, y «hasta altas horas, según confirmó el gerente de dicho establecimiento». Siempre hay que rematar bien, decía don Osmán, por ejemplo, «de las cinco modelos dice que la morocha lo loqueaba feo porque es la más tetona». Esa tarde que había faltado Richard, don Osmán le entregó a Ángela otro titular fresco del maletín de Huayta: «Gringa Eliane se baja a todos los empleados de hotel.» A continuación debía decir: «Dicen que consumo de coca la hace insaciable y que cuando le falta sexo, aúlla como leona.» Desde allí escribe tú nomás, hijita. Disculpa, Angelita, esto que está medio bravo era para Richard pero tú estás acá.

Ángela escribió con los ojos cerrados, con un vaso de agua cerca, siguió escribiendo hasta las ocho o nueve y envió el texto a su jefe. Desde esa hora, los diagramadores iban a encargarse. Salió al patio, llegó a la esquina y cerró los ojos en el micro de regreso, cubierta por un vapor de gasolina derretida, los golpes de la pista, el zumbido del motor hasta llegar a su casa, la casa de su madre que también era la bodeguita de paneles de vidrio, maderas astilladas, estantes de fierros ahuecados: los avisos de Dulcy, las bolsas de chancay, las latas, los cajones de fideos, las botellas de gaseosas, las cajas dobladas, el Corazón de Jesús y la misma pregunta de su madre. ¿Todo bien en el trabajo, hijita? Todo igual, mami.

Antes de la chamba que tenía ahora, después de eso que había pasado, de la neblina de desgracia en la que reaparecían las imágenes de Ayacucho, Beto había tenido varios cachuelos: vendedor de frutas en carretilla, ayudante de tornero, barredor municipal. Pero su única verdadera profesión había sido más arriesgada y lucrativa. Había oficiado de víctima de carros lujosos. Era una idea tan simple y tan provechosa. Ir a la avenida del Polo o a La Encalada y cruzarse frente a algún carro de treinta mil dólares dejando entre él y el parachoques el espacio exacto que lo golpeara y lo tirara al piso y lo salvara de morir. La idea era sencilla pero la ejecución arriesgada. El golpe debía parecer casual y peligroso, él debía prepararse para las heridas leves y esquivar a tiempo las arremetidas mortales. Había ensayado con la bicicleta de su vecino. El primer día lo hizo con un BMW platinado. Había aprendido a caminar con aspecto de distraído hasta lanzarse entre la energía del primer paso y la astucia del último quite frente a la carrocería. Varias veces los choferes (hombres o mujeres en trajes limpios) salieron a pedirle disculpas, a ayudarlo a levantarse. En ocasiones, lo habían llevado a la asistencia, habían pagado sus remedios y le habían dado un dinero extra pidiendo no hablar con los periódicos. Una vez había logrado el premio mayor de romperse el fémur con todos los gastos pagados y tres mil dólares más por no contarle a nadie. Había vivido dos años de estas inversiones casi suicidas.

Pero eso ya había pasado. Ahora era distinto. Ahora tenía un trabajo.

Beto se cruzó con su hermana Ángela sin mirarla, le dio un beso a su madre y subió al carro que lo esperaba. Iba a anochecer.

—¿Adónde vamos?

La voz de Pacho junto a un chofer.

—Nos vamos para Huachipa. Aquí tengo las provisiones.

¿Una para el camino, compadre? El vidrio húmedo, la etiqueta helada que le arruga los dedos, las luces flotantes de la carretera. Paran en uno de los puentes del hipódromo, tres que alzan la mano, se suben, el Pacho a su lado hola, hola, hola, puta, que dónde están las chelas, atrás ahí nomás están, ¿adónde vamos?, insiste Beto, a una operación, tú operas, o mejor dicho, usted opera, doctor, es su bautizo la operación, así que tómate doble trago, te toca: Beto había oído hablar de las orgías médicas, así que éste es el doctorcito cirujano esta noche, dice la voz macerada atrás agarrándolo del hombro, buena, compadre, el carro avanza, ¿de verdad, Pacho?, hay que operarlo a un pata, pero operarlo bien para curarlo del todo o sea para que ya no sienta nada, que ya no sienta nada el puta, la saliva amarga, las burbujas en el estómago, hazlo limpiecito, ¿quién manda hacer esto, Pacho?, puta madre, que estás bien preguntón, concha tu madre, Beto, tómate tu trago tranquilo nomás, huevón, ya no jodas, la carretera, una garganta de luz, la curva a la derecha, los muros sombríos de la Atarjea, el fin de la autopista, la abertura del río y los golpes de las llantas, breves vértigos seguidos, los tipos atrás, ¿quieres volver a patear latas, Beto?, ¿quieres volver a tirarte frente a los carros pitucos?, ¿no quieres entrar en la cuestión de un grupo firme con buen billete, no te gustaría estar tranquilo, sin preocuparte por la plata que siempre falta en tu casa, no quieres ayudar a tu mamacita, no quieres? Las lunas apuntan a un terreno de polvo, el ruido inmune del río, un círculo de piedras, otro tráiler, un grupo de hombres, dos caras alzadas. Se baja. Todos hacia él, un círculo de sombras, aquí viene el doctor y aquí el paciente, un tipo de polo blanco y blue jean que dos sombras sacan de la camioneta, dormidito está, deja que descanse, a ver acá tenemos más chela, o ron, ¿quién quiere un ron?, a ver traigan un vaso de ron para el doctor, carajo. Pacho lo lleva donde un hombre redondo de bigotes, cabeza de piedra, ojos turbios, un tipo de casaca negra y pantalón verde y botas de comando, hola, felicitaciones, doctor, aquí tiene su instrumental, a ver qué tal te va, mira, este ron para el doctor, un ron doble, carajo, el vaso húmedo, la mezcla de ron y cerveza, por fin los gritos atrás, a ver: que empiece la operación de una vez que me aburro, póngalo echado allí, ya, que empiece. Ahora están amarrando al tipo de polo y blue jean, lo echan sobre la tierra, una tabla en el círculo de piedras, el pelo se dispersa, y el jefe le entrega a Beto un cuchillo de cocina, el aliento de cerveza, opere usted, doctor, pero escúcheme lo que le digo, doctor, el primer corte tiene que ser el firme, porque el huevón se tiene que despertar sin fuerzas, ¿me entiende, doctor?, ésa es la cosa, un corte firme, pues, mi querido doctor, meterla en la barriga y después jalar arriba y abrir rico, ¿ya? Ésta es la junta de médicos, así se llama, es junta de médicos, todos colaboramos pero usted empieza, doctor. Beto toma el cuchillo, el tipo echado boca arriba, los dedos rendidos, no verle la cara, no verle los brazos, no verle la boca, no sentir la piel, no tocarlo, sobre todo, sobre todo no tocarlo, tratarlo como un bulto, es una bolsa que hay que abrir nomás, igual iban a abrirlo ellos, el mango apretado, ¿dónde apoyarse para tomar impulso? Los dedos en la tierra, endurecer los dientes, sostenerse y empujar y oír los gritos atrás, el envío con todo el cuerpo, con todo el cuerpo, con la barriga, con el cuello, con las piernas, no fallar, que no te rebote la hoja, la barriga blanda, la rebanada larga, la piel cortándose, el fierro adentro, el estupor de los labios, la voz del muerto deshaciéndose, una conmoción amarga de los músculos, sintiendo y comprendiendo y muriéndose al mismo tiempo, alguien que lo había dormido y lo había llevado allí y ahora despertar dentro del abismo del dolor, envuelto en sus propios órganos húmedos atravesados por un fierro y ver su cuerpo mojado debajo. El tipo alcanza a mirar a Beto antes de que su cara se rinda mientras el coro a sus espaldas estalla en gritos de júbilo, alguien lo alza, lo palmea, le quita el cuchillo y sigue abriendo la piel del cadáver. Informe de la junta de médicos, la operación ha sido un éxito, doctor, ahora entran los enfermeros a coser, pero a coser a navajazos, las carcajadas, el vaso en alto, felicitaciones, mi querido doctor.

—Puta, qué bien, Beto —dice Pacho acercándose—. Salud, compadre.

Las manos temblando, el cuerpo hacia atrás, darse cuenta de que estaba sentado en la tierra, mirando el carnaval de gritos sobre el muerto. Pacho a su lado.

—¿Quién era? —dice Beto.

—¿Quién era quién?

—Ése.

Las carcajadas de júbilo mientras lo evisceran sobre la tierra. Un canal de sangre entre las piedras.

—Un terruco. Mucho estaba jodiendo. Había que operarlo de todas maneras. Toma, sírvete.

V

El cuerpo sobra de la cama, el mundo no tiene la forma esperada, las piernas no encuentran un lugar, el colchón es más estrecho, él está a la intemperie, expuesto al aire, a los otros, los que van a venir a matarlo quizás hoy, alguien parece a punto de entrar, una sombra torcida, una pistola con silenciador, un ruido corto y se acabó Guido, ¿cuándo?, ¿pronto? La reja puesta, las tres vueltas de llave. Quizás esta noche no. El silencio es un golpe hacia abajo de las cosas. Mira el reloj. Las tres. Los números rojos lo acompañan, lo reconforta la señal de que algo se enciende, se mueve cerca. Le hubiera gustado un reloj que sonara, un ruido cómplice, la relación íntima entre el ruido y él. Prende la radio, las vueltas, los retazos de salsa, ecos de una voz de madrugada, alguien hablando de las Escrituras. Se levanta, coge la Biblia, la deja a un lado.

Ese miedo, esa rigidez, esa decencia: las consecuencias de la bondad y del orden. Su papá había organizado la casa como un campo de entrenamiento para la virtud. La familia era un altar que empezaba por las buenas maneras en la mesa, la puntualidad como una premisa de la cortesía. Desayuno a las siete, colegio de ocho a tres, almuerzo y descanso una hora, tareas de cuatro a seis, media hora de televisión, comida a las siete, oraciones y cama a las ocho siempre. El calor de las manos de su madre informaba esa disciplina antes de dormir. En ese orden que reemplazaba al mundo, que era el mundo, el robo, el engaño, la doblez no eran faltas o errores. Eran acontecimientos extraños, casi imposibles.

Por entonces vivían en Lince, en una casa de doscientos metros cuadrados. El comedor daba a un jardincito de geranios que su madre cuidaba. Allí, el desayuno de su padre con su uniforme de general de policía, el trino de las palomas al amanecer, el susurro del rosario de su madre antes del primer café. Los galones dorados, la primera imagen alzada de su papá, las arrugas livianas de la decencia. Los personajes del barrio, el padre Pablo, el Chato Ronnie en la bodega, el profesor Balarezo y el profesor Zegarra del colegio, tipos sonrientes y ordenados, hechos a las inscripciones en las paredes de las clases: «Confía en Cristo», «Ten fe en la palabra de Dios», «Ama a tu patria».

Pero no fue allí cuando se decidió. Fue cuando el padre Luis fue al colegio esa mañana y habló de las vocaciones, cuando explicó que el sacerdocio era una búsqueda de los caminos del bien, un ángel de la tierra que ama a todos los hombres porque reconoce la naturaleza sagrada del individuo. Lo sagrado, lo divino, lo cristiano: vive de acuerdo con tus principios, ayuda a tus semejantes, ofrécele un sufrimiento a Dios todos los días. La belleza es un principio, la bondad es un principio, la verdad es un principio, la alegría de servir a los enfermos, a los pobres, a los necesitados. Llevar ropa y alimentos a la parroquia para los niños de Ayacucho. Visitar el hospital de Collique con el padre Luis los sábados. El padre Luis: era lo que Guido siempre había querido ser. Las palabras abren surcos en una tierra largamente preparada, uno ha venido a este mundo a servir y no a ser servido, la felicidad ajena es la semilla del futuro. Dios no es una idea sino un sendero, es decir una conducta, una manera de estar con los demás, abrir el surco de la generosidad, sembrar en la tierra de la solidaridad, sólo somos hijos de Dios en la noche del mundo si tenemos encendida la antorcha de la compasión al prójimo. La fe es una causa, no una consecuencia. Si uno es capaz de entregarse a la causa de Dios, dijo el padre Luis, si alguno de ustedes siente que esa luz brilla en su alma, entonces podríamos conversar, podríamos acercarnos, buscar un sitio, un trozo de pan nuevo que ofrecer en la mesa de nuestra congregación. Nos podemos encontrar en Huachipa el sábado para seguir conversando de estos temas. La iglesia era una extensión de su casa y el mundo era una extensión de la iglesia. Guido lo esperó al final. Cómo está, padre, me gustaría ir, ¿cuándo?, este sábado, este sábado voy, padre. La dirección te la pongo aquí, en tu cuaderno de tareas. Sí. Por favor, padre.

La política es un mortificador: una máquina de producir cadáveres. Los ojos se afilan, la piel se siembra de arrugas, unos cuantos años, el hábito de convivir, Montesinos, los generales, las secretarias, los ministros.

El presidente Fujimori se mira: la cara es un terruño de incisiones hondas que le cortan las mejillas y le han hecho una hondonada en la boca, una red de muecas congeladas, los labios inversos, ojos desmentidos por gafas anchas. El pelo, un montículo y dos cortinas de hebras entrecanas que le dan un marco incierto. Un esbozo de sonrisa repetida le había fijado los labios para siempre en un gesto de dolor risueño.

Su delgadez, su parquedad, su baja estatura lo llevan a estirar el cuerpo por encima de la superficie establecida del mundo. Tiene un paso ligero pautado por los sacos y pantalones apretados, la camisa encendida por corbatas celestes, los dedos ataviados de anillos. Su voz es aguda y monótona, cada sílaba ahogando un rencor indefinido, un chirrido constante bajo las palabras. La violencia implosiva de ese sonido se mezcla con un vago aire de tristeza encerrada, una soledad ruinosa inscrita en las redes de arrugas. Tiene un peinado fijo, una ola de pelo amaestrado, un océano de fibras secas, la formalidad amarga de su aspecto de sobreviviente, un alumno estudioso que recuerda las burlas de los otros después del colegio, la piel compacta sobre el recuerdo de la puerta de su casa. Ha aprendido a afinar la discreción de su desprecio hacia los choferes, los mayordomos, los soldados que lo rodean. Su secreto terror es volver a ser como ellos.

Esa mañana cruza la alfombra, mira fugazmente a la señora

Arce, escucha su voz, «buenos días, presidente», y se enfrenta a la puerta.

Lo encuentra parado frente a la pantalla de televisión. Lo ve apagar.

Fujimori se sienta.

—¿Qué pasa?

—Problemas, como siempre.

—Ya. ¿Y qué problemas?

—Todo tiene arreglo. Lo primero es que tiene que venir con sus hijos, y con su mamá aquí esta noche.

—¿Por qué?

—Porque hemos descubierto un plan contra Palacio, pues.

El presidente apenas se mueve. No es la primera vez.

—¿Qué pasa?

—La misma vaina. Hay una operación contra Palacio.

—¿Quiénes?

—Gente del MRTA. Están aprovechando los rumores de fraude para lanzar una bombarda esta noche. Ésa es la cojudez. Y así pues parece que van en serio. A lo mejor no pasa nada pero le digo, por si acaso, por si acaso le digo. De todos modos, vamos a tratar de capturarlos. Sería muy positivo capturarlos ahorita. Un buen golpe sería.

—¿De dónde vienen?

—Sobre todo de San Martín. Ha habido un contingente que ha llegado en varios ómnibus, ya lo hemos detectado. Están bien armados. No se preocupe, no hay problema. Pero por precaución véngase. Aquí va a estar mejor. Su mamá está bien cómoda aquí, ¿no? Aquí están mucho mejor que en Palacio.

El presidente lo mira de frente. El doctor lo espera recostado en el asiento, los ojos en un tranquilo pie de guerra, midiendo la revelación, aguardando que el presidente asimile su pedido.

—¿Qué más tenemos?

—Nada más. Lo de siempre. En la marcha del 28, en la de los Cuatro Suyos vamos a tomar previsiones.

—Muy bien. ¿El mismo grupo?

—Sí, presidente. El mismo. No hay problema.

—Los felicita de mi parte si todo sale bien.

—Muy bien.

Fujimori baja la cabeza, tensa las mejillas, repliega las manos.

—¿Y lo demás?

—Todo bien por ahora.

—Ya.

—¿Entonces se vienen por la noche?

—Sí.

—Otra cosa. El Ejército lo va a reconocer como presidente. Vamos a hacer eso cuanto antes.

—¿Puede ser para pasado mañana?

—Para pasado mañana a más tardar.

El presidente se para. Está tratando de mantener el porte. Le da la mano, ensaya una mueca, nos veremos luego.

Sale caminando por el corredor. No voltea a mirar a la señora Maruja. En el patio, el carro negro, las lunas oscuras, el chofer puesto en el asiento.

Apenas se oye el ruido del tráfico, una repetición de la materia, los motociclistas abriendo camino. Solo en la pista.

Se echa hacia atrás. Reconfortado, humillado y protegido. El doctor es un bálsamo ardiente.

El chofer le pregunta, ¿volvemos a Palacio? Sí volvemos. Hay Consejo de Ministros.

Desde el asiento trasero del carro, enjaulado en un cofre de lunas oscuras, el presidente Fujimori ve a un muchacho en bicicleta. El chico pedalea, va esfumándose, diluido a toda velocidad en la luna trasera. Ve a otro joven cuarenta años antes, un chico con el uniforme beige, manejando su bicicleta Monark después del colegio, una canasta de flores en el manubrio, las calles de árboles y flores en San Isidro, tres soles más para la familia, todas las tardes, después de clases y antes de las tareas, la máquina de fierros, los temblores en el timón cubriendo los pétalos con un papel.

Era él entonces, cuando, después de repartir las flores, regresaba a su casa a las siete para empezar las tareas de matemáticas: el callejón de ventanas rotas y cemento rajado, la oscuridad impune del corredor, el vicio extendido de la humedad, las losetas de cuadrados marrones, las telas y el metro de su papá, la pared de cemento áspero, las grietas del piso, la pobreza de paredes limpias, los monstruos de las humillaciones en la puerta. Desde entonces correr hacia la luz, la luz delante siempre.

Había tenido una infancia adicta a los vicios de la pobreza: comer poco, salir poco, vestirse con poco. La esperanza siempre había sido inseparable del rencor. Había terminado el colegio con la atormentada certeza de que algún día iba a salir para siempre. Ahora en cambio, las paredes de Palacio, los soldados en las rejas, las cuentas del banco, el dinero ilimitado, las tres chicas periodistas a su servicio durante los viajes, Violeta y las otras, todo ese orden a su alrededor: un paraíso al que había entrado para matar el infierno del joven de cuarenta años antes, matarlo escudado, salvaguardado por el cuerpo del doctor. ¿Y ahora, y después, y cuando acabara? Había entrado en la celda del poder. ¿Adónde podía ir después de estar allí tanto tiempo? Huir de las imágenes sueltas del pasado, los nudillos en las manos de su padre mientras medía las telas con su metro, el color incierto de la mesa, las telas amontonadas. Contra esos fantasmas, el dinero ilimitado, las comisiones de las compras de armas, de los aviones, no saber cuánto dinero tiene, y por encima su padre estirando el metro sobre la tela, dibujando con tiza, el ruido grande de las tijeras, la cara concentrada de la estrechez.

Mira al chofer que entra por Lampa, el tráfico se abre, de pronto oye otra vez las sirenas, los carteles, las paredes roídas, los letreros blancos. El carro se detiene en el patio trasero. Entra a su cuarto. El miserable espectáculo de su cara. La congestión de la boca. La dureza de los párpados. Se humedece el pelo, arrastra el peine suavemente, decorarse, hacerse presentable. Los ministros lo esperan.

Al entrar a la sala, los ve acercarse, «buenas tardes, presidente, buenas tardes, presidente». El ritual de sonrisas. El primero, el ministro de Economía Carlos Boloña, las facciones pulidas en la máscara de niño, la sonrisa narcotizada de un vendedor de biblias, el alumno más aplicado, más secreto de la clase. ¿Qué pensaba Boloña, tan amigo de Montesinos siempre? ¿Lo aprobaba realmente? ¿Lo estimaba? ¿Lo aceptaba acaso? Sube a su asiento, su púlpito de madera. Buenas tardes, vamos a empezar.

VI

–¿Alguien vino? –dice Guido.

–Sí. Vino el mensajero. Que Rodríguez Morales quiere hablar contigo. –Artemio coge el lapicero de la punta y lo hace volar hasta el tacho–. Se malogran rapidísimo estas cosas. Me lo compré ayer por cincuenta centavos y ya no pinta. Nada pinta en este país, oye.

–¿Algo más?

–Ah, sí, pues. ¿No te acuerdas? Tienes que mandar hoy el informe de López Meneses.

La puerta se abre. El mensajero: cuello duro, ojos funerarios, un circuito de lunares.

–Dice el doctor Rodríguez que si puede ir a su oficina, por favor.

–Dígale que ya voy.

–Ya.

El tipo hace una venia y desaparece.

–¿Para qué vas a ir?

–No sé.

–Pero si ya sabes lo que te va a decir. Que informes exculpando a López.

Guido baja las escaleras al tercer piso. Pasa por el ritual del corredor, la alfombra roja, las puertas de vidrio granulado, el saludo disperso a los secretarios. La luz de neón sobre la puerta, la cortina, el corredor con ventanas tapiadas, la oficina del

51

tercer piso, el vocal supremo provisional. Entra, dice hola y lo mira.

La cara de Rodríguez merecía el diagnóstico de un veterinario. Tenía el aspecto de un roedor amaestrado, las mejillas alzadas contra unos ojos negros, la frente aplacada en una masa de pelo brilloso, los dientes inflamando la boca. Inspiraba un asco vago, afianzado en sus granos y espinillas. Su cuerpo estaba siempre tratando de adaptarse a un terno compacto, sostenido por broches, depurado por una corbata larga. Despedía un olor dulce, el rezago de un perfume que renovaba periódicamente y con ilusión. Artemio había comentado que ver a Rodríguez inspiraba temor a un contagio.

–Qué bueno que has venido porque quería hablar contigo. Quería verte. Qué bueno que viniste, Guidito, qué bueno.

Cuando decía algo que consideraba de importancia estelar, Rodríguez alzaba las cejas y ensanchaba las órbitas como si estuviera declarando la independencia de un país.

Esa mañana se había puesto una corbata de rombos blancos y azules, la insignia dorada en la solapa izquierda, sus manos de gusanos tamborileando mientras habla.

–Usted dirá, doctor.

–Mira, Guido, quería hablar de tu informe, el informe sobre los López Meneses. Tienes que hacerles quedar bonito, no seas así.

El tono es musical, vagamente suplicante. Los ojos brillan, lo miran de frente.

–Lo siento pero no podemos cambiar los hechos, doctor. López tenía el arsenal de armas. No hay mucho que pensar allí para el informe. Están todas las armas descritas y las declaraciones de los testigos.

–O sea que no vas a transar.

–No, doctor. No puedo.

Rodríguez lo observa, parpadea, baja la cabeza.

–Ya pero siéntate un ratito, pues. No te quedes allí parado –dice.

Guido le obedece.

—Bueno, pero eso no era lo único de lo que quería hablarte.

—¿De qué entonces?

—Hay un barcito nuevo ahí en la esquina de Las Begonias, ahí justito antes de llegar a Javier Prado. Unas costillas bien ricas, recién llegaditas hay ahí, bien fresquitas. ¿No te vienes esta noche conmigo?

No le contesta y más bien acepta reírse con él cuando lo ve estallar en una carcajada que parece un aplauso para sí mismo.

—No, doctor. Tengo mi fama de zanahoria bien ganada.

—Bueno, bueno, entonces para otro día, pues, ya sabes. ¿Cómo va todo? ¿Y tus papacitos?

—Bien. Preocupados nomás.

—¿Preocupados de qué?

—No quieren que esté acá, pues. Asustados de que esté de juez, así me dicen.

—¿Y por qué?

—Porque me llaman a amenazarme todos los días. Todos los días una voz nueva en el teléfono, doctor. A ellos también los llaman. ¿Hasta cuándo?

—Tú ya sabes lo que tienes que hacer para que no te llamen, pues, Guidito.

—No, doctor. Disculpe, no puedo hacer eso.

Guido columpia una pierna de un lado a otro.

—Cómo te digo, volviendo a ese asuntito, oye. Quiero que lo pienses, Guidito. Por última vez.

Otra pausa. Los ojos de Guido parpadean.

—Voy a hacer el informe como corresponde, doctor. Le ruego que no sigamos hablando de eso.

—¿O sea que siempre quieres tirarte contra López?

—Ya lo verá en el informe.

—O sea que no me vas a decir...

—No.

Una carcajada corta, una tos, las manos dobladas en la mesa, la deformación de la cara en un puño: una pausa, una sonrisa, una pausa.

–Así, pues. Bueno, pues, muy bien. Que sea como tú digas, hermanito. Pero de todos modos, por la confianza y el cariño que te tengo, te quiero dar un consejito si me haces el favor de escucharme, oye.

–¿Qué?

–Que exculpes a López Meneses, Guidito. Hazme caso, de verdad.

La voz crispada se quiebra en un comienzo de jadeo y decae en una ronquera suplicante, unos ojos contritos desde abajo.

–¿Por qué insiste tanto?

–¿Es enemigo tuyo López? –parece revivir, los ojos desmesurados.

–No lo conozco.

–¿Su abogado es enemigo tuyo entonces?

–Tampoco.

–¿Entonces, si yo te digo que lo mejor para todos es informar exculpándolo?

–¿Lo mejor para todos?

–Bueno, para todos, para toditos nosotros, pues, para ti, para mí, para el grupo de secretarios, para la gente que trabaja aquí, para todos, o sea, tú te llevas tus cinco mil verdes, y por nada, o sea, por dar un informe bonito, nada más. Y además no te metes en problemas, ¿me entiendes? ¿Me entiendes lo que te digo? Lo mejor para todos, compadrito. ¿Captas o no captas? Dime algo.

Guido estira las piernas, aspira un aliento profundo.

–Lo que puedo decirle, doctor, es que me siento muy decepcionado por lo que veo.

–¿Por qué?

–Por la corrupción tan grande que veo, doctor, por la influencia del doctor Montesinos aquí. Se lo digo de verdad. Es muy decepcionante. Y lo que veo que hacen usted y los vocales y muchos jueces, me siento muy desilusionado con eso, doctor. Con ustedes sobre todo. Me dicen que hasta los fallos se redactan en la oficina de Montesinos. ¿Cómo es posible eso?

54

Rodríguez Morales tose con la mano en la boca.

–Ya, pues, Guido, sin ofensas, oye, no permito ofensas.

–No son ofensas, doctor. Es lo que siento, de verdad.

–Pero una cosita hablando en serio, oye, Guido, dime. ¿Por qué eres así? ¿No te das cuenta?

–No. ¿Cuenta de qué?

Rodríguez hace un amago de sonrisa.

–De que van a joderte, Guidito. ¿No te das cuenta de que van a joderte, de verdad? Puta madre, Guidito. Piensa en tus papacitos. Y en tu flaca. ¿No tienes una flaquita bien rica por ahí? ¿No quieres tener hijitos algún día? Puta madre, yo a lo mejor seré medio convenido, Guido, pero puta, es que no quiero joderme, huevón. Todavía no, por lo menos. Hay mucha hembra por allí que me espera todavía, mucho trago, mucha huevada que tengo que hacer antes de joderme, ¿me entiendes?

Baja la cabeza. Vuelve a mirarlo. Las mejillas se dilatan, ¿van a estallar?

–Usted ya me bajó a juez de Primera Instancia.

–Antes eras vocal, ¿no?

–Usted lo sabe.

–Bueno, bueno, pero como juez sigues jodiendo igualito, Guidito, así que no te quejes.

–No me quejo. Pero no voy a dar un informe falso, doctor. No quiero ser injusto.

–Puta madre, pero tampoco es un informe falso. No es injusto. O sea no hay justo, me entiendes, no hay justo o injusto, López es buena gente. Es un pata. ¿Por qué vas a cagarlo, por qué? O sea, López no será un santo pero te diré que también, que todos son la misma mierda, Guido. Toda la gente es una mierda, todos somos igualitos, ¿no te das cuenta, Guidito? Todos son iguales, la única diferencia es que hay unos que son nuestros patas y otros que no sabemos quiénes son, ¿ves? ¿No ves? O sea, mira, te lo pongo así, mira. O te alineas o te jodes, compadre. O sea, no hay a medias con esta cojudez. Hay que saberla hacer, compadre, ¿dónde crees que estamos? ¿En Suiza o dónde? O sea, en parte tienes razón, o sea, te entiendo, pero en todo lo demás estás equivocado, oye. Te insisto porque te tengo cariño, Guidito. Porque mira, aunque no lo creas yo te entiendo, compadre. Te entiendo. Pero por eso mismo te digo, si quieres estar tranquilo, hazme caso, hermanito.

Rodríguez se reclina. Dobla las manos sobre la barriga y mueve los dedos. Parece satisfecho de lo que acaba de decir.

–Tranquilo no voy a estar nunca, doctor. Voy a estar mal siempre. O sea jodido voy a estar siempre. Como usted también está jodido, doctor. Usted también está jodido, sino que no se ha dado cuenta nomás.

Rodríguez hunde la cabeza.

Guido se para, le da la mano. Rodríguez se la estrecha, las mejillas caídas, la cabeza de un lado a otro.

Guido abre la puerta.

Rodríguez lo ve salir.

Se queda sentado, silba de un modo vago, las manos dobladas, los dedos golpeando el aire, por fin alza el brazo, coge el teléfono. Siente el plástico escamado. El aparato parece de pronto más grande.

–Aló.

Guido llega a la oficina, se sienta frente a la computadora. La pantalla despide una luz azul, la luz celestial que lo justifica, piensa.

Al acusado López Meneses se le encontró un arsenal de armas, escribe. Sus vecinos dieron cuenta de lo sucedido.

Sigue escribiendo. Cuando termina, se aprieta el labio. El informe está listo, Artemio, dice. Dale curso nomás.

Artemio se acerca. ¿Qué pusiste, Guido? ¿Lo echas, lo acusas de verdad? Bueno, pues. Dale curso, Artemio. Mándalo ya. Bueno, que Dios nos proteja, Guido.

–Aló, señora. Soy yo.

–Sí, Chato. Dime.

56

–¿El doctor me puede recibir?

–¿Es urgente?

–Sí.

–Un momentito.

El auricular se resbala. Lo retoma. La voz regresa.

–Dice que puede venir. Pero ahorita porque después tiene que salir el doctor.

–Ya. Ahorita voy entonces.

Maneja lentamente. Si pudiera otro día, si pudiera no tener que decirle hoy.

Cuando llega, los guardianes le abren el portón, atraviesa el patio de entrada y se para en una laguna de humedad. Sube, saluda a las sombras sonrientes de ambos escritorios, y se sienta. Mira hacia abajo. Por fin la puerta se abre.

Montesinos está sentado en la gran mesa. Lo ve alzar la cabeza, mover la frente, descartarlo.

–¿Qué pasa?

–Malas noticias, doctor.

–¿Qué?

–Un juez del caso López. ¿Puedo sentarme?

–No. ¿Qué pasa?

–Va a informar en contra.

–¿Qué? Puta madre, huevón. ¿Qué pasa?

–No quiere atracar.

–¿Le has hablado?

–Sí.

–¿Y?

–Y nada. No quiere.

–¿No quiere?

Rodríguez oye el ruido antes de cerrar los ojos. Siente la cachetada en toda la cara. El golpe lo ha remecido. El dolor baja hacia los hombros y se prolonga en un escalofrío en las piernas. Se siente aliviado. Inclina la cabeza, las patas del sofá lucen impasibles, la alfombra parece un desierto.

–Eres un pobre huevón, Chato.

Lo mira.

–No me insulte, doctor.

–¿Por qué no voy a insultarte, Chato? ¿Por qué no voy a insultarte a un huevón como tú, ah? Dime. ¿Por qué no? Yo te insulto si me da la gana, huevón, ¿me entiendes? Eres un pobre infeliz de mierda, huevón.

–Mire, doctor...

–Yo hago lo que quiero contigo, huevón. Para eso ganas lo que ganas, ¿no te parece? Repite conmigo: Soy un pobre y triste huevón. Repite.

–Soy un pobre y triste huevón.

–Doctor. Repite. Soy un pobre y triste huevón, doctor.

–Soy un pobre y triste huevón, doctor.

–Vienes a interrumpirme y a joderme. Y además a joderme la mano. Puta que tienes los cachetes bien duros, oye.

–Ya. Ya se desahogó, doctor. ¿Y ahora?

–Dime, ¿éste es el juez que hizo lo de la RENIEC esa vez? ¿Guido Pazos?

–Sí. El mismo. Hay que botarlo.

–Botarlo, muy tarde para botarlo. Botarlo. Puta, qué huevón eres. Siempre tan huevón, Chato. Pero me caes bien a pesar de todo, concha tu madre.

–Ya. ¿Entonces?

–No importa lo del informe. Que la sentencia lo exculpe. Para la tarde dame la relación de gente que trabaja con ese juez, huevón. Voy a ir por otro lado con él. Ahora ándate. Ándate. Tengo que ver cómo arreglo las cojudeces que haces, huevón.

–Ya. Ya, doctor.

Rodríguez se para, hace una inclinación breve. Da media vuelta.

Guido sale a almorzar con Artemio, Renato, Iván. Entran al restaurante de la calle República. Menú de cinco soles: pollo, arroz con frejoles, gelatina. Antes de comer Guido hace la señal de la cruz, reza brevemente.

Estoy totalmente decepcionado, dice, creo que voy a irme, voy a pedir una licencia, ya no puedo más, a ver si dejan de amenazarme, el otro día llamaron a casa de mis padres, mi mamá contestó, vamos a matar a tu hijo, le dijeron, ella les dijo cómo van a hacer eso, mi pobre madre discutiendo con esos tipos, es casi gracioso, oye. No, Guido, pero no te puedes ir, dice Iván, eres de los pocos que hacen algo, no nos dejes solos, Guido. No sé, creo que van a matarme un día de éstos, ¿no creen? No digas eso, oye.

Al terminar de comer, Iván y Renato regresan al juzgado. Ya los alcanzo, dice Guido.

—Vámonos afuera un rato —le dice a Artemio.

—¿Adónde?

—A dar una vuelta. Vente.

Artemio se para. Salen a la calle, una pared, parches de cemento, huecos, grietas, manchas graduales, carteles de polvo seco. Pasan junto al cartel de Tepsa, el patio de sillas, un atado de viajeros soñolientos, el piso de losetas rotas. Cruzan Lampa entre cortinas de humo. El aire abierto, lento, melancólico de la plaza San Martín, la estatua preside el vacío como marchando a un destino ajeno, indemne al ejército disperso y anónimo que la rodea sin mirarla. Guido tuerce a la izquierda, una procesión de sombras bajo los portales. Artemio camina a su lado en silencio. Llegan a la sala de máquinas tragamonedas: un ruido de campanas, un rosario de focos quebrados, el piso devastado de aserrín.

—¿Vamos a jugar? —dice Guido.

—Ya.

Junto a ellos se alinean unos muchachos de cara chupada. Tienen las manos aferradas a los botones. Parecen operarios de una fábrica, ensimismados en un festival de luces y crujidos, una orgía de timbres.

—A ver si sacamos algo —dice Artemio.

—Así es, pues. Esto tiene que hacer un juez para ganarse un sueldo decente.

Meter una moneda y sumirse en la ira multicolor de las figuras que vuelan de arriba abajo en las tres ranuras, esperar que ocurriera el gran equilibrio, tres figuras juntas, una explosión, un vómito de monedas: que ocurriera eso, el azar y el estallido y la locura de la abundancia. Una puerta en el tiempo. Lejos de esa calle, de ese día, de esa silla a la que llegaba todas las mañanas; que sonara un timbre y que en la voltereta las tres figuras lo escogieran, el dinero sobre las manchas del suelo, la gran coartada para sus obligaciones éticas, él siempre sometido a sus obligaciones de resistir. En cambio el gran dinero a sus pies sería un pretexto para hacer un colegio, dedicarse a los niños con Gaby, sus instintos lejos de ese edificio color arena al costado, lejos de Rodríguez, de Montesinos, del Palacio de Justicia, lejos de su propio rigor, de su propia intransigencia, lejos de sus deberes, de su imagen, del dios que había hecho de sí mismo.

Las monedas se le acaban. Un chirrido estremece la máquina, un mecanismo dentro cruza sus tenazas en un gesto implacable y parece expirar.

–Bueno, un entretenimiento más. La pasamos bien de todos modos. ¿Tú qué dices?

–Estás cagado, Guidito. Mejor vete a tu casa.

Guido se ríe.

–Sí, cagado es lo que estoy. Puta madre, cagado, Artemio. ¿Qué te parece? Chau, ya nos vemos.

Avanza por la plaza, pasa junto al círculo de cuerpos, allí al medio hay un predicador o un cómico de camisa abierta que señala sus manchas de heridas, toma una botella, acerca una tea encendida, despide una ráfaga de fuego. Las voces reaparecen. Dile a ese cojudo que se ponga en línea. Vas a morir, así que te crees el muy drástico, el muy recto. Guido llega a la vereda rajada, un quiosco verdoso con enredaderas de periódicos. En Emancipación voltea a la derecha: el arco de la iglesia, la pila de agua, el frío de las gotas en la frente, se sienta frente al altar, se arrodilla en la tabla de madera. El gran silencio, la oscuridad es una malla, puede sumergirse allí, humedecer la madera, encerrarse en el silencio, protegerse bajo el altar, descargar la cara sobre las manos, la madera aplanada en las rodillas, Dios mío, Dios mío, el refugio final.

Montesinos está sentado en el escritorio. Ve abrirse la puerta. El hombre entra, ve la foto, se sonríe.

–Éste es el huevón que nos está ninguneando.

–Pero si a este cojudo lo conozco. Lo tenemos bien chequeado, puta, bien chequeado lo tenemos.

–Ya. Hay que despacharlo bien rico. ¿Sabes cómo entrar a su casa?

–Claro. Creo que conocemos a un amigo suyo. No te preocupes. Ya no nos va a seguir ninguneando este pata, ya no. Se acabó este huevón. Yo conozco a un amigo suyo, está fácil la cosa.

VII

Javier pasa la pared despellejada del edificio, entra al garaje, se baja pisando un charco, ¿se lo lavo, señor Cruz?, se lo dejo listo, jefe, al toque, un paso largo, el temblor rápido en la espalda, la puerta de cristal, el piso de losetas rajadas, la mesa de recepción, el saludo difuso, como una decapitación del aire, el corredor, las puertas, un soplo de olor a orines, el corredor otra vez. Saluda a uno de los cómicos, una cara de ogro risueño. «El gran señor de las noticias», le dice, «el hombre que silencia al Perú con su mirada.» Sí, concha tu madre. ¿Por qué no te callas y te metes un fierro en el culo, huevón?, piensa sonriendo. Intercambia un par de frases sobre el clima, lo felicita por sus imitaciones y chistes en el programa de los sábados y entra al baño a lavarse las manos.

Llega a la oficina de Tato Paredes: planchas de madera, láminas de vidrio, un escritorio lleno de papeles. Tato, un amigo de trabajo: comentan noticias, comparten quejas, le cuenta las películas que ha visto. Es una amistad resignada, un afecto de consuelo, impuesto por las paredes. Alto, con una amenaza de joroba en la espalda, la apariencia tardía de Tato se acentúa con las dos estrellas de arrugas alrededor de los ojos. Casado y padre de dos niños, Tato había elegido ser periodista después de un rápido conteo. A los treinta años, tras postergar sus aficiones literarias, había optado por la profesión similar más segura. De su pasado muerto de escritor quedaban un puñado de cuentos y una mención honrosa en un concurso. Sobreviviente de esos relatos, comentaba que algún día iba a renunciar a la televisión y a retirarse a escribir a una playa de Máncora. Por ahora estaba esperando que llegara el momento.

–¿Qué hay?

–Espérate que venga Jimena. Tenemos lo de siempre. Entrevistas a ministros y miscelánea internacional. Habla Boloña sobre el futuro. Una buena entrevista, ¿qué te parece?

–O sea lo de siempre.

–Claro, pues, compadre.

–A ver, déjame ver los periódicos.

–Te sacan la mugre en una crítica aquí.

–Sí, ya me han dicho. Totalmente de acuerdo con este huevón, compadre. Dice que soy inexpresivo y acartonado. Claro que sí. Y además soy un cagón, eso le faltó poner, fíjate nomás.

Una figura aparece en la puerta. Es Hilda, la secretaria del director.

–Señor Javier, dice el señor Ramiro que si puede ir a verlo.

–Bueno, ya voy. –Javier hace los periódicos a un lado y mira a Tato–. No creo que quiera hablarme de la crítica.

Se levanta, se abotona, y acompaña a Hilda por el corredor.

–¿Vio la crítica del periódico? Me deshacen, me hacen leña –le dice.

–Ay, ¿de verdad? Qué pena.

–A mí me parece muy bien.

Toca la puerta. «Pase», una voz corta. Empuja, ve a don Ramiro revisando el periódico mientras fuma. Parece un robot risueño, tiene los dos puños apoyados.

–Hola, Javicho. –Se sienta en la silla más cercana–. ¿Cómo estás?

–Bien. ¿Y tú?

–¿Todos bien por la casa? ¿Mi sobrina?

–Feliz, con sus amigas siempre.

–Ah, sí. Le encanta ver a sus amiguitas. Siempre fue así. De lo más amiguera siempre, ¿no? ¿Pero te estás llevando bien con ella?

–Sí, muy bien.

Don Ramiro va apagando la sonrisa. Echa la ceniza del cigarrillo, vuelve a reclinarse hacia atrás y lo mira otra vez.

–Mira, Javier, quiero que vengas acá mañana a las once. Te voy a llevar a un sitio.

Los brazos caídos, el cuerpo hacia atrás, la voz cavernosa.

–¿Dónde?

–¿No te imaginas, Javi?

Javier alza los hombros. Ve a don Ramiro aspirando el cigarrillo. El brillo rabioso, eufórico, triunfal en el borde del cilindro.

–¿No me puedes decir?

Don Ramiro lo observa.

–¿Quieres que te diga?

Javier asiente.

–Vamos a ver al doctor.

–¿Al doctor?

–Sí.

Siente una corriente en la espalda, alza los hombros.

–¿Para qué?

–¿Cómo que para qué? Porque quiere conocerte, pues.

–Ya. ¿Mañana a las once?

–Mañana a las once.

El teléfono empieza a timbrar. Don Ramiro lo recoge con una expresión de piedra. Javier se para y da media vuelta.

Al regresar a la oficina, ve a Tato hablando por teléfono. Le sonríe.

–Bueno, aquí está la pauta para la noche –dice Tato, sacando un papel del cajón–. Empezamos con el discurso en el Pentagonito. Hoy día las tropas reconocen al nuevo presidente.

–Va a estar veinte años más don Fuji.

–Claro, pues. Oye, ¿para qué quería verte don Ramiro?

Esa noche, sentado frente a los ojos de las cámaras, los papeles en la mesa, buenas noches, amigos, eso ha sido todo por hoy, la perversa música de tambores, este programa llegó a ustedes gracias al auspicio de..., el señor Javier Cruz se viste en..., el silencio, las cámaras flotando, remontándose, el regreso a su silla, es el momento de pararse, superar el obstáculo del corredor, alcanzar el garaje, asimilar el aire de puntos húmedos, la sorpresa de una voz clara, dulce, feliz en la radio, el resplandor mortecino, las puertas borrosas, la ruta de sombras en la avenida Arequipa, las rejas afiladas, los edificios con carteles, se vende, se alquila, academia de secretariado, pollos broaster, muros verdosos, amarillentos, blanquecinos, los cementerios verticales de los edificios, las ventanas: tumbas saqueadas y olvidadas, una antigua explosión congelada, lo que queda ahora es una procesión de sombras caminando en el polvo de lluvia, la rutina retardada de la vereda, el tiempo inverso del espejo, la oscuridad de luces breves. Una pareja que cruza la pista, un tronco esmirriado, un follaje de ramas negras.

Llega al gran vacío de la avenida Javier Prado, los cajones del colegio San Agustín, los puentes, la superficie azucarada del Jockey Plaza, un paquete de regalo de un kilómetro cuadrado, las calles de jardines sombreados, el garaje de control remoto. Acceder al largo, lujoso silencio de la sala, subir hasta el cuarto de Paola, la cabeza apuntando a una esquina y los dedos tiernos junto a la almohada, la suavidad de la mejilla en sus labios.

Marita también estaba dormida felizmente, felizmente. La cama remota. La mascarilla en los ojos, un payaso hipnotizado. La vaga idea de coger la almohada y aplastarla y hundirla hasta que se inmovilice. Había llegado sólo a acariciar la almohada cerca de ella. Nunca había podido hacerse al primer envío hacia su cara, los desvaríos del rencor contra la punzada del miedo. Podía definir su odio pero no su valor. Su voz cuando le pedía dinero, su peinado que renovaba cada tres días, sus uñas que cubría de un rosado blancuzco, sus pedidos, su nombre inscrito en esa voz: Javier, Javier, Javier. Una muñeca maciza que dice su nombre.

Se echa junto a ella, un Dormex. Prender la televisión mientras el sueño lo suprime.

Al día siguiente la rutina de la partida: ducharse, despertar a Paola, subirla en el carro, que llegamos tarde, hijita, despedirse de Marita con un beso, hablar con Paola, papi, dime, ¿yo tengo que renunciar a todos mi sueños? No, claro que no, ¿cuáles son tus sueños, hijita? Primero ser bailarina, después ser guitarrista y tocar por todo el mundo, y el tercero ya no me acuerdo, ese que no te acuerdas seguro es el que vas a realizar, hijita, la puerta blanca y azul, los carros apretados, ya nos vemos, hijita, a la noche te veo en la tele, papi, acelerar en la esquina, cruzar una red de calles cortas y entrar a Larco, un café en la Tiendecita Blanca con los periódicos. Pasa rápido las páginas. Toma otro diario, otro café, otro diario.

—Bueno, pues, justo a tiempo —le dice don Ramiro cuando entra a la oficina.

—¿Por qué quiere verme el doctor?

—Eso ya te lo dirá. Te quieren conocer, pues, oye. Vas a entrar al álbum de figuritas con esto. Estás de suerte, Javicho. Qué tal suerte la tuya. Naciste parado, oye.

Las escaleras rotas, moteadas, la salita abarrotada de computadoras, el racimo de cables, se sienta, una mano en alto, hola, hola, el atisbo a la cara de don Osmán. Las letras aparecen en un fondo azul. Una tecla. Un parpadeo.

—Angelita.

Apretar las teclas.

«Carajo, carajo, carajo», la línea en un río luminoso de la pantalla.

—Angelita, ven un momentito, por favor.

Da media vuelta, la cara de batracio, la sonrisa de pelos largos. Richard está con él, apuntando en su libreta.

Se queda parada. Trata de evaluar la sonrisa de dientes de

oro, lo espera buscando una distancia imaginaria, un muro de aire.

–Hola, Angelita. Has venido muy bella hoy. Como siempre tú tan linda. Toma asiento por favor, chiquita.

Ve la camisa blanca de cuello, el pecho salido, las manchas en la boca, como de saliva seca, como de costras, zapatos lustrosos, pasadores agudos, la lonja de carne cruda, de escamas muertas, que asoma en las medias. Recoge las piernas bajo la silla. Richard murmura algo sobre el titular y se va. «Contigo quería hablar, Ángela.»

–Sí, don Osmán. Dígame.

–¿No podemos tutearnos, Angelita? Yo ya soy un hombre con años pero tengo un corazón de joven, la verdad. ¿Sabes qué? A mí me gusta estar con gente joven como tú, aunque no creas. Creo que puedo aprender mucho, oye. Los jóvenes tienen otra visión de las cosas, ¿no te parece? Yo aprendo mucho de ustedes.

–Bueno, pero sus hijos pueden enseñarle. ¿No tiene hijos jóvenes?

–Sí, pero mis hijos, mis hijos... bueno, la verdad, cada uno va por su lado, Angelita, ya sabes cómo son los muchachos, yo soy un hombre más bien solitario, ¿me entiendes?

–Sí, lo entiendo. ¿Y habla con su esposa de eso?

–Mi esposa está muy egoísta, Ángela. No sé qué le ha pasado. Ya no quiere saber nada conmigo mi esposa. Es muy difícil, ¿me entiendes? Yo trabajo aquí todo el día y ella, bueno, ya no la veo, está más dedicada a sus cosas. Vive metida en la parroquia. No habla de otra cosa más que de asuntos de la parroquia, Angelita, y yo, yo todavía tengo mis necesidades, bueno, como cualquier hombre, ¿no?

–Sí. Bueno..., voy a escribir la página, don Osmán.

–No, no te preocupes de eso, hijita. Eso lo hacemos más tarde. ¿Por qué no vamos a comer algo por allí más bien? Hay unos cuadriles con papas con un vino argentino riquísimo aquí en un local nuevo, en la avenida Brasil. Riquísimo está. Acaban de abrir y nos van a atender muy bien. Jugosas son las carnes y el vino exquisito, exquisito. ¿Qué dices? ¿Vamos?

–No puedo.

La cara se paraliza, le ofrece una sonrisa de dientes cruzados.

–Qué lástima. Pero ¿por qué?

–No puedo. Disculpe, don Osmán. Pero no puedo, ya quedé con Consuelo, ya quedamos. Cosas de mujeres, usted sabe cómo es.

–Bueno, pues, si es cosa de mujeres no me meto.

–Bueno, don Osmán, me voy –dice Ángela.

–Ay, ya te he dicho que me digas Osmán nomás. Si no, voy a parecer viejísimo, oye. Qué pena que no puedas venir, ¿otro día entonces?

–Bueno, ya, don Osmán... perdón... Osmán.

Se para. Siente los ojos en la espalda.

Vendedores de libros, discos, huacos, relojes, esculturas de madera, pelotas de plástico, la monotonía de la desesperación en las caras, frunas, ollas, melocotones, colabóreme, señor, caramelos del Centro Victoria, señor, fíjese, ayúdeme. Al otro lado, casi borrada por la oscuridad del vidrio, Javier ve a una niña.

Tiene un traje rosado, el pelo en hilachas, la piel sucia, los ojos pardos encendidos. La niña tendrá cinco o seis años, no extiende la mano, no habla para pedir limosna. El vidrio la neutraliza. La cara de la niña que mira a Javier, que se queda atrás, una masa evanescente, la magia inmunda de la lástima.

–Así que vamos a ver al doctor Montesinos. Qué emoción. ¿Qué nos dirá?

–Es un tipo bacán, es de la puta madre, vas a ver.

–Así que es tu pata. ¿De dónde lo conoces?

–De varios sitios. Es buena gente. Vas a ver. Quiere conocerte nomás. Es un tipo bacán. Al país le ha hecho mucho bien el doctor. Gracias a él tenemos paz, oye, ¿no crees?

Javier se inclina en el asiento.

El carro para frente al letrero de la FAP. Un guardia se

68

acerca y habla con el chofer. El carro avanza, llega a un garaje.

—Acá tenemos nuestro sitiecito felizmente —explica Ramiro—, felizmente que tenemos nuestro sitio aquí.

Se bajan, un guardia de ojos de rana les sonríe.

—Pasen a la sala Alfa, señor Ramiro.

Javier camina junto a Ramiro. No sé por qué vamos por aquí. Siempre vamos por atrás, dice Ramiro. A lo mejor porque vengo contigo que eres nuevo.

Llegan al gran patio. La sala Alfa es un cuarto de espera con muebles blandos, una gran insignia en el piso. Una mujer está bajando.

—Pasen por favor, señores.

El corredor en forma de ele, una alfombra silenciosa. Doblan, hay una serie de puertas a la izquierda y ventanas a la derecha, entran a una sala larga: una mujer escribiendo, dos oficiales. Se sientan a esperar. Suena el teléfono. Un oficial les señala la entrada. Un gran salón, puertas a la derecha y al fondo, paredes de madera, cuadros, estantes de vidrios. En el escritorio, entre dos banderas, Montesinos se para, les estrecha la mano, coloca una sonrisa entre las caras de ambos.

La mano aceitosa, los ojos grandes, una encarnación húmeda de la imagen de los periódicos.

—Qué bueno conocerte —dice mirando a Javier—. Es un gusto, un gusto.

—No, al contrario. Para mí un gusto, doctor.

—Pasen y tomen asiento, por favor. ¿Puedo ofrecerles un café?

—No, gracias —dice Ramiro.

—¿Seguro? ¿Y un whisky?

—Hoy no, doctor. De verdad, estoy medio fregado del estómago, de verdad.

Montesinos se instala en el sillón, cruza una pierna encima de la otra, dos cilindros anchos, los zapatos luminosos, el silencio lento de la superioridad.

—¿Qué tenemos para la noche? En el noticiero, quiero decir.

–Buenas noticias, como siempre.

–Oye, hace poco cuando estuve en Estados Unidos me quedé sorprendido de cómo daban las noticias. Tenían una sobriedad los gringos, una eficiencia en las coberturas. Todo muy bien documentado –aconseja el doctor–. A nosotros nos falta, nos falta mucho.

–Bueno, es que ellos tienen equipos y mucha inversión en corresponsales –sonríe don Ramiro–. Tienen muchos recursos.

–Sí, pues, pero aquí al muchacho este lo veo muy bien. Muy bien, muy bien estás en el noticiero.

–Muy bien maquillado por lo menos.

El doctor sonríe. Una sonrisa ajustada.

–Así que eres bien gracioso, ¿no?

–No, pero de verdad, ¿le parece bien el noticiero?

–Sí, pero o sea, mira hermano, o sea, yo siempre digo que las noticias hay que balancearlas un poco más. A veces ustedes se ponen muy ayayeros, o sea muy gobiernistas se ponen también. Eso tampoco conviene, hermano.

–Claro, un poco de crítica siempre es bueno –confirma don Ramiro.

–Un poco de crítica y un poco de información, hermano. No podemos ocultar que Toledo existe tampoco, ¿no te parece?, eso sería contraproducente. ¿No te parece, Ramiro? Hay que apoyar al gobierno sin dejar de hablar de la oposición, por supuesto. Balancear un poco. Claro que al final dar información positiva del gobierno pero con su toquecito de los otros políticos.

–Así me parece.

–Así es –certifica Javier–. Exactamente.

–La prensa es importante. Es la cara del país, hermano.

–Claro.

–Todo esto por supuesto hay que tomarlo en cuenta como parte de la inversión en el país –agrega el doctor–. Si algún inversionista mira el Perú desde fuera, va a ver una prensa unida, hermano, o sea, una prensa que respalda al gobierno, una población esperanzada y un futuro esperanzador, o sea en otras palabras un futuro prometedor. Eso es muy positivo a nivel macro, hermano. Es así, pues, es así, no podemos negar que es así.

–Por supuesto –dice don Ramiro.

El doctor lo mira. Parece unido a su asiento. Parpadea rápidamente.

–Ya sabe, doctor, que en el canal se hace todo lo posible por ayudar al Perú, a este gobierno. Nosotros estamos muy identificados. Somos uno de los socios del gobierno. O sea, pueden confiar en nosotros siempre. Eso ni dudarlo, doctor.

–Gracias, yo quería hablar con Javier. Que él también esté enterado. Quería conocerlo –murmura.

–Es un gusto para mí también conocerlo, doctor. De verdad. –Duda, lo observa, duda–. No sólo es un gusto. –Tose, se cubre la boca–. Es un honor.

Al entrar al carro, Javier retiene las mejillas flotantes de Montesinos, lo ve inclinado en el sofá con las piernas abiertas.

–¿Qué te pareció el doctor?

–Buena gente. La verdad, te diré, que me pareció un gran hombre. Un hombre admirable, oye. ¿Nos vamos?

El juez Carrasco lo observa, se sonríe, mira a otro lado. Todos saben que el informe está entregado y las caras del corredor han empezado a interrogarlo. Saludos esquivos en las escaleras, murmullos altos, el temeroso orgullo de reconocerlo. Piensa que su honradez no lo halaga. Lo aísla, casi lo abochorna. Siente el frío del miedo en los músculos y retarda el paso en el corredor. Pero el miedo es un estorbo, no va a interrumpirlo.

Las once. Llega al despacho. Artemio está leyendo el periódico.

–¿Qué haces?

–Aquí viendo las novedades.

–¿Qué novedades?

–Que ya lo exculparon a López Meneses para empezar. Ya lo absolvió la Corte Suprema.

–¿Qué?

–Así es.

Guido sigue de frente. Las manchas blandas en el techo, las losetas deformes, las puertas de vidrio molido, a toda velocidad. Las sombras de gentes atravesadas, llega a la puerta de Rodríguez, la empuja. Pasa delante de la secretaria.

Ve a Rodríguez, ancho, enternado, con la boca abierta.

–¿Qué te pasa?

Guido retrocede. Habla lentamente.

–¿Han exculpado a López? ¿Tan corruptos pueden ser, doctor? ¿Tan corruptos?

Rodríguez lo mira, sonríe, da media vuelta. Tengo una reunión en otro lado, susurra, tú ya hiciste tu trabajo. Espérate, Guido lo toma del saco. Suéltame, suéltame, oye. ¿Qué te pasa? Rodríguez se aleja.

Guido vuelve a su oficina.

–¿Qué pasa?

–Pasa que todo es una mierda, Artemio. Puta madre.

–Qué novedad.

–Cállate, huevón. Tú siempre con tu sarcasmo. Cállate.

–Ya. Me callo.

Artemio se sienta.

Guido sale, empuja la mesa, tira la silla y la patea varias veces como una pelota.

–¿Qué pasa, oye? Cálmate, Guido.

VIII

Una pista curva, una bajada, el pequeño vértigo, la aparición estable de un gran desierto color plomo. La pared de piedras y tierra a la derecha.

–Pero dime pues de verdad. ¿Qué te pareció el doctor?

–Un tipo estupendo, Ramiro. Ya te dije. Tienes toda la razón.

–Un enviado de Dios. ¿Usted qué dice, Andy?

El chofer voltea: el diente de oro, la sortija abultada, el pelo sucio de tintes.

–Sí, señor. Así es, pues.

–Sí, totalmente de acuerdo contigo. Totalmente de acuerdo. Te voy a enseñar una cosa, mira. –Javier saca unas fotos del bolsillo–. Póngase algo de música, Andy, para alegrarnos –dice, pasando el sobre.

Mientras don Ramiro mira las fotos, Javier voltea hacia la ventana. Un enjambre de surfistas como moscas en la sábana de acero. Don Ramiro sigue mirando.

–¿Qué es esto, Javicho?

–Unas fotos, don Ramiro.

–¿Qué? ¿Qué me estás enseñando?

El Alzheimer la va secuestrando por las noches pero su mamá se ve mejor durante el día, sobre todo después de esa siesta de la que se levanta rescatada en la energía de una juventud temporal, una señorita de voz remozada pidiendo tomar un café o un jugo o unas tostadas con mermelada, ¿vamos a Oechsle?, ¿vamos a la casa de tu tía Carolina?, acompáñame, hijita, como si Carolina estuviera viva, como si Oechsle siguiera en la Plaza de Armas, como si el día empezara diez horas más tarde y pudieran salir a tomar un helado de pistacho y caminar hasta la casa de Carolina, que se demolió hace diez años y hoy es una agencia del Banco Continental. Felizmente son las cinco de la mañana y su madre está dormida y por ahora el mundo es normal, un mundo en el que su madre está dormida como si fuera cualquier otra mujer sana durmiendo en la casa de su hija.

Mientras el líquido negro brilla en la ventana, Gabriela tiene tiempo de sentarse en la cama, es ese tiempo neutro, la tregua inicial de los medio insomnes que se despiertan siempre a las cinco y que en lugar de inyectarse la droga de la televisión deciden, como ella ahora, echarse para estar con ella misma, reconocer el privilegio de estar despierta a esa hora, la antesala del día, cuando aún el tiempo no ha endurecido los músculos, el relajo consciente antes del frenesí de rutinas: vestirse para el colegio, dejar los encargos con Nora, reunir los informes de alumnos en el maletín. Por ahora la luz de los postes ilumina ese tiempo íntimo, el calor oblicuo de la cama, la extensión silenciosa de las piernas. Mira las paredes, avizora la casa a su alrededor, la familiaridad de la mesa y la alfombra y los lomos negros de la enciclopedia, su casa.

Entonces imagina a Guido sentado en la sala. Guido con su ropa modesta y limpia, con su suave sonrisa y su cuerpo duro y solícito. Lo ve como una aparición cálida, el fantasma anticipado, las ilusiones cristalizadas de amanecer con él. Siempre Guido, tan condenado a hacerse querer y a enfrentarse, siempre. No le interesaba la tranquilidad sino la decencia. No quería la felicidad. Quería la virtud. Artemio le había contado que tras haber dado algunas sentencias Guido había entrado al baño a llorar de pena por la gente a la que había tenido que condenar. A veces le entregaba su sueldo entero a sus padres. Reunía dinero para ayudar a grupos de asistencia a niños de la calle. Era un combatiente fervoroso de la guerra moral que había declarado. No aceptaba las torceduras, las sinuosidades, las corrupciones naturales del mundo. Era un forastero de la realidad. El mal era un bicho ajeno. El bien era una bandera desplegada en el pecho. Pero el coraje de Guido lo debilitaba, lo hacía vulnerable. ¿La misión de Gabriela? Salvarlo, salvarlo. Era un hombre necesitado.

¿Por qué? ¿Cómo? Lo quería. Lo admiraba. No se imaginaba lejos de él. Las pasiones de Guido lo apuntalaban al mundo. Su personalidad establecía siempre las reglas de un contrato a largo plazo. Su honestidad era el principio de su pasión, una estaca de hielo en un pecho ardiente. Guido ofrecía a Gabriela un pacto de confianza. Sostenía para ella los pilares de resistencia al tiempo: el orden, la decencia, la honestidad, el esfuerzo. Con él, Gabriela podía presentar la escenografía armada de su futuro: una casa chica pero con jardín, un comedor de mantel con flores, un frigidaire con las calcomanías de los teléfonos de emergencia, y una cocina de gas, un escritorio de madera donde podría guardar los exámenes de los alumnos, podría releerlos mientras esperaba que él llegara de su trabajo en algún estudio de abogados. Su sueldo podría no ser muy alto pero entre los dos alcanzaría para pagar el alquiler (¿o quizás la hipoteca?) de la nueva casa y las cuentas y a lo mejor salir al cine y a tomar un café o una cerveza, con Delia y su esposo, se veía en el cuadro delante de ella, dos parejas de esposos jóvenes pagando la cuenta de sus limonadas en un café de Larcomar, antes de entrar al cine, todavía tenemos tiempo, faltan cinco minutos para que empiece la película, vamos a dar una vueltecita, las sagradas palabras de la rutina, el paraíso del futuro. Doscientos metros cuadrados de algún barrio, de preferencia Jesús María, de preferencia Surco, de preferencia Miraflores, casarse, mudarse, amanecer con él. ¿Cuándo?

–Es una orgía médica, Ramiro, ¿qué te parece?

–¿Qué es una orgía médica?

–Un ritual de los chicos del Servicio de Inteligencia.

–¿Qué?

Las fotos muestran un círculo de piernas: al centro hay un objeto que parece un cuerpo humano como si un petardo le hubiera estallado en las vísceras.

–Un bautizo para los que entran al SIN –dice Javier–. Nos trajeron las fotos anoche. Querían que las compremos, ¿cómo la ves? Antes lo hacían sólo con terrucos, ahora con todo el mundo. Agarran a un pata, lo llevan a un terreno, lo duermen y el bautizado tiene que abrirle las entrañas y sacarle las vísceras. Una orgía médica. Así le llaman. Alguien sacó fotos. Nos las querían vender. Al final les tomamos fotos a las fotos. Esto hace la gente de Montesinos. ¿Las pasamos en el noticiero?

–Ay, qué horror. ¿Cómo puedes creer eso? No me enseñes esto, Javicho. ¿Qué te pasa?

–Esto es lo que hacen tus amiguitos del gobierno, la gente del doctor, Ramiro. El gran hombre ese que hemos visto ahorita.

Don Ramiro vuelve a atisbar.

–Ay, pero qué dices. Eso no es así. No es verdad.

–¿Qué te parece? Tenemos el testimonio. ¿Lo pasamos?

–Anda, vete a la mierda, Javi.

–Ya, como quieras.

Don Ramiro alza la cabeza.

–Puta madre, qué bien jodido lo dejaron, ¿no? A ver, enséñame. Deja que yo guardo las fotos. Dame.

En el patio Ángela encuentra a su hermano Beto: pálido, las piernas encogidas, un vaso de cerveza burbujeando.

–¿Qué te pasa?

–Nada.

–¿Llegaste muy tarde anoche o qué?

–Más o menos. Oye, oye, ¿estás interrogándome o qué?

–¿Qué trabajo es este que tienes, Beto? ¿Qué trabajo tienes, oye?

–En seguridad, ya te dije.

–¿Seguridad de qué? ¿A quién proteges?

–No te puedo contar, Ángela. No puedo contarte, oye. ¿Cómo quieres que te cuente?

–Ese tipo que vino a recogerte con el Coyote. Bien feo ese pata. Bien maloso parecía.

–¿Quieres que trabaje con tipos guapitos para traerte a un machucante?

–Ay, qué idiota eres, oye.

El sol ilumina una franja del patio. Beto mira hacia la puerta, la cabeza flotando, las zapatillas sucias, el blue jean arrasado de blanco.

–Ya. No te molestes. Disculpa.

Al entrar a su oficina, Javier encuentra un sobre de manila con su nombre. Dentro hay un videocasete. Pone el casete en el VHS, mira a su alrededor.

Las imágenes se muestran en la pantalla. Es él echado sobre la Tula. No hay ninguna nota con el casete, tan sólo la evidencia. Lo tienen grabado, pueden mandarle el casete a Marita, él está en las manos del SIN. Tiene que cuidarse. Un gran hombre el doctor Montesinos, piensa, y una puta la Tulita. Oye sonar el teléfono. «¿Recibiste el encargo?», dice la voz y cuelga.

IX

El azar reparte destinos pero el talento los elige. ¿Había leído o inventado esa frase? La página de entretenimiento de los diarios ofrece una canastita de frases, uno las toma una a una. Cuando pasa el sabor dulzón, la frase desaparece, el azar reparte destinos pero el talento los elige, el talento, el azar, el destino, como si las opciones estuvieran marcadas, uno coge una carta y paf, se convierte en un tipo decente, como pararse en la luz roja y ser un hombre puro, como ponerse una corbata y ser un caballero, como tomar una pastilla, cuando en realidad, en realidad a cada uno le toca un pedazo de lugar y de época, un trozo de vida ajena que llega con sus propias reglas y uno se adapta o no, se adapta o no se adapta a esas reglas, él se levantaba y se iba a trabajar, y leía las noticias, y se negaba a leer algunas pero se resignaba a leer la mayoría, eso es lo que le había tocado, ¿era por eso un sinvergüenza, un canalla? Lo suyo no era el manotazo de un cobarde sino el gesto de un sobreviviente, hacía lo mismo que todos los otros: dejar que el mundo continuara, acompañar la marcha de los eventos, adecuarse a su franja, reconocer la autoridad de las circunstancias: todos los ojos iban a voltear hacia él si buscaba detener su curso normal, pero si seguía en su sitio y acompañaba los hechos, si igualaba al mundo, iba a sobrevivir por homologación. Dicho en otras palabras: la naturaleza no tiene una moral, la moral es una creación cultural que los tiempos y las sociedades transforman,

78

los procesos van definiendo cada valor, uno acomoda su moral al puesto asignado en ese proceso. A ver, veámoslo de otro modo. ¿Cada acto tiene un valor ético? ¿Hablar es una decisión moral, como callarse, como asentir, como resignarse, como aparecer en una pantalla? ¿Querer a su hija por encima de todo, hacer algo por ella, quererla no es un impulso moral? Sentarse bajo la luz, sonreír al ojo negro que lo evalúa, hospedarse todos los fines de semana en los cojines de la sala, y en el hielo de los vasos de whisky, aclimatado a los lujos de la rendición: su hija salía todas las mañanas a un buen colegio; él, Marita y sus amigos a La Gloria, al Rafaello, al Voltaire; iban a los almuerzos en el Hotel Los Delfines algunos domingos (Paolita se pegaba a los vidrios para ver a los grandes cetáceos saltar en la piscina), su suegra, la tía de Marita, las hermanas, los sobrinos, un sistema cerrado de sonrisas y bromas y cortesías y elogios al gobierno y después los silencios. La inversión del matrimonio le había devuelto un sueldo mensual, quizás vitalicio. Lo peor a cambio de eso no era la idiotez humanizada de su esposa Marita envuelta en sus trapos iluminados, no era la cháchara de los cuñados y hermanas en las fiestas, ni siquiera la vergüenza indirecta de los viejos amigos a los que no veía. Lo peor es ese resquicio de conciencia de joven universitario, el viento de la culpa en la garganta, el apenado rezago del idealismo que le aprieta los músculos.

Las maniobras de la nostalgia lo conducen a una mesa desaparecida junto a los otros. Vamos a hablar del ideal que nos inspira, dice la voz familiar, vamos a recordar lo que nos ha traído a esta lucha, basta de dudas, compañeros. Las frases graves, inapelables del pasado. La mente de un luchador no puede olvidar la cara de un niño pobre. En nuestro país la gran mayoría de personas viven como perros, compañeros, ¿vamos a dejar que siga así? Es un deber indignarse, pero no la falsa indignación y la lástima burguesas, compañeros. Es nuestra responsabilidad histórica planificar la lucha, organizar la rebelión, planificar una conducta. Los obreros que gastan un tercio de su sueldo en pasajes, los campesinos andinos que se mueren en las heladas, la mortalidad infantil antes del año por enfermedades curables, todos los que sufren y han sufrido, a ellos siempre sólo podemos darles por ahora un mensaje de esperanza, basado en la acción. El socialismo surge de la compasión por la gente, el socialismo es una extensión de esa fe en el corazón del otro, un vínculo con el destino de los hombres. ¿Vamos a quedarnos tranquilos viendo tanta muerte, tanta injusticia, tanto dolor, en suma, tanta violencia, compañeros?

Gaby, Guido y él habían ido varias veces a los cursillos. Hasta que él había dejado de verlos cuando ellos se enamoraron, cuando Gaby se fue con él, cuando ella le contó que ella y Guido...

Desde la voz de ese fantasma cortés, ese traidor que es él mismo y que se ha apoderado de su cuerpo, reconoce unas cuantas certezas en el laberinto: había sido amigo de Guido, estaba aún enamorado de Gaby, tenía una hija, era una cara pública, estaba casado con la sobrina del dueño de un canal, era un muñeco, un ventrílocuo, un androide parlante, una máscara perfumada resguardando una cámara de torturas, un maniquí de ropa fina y piel ensangrentada. Eso, eso, eso.

–¿Por qué tan distraído, Javi? ¿No me oyes? ¿Qué te pasa?

La voz de don Ramiro.

–Nada. ¿Ya estamos llegando?

Al levantarse, el plazo largo en el baño: mirarse, afeitarse, lavarse, echarse lociones, acondicionar, proteger el cuerpo, acariciarse los pelos. Vestirse lentamente, la ropa es un lujo de la piel.

Sale a la extensión del mundo, mira a Mati, a la señora Maruja.

–Que venga el coronel Huamán.

Otra vez los ojos caídos, el bigote como un insecto.

–Tienes que filmar al cojudo cuando reciba la plata. Ándate con tu hermano.

Los ojos negociaban las órdenes rápidamente.

—Ya, doctor.

—Plata es plata. Que lo vean recibiendo la plata.

—Sí, doctor. No se preocupe.

—Ya. Vete entonces.

Lo ve desaparecer.

El doctor Montesinos se para y camina de un lado a otro. Un escozor blando en las manos, se asoma a la ventana, el vértigo medido. ¿Quién es ese juez Guido Pazos? ¿Por qué no le obedece? ¿Alguien sabe más de él, un periodista, otros jueces? Tiene que saber más: qué come, con quién se acuesta, qué viajes hizo, con qué se droga. Nada, nada, no tiene nada. ¿Quién es así?

Camina por la sala. Una torre de casetes en la mesa. Los estantes a su izquierda abarrotados de videos. Llama al mozo. Roger, el flaco esmirriado con saco blanco y corbata michi. Un tipo de confianza, una línea de sumisión lo cubre, lo marca, hay un trazo invisible que lo recorre desde el peinado obediente hasta los pies alineados. Su condición de sirviente de raza, la estampa de su docilidad, el suave terror de su cortesía. Pide otro whisky doble.

El vocal Arce y el juez Serpa están esperando en la sala del costado, se paran al verlo. Arce mueve los brazos, alza y baja la voz, Serpa sonríe, remata con carajos el final de sus frases. «Ya tiene su propia dinámica, hermano, esa cojudez», «A estos concha sus madres hay que sacarlos», «Tú te lo mereces, hermano», el estupor de las caras, los monos bailando y él tocando el organillo.

Aparece Genaro, un empresario del que había oído hablar de niño. Ahora se materializa, le pide ayuda para ganar sus juicios. A mis años me he llenado de juicios, le dice Genaro. Porque todo lo que hago a cambio de que... para que... si es que... Se va, un apretón de manos. Se queda solo viendo el video. Desde afuera. Arce, Serpa, Genaro. Él sobre todo. Sobre todo él. Cómo vienen, cómo hablan, cómo piden, cómo dependen.

Ya va a llegar Jacky. Arreglarse, peinarse, perfumarse para ella. Depurar el sudor bajo la ropa, la pestilencia de la carne, los arrullos sordos del estómago. Pasar a la sala con la mesa, entrar al baño, sentarse, la tos del cuerpo por el culo, filmarse. Ver a Jacky. Mandar poner una cámara en el baño.

Una llamada telefónica. Es de ella. Jacky. «No puedo ir hoy, amor. Ay, qué penita. Mañana voy. Ay, es que a mi baby le ha dado la antipática, mi amor. Ay, mañana te llamo. O llámame tú, mi vida. Ya sabes que soy tu gatita, mañana voy para lamerte rico, para lamerte todito, papi, mi muñeco, requetebello, mi michito.» Cuelga. Se levanta. Camina por el corredor y vuelve hasta la sala. El marido de Jacky. ¿Es él? ¿Jacky no viene, se niega porque quiere estar con él? Sus cuerpos, la cara de él, las manos de él, tocándola. ¿Qué piensa de él? ¿No se acuesta con el marido y también con él?

Preguntarle, saber qué le había hecho, dónde la había tocado, qué había sentido. ¿Ella también da gritillos cuando la tocas, pata?, ¿cómo se ponen para tirar?, ¿echados, montados? Dime, dime. Hacerlo llamar al día siguiente y preguntarle. ¿Ella también llora contigo? Quizás podía mandar a un par de hombres a su casa esa noche: sacarlo y traerlo allí mismo para que le conteste. No. Mejor esperar. Mañana. Preguntarle mañana. Dime, ¿ella grita también contigo?, ¿le pasas la lengua?, ¿por dónde?, ¿ella qué te dice después? Dime, dime.

Regresa al dormitorio. La cama estrecha. El frasco de pastillas. Salir a mirar por la ventana. El patio con las hileras de Cherokees. El silencio, la alfombra, las paredes marrones, las banderas, los cuadros, la mesa, los sillones. Aparece su padre. Su padre. La oficina de la calle San Francisco. Tambaleándose en el cuarto atiborrado de papeles y libros. El piso de madera sucia. La flotación inmóvil del polvo. En cambio, esta gran oficina, estos sillones, estas lámparas. El fantasma de su padre se retira con la cabeza gacha. Vladi se sienta, se para, camina hacia el teléfono. El teléfono es una droga. Siempre hay alguien obedeciendo al otro lado. Llama al general. Vámonos al hotel, compadre. Entra al baño, se mira en el espejo, llama a la Pollito. La mujer entra. ¿Sí? ¿Me llamabas, Vladi?

–Péiname que voy a salir.
Las caricias de Mati en el pelo. Esa certeza...

A Mati le decían Pollo y tenía una cara de pájaro maligno
que decoraba con aretes amarillos, collares metálicos y una batería regular de polvos y cremas. Tenía un cuerpo encogido, cubierto de trajes largos de un color aceitoso, y extendido al máximo por sus zapatos de aguja. Había llegado a Lima de Iquitos
y apenas empezó con su negocio de joyas, recibió una denuncia
por contrabando. Conoció al doctor gracias a una paisana que
la llevó a una reunión de su prima Aurora, allí estaba sonriendo
a la distancia, parapetado en su guayabera blanca. Desde el primer día ella había intuido las rápidas carencias de su hermetis-
mo, las claves a los candados de su personalidad, y había decidido enfrentarlo con una cariñosa agresión, el asalto de su calor
amazónico a la nieve aparente de esa piel arequipeña. Se le
acercó con una violenta cortesía, una frase embolsada y con
lazo: «Es un honor conocerlo, doctor, un gran peruano como
usted.» Montesinos le sonrió, le agradeció, le puso un vaso de
cerveza en la mano. Un mes más tarde, le propuso trabajar en
su oficina, junto a su secretaria Maruja. Desde entonces había
tenido la silla privilegiada de sus quejas y pedidos, el patíbulo
humano de sus confesiones, yo trabajo tanto, estoy aquí todo el
día, he renunciado a todo, trabajo veinte horas diarias. Prepára-
me un paquete de diez mil, de cien mil, de doscientos mil.
Guardaba el dinero, vigilaba la ropa y programaba su agenda
pero sobre todo escuchaba. La sumisión era un instrumento de
dominio infalible. Gracias a la estrategia de la sumisión se había posicionado sobre él, lo había colocado entre sus piernas,
había asumido los brazos vacantes de su madre. Guardaba las
cuentas. Distribuía su dinero. Había encontrado un lugar privilegiado, parada detrás de su asiento. Lo peinaba, lo vestía, le
deseaba buena suerte. De todas sus tareas de madre, la de ver a
Jacky era el único verdadero suplicio que sobrellevaba en un silencio ruidoso. Soportar a Vladi con Jacky: su quijada, sus ojos

de muñeca, sus tintes azulados, su voz en el teléfono. Se consolaba a solas. Él estaba enchuchado, no enamorado de Jacky. La atracción que sentía por Jacky era antigua pero tendría un fin. Hacia ella en cambio sólo sentía dependencia. Era la necesidad de hablar, de confiarse, la gran madre.

Su esmerada venganza era escucharlo, modular su ansiedad, ofrecerle su silencio contra las agresiones de Jacky. Peinarlo era sellar un pacto. Le jalaba algunos de los pelos del costado, los estiraba sobre la cabeza, uno por uno, y los ordenaba antes de fijarlos con una laca. Montesinos ocupaba el mundo y cerca de él quedaba poco espacio. Ella –no Jacky– iba a ocuparlo.

Guido y Gabriela salen del cine de Larcomar. ¿Vamos a mirar el mar un ratito?, le dice ella. Vamos. Mira, yo de chica nadaba lo más adentro que podía, veníamos a esa playa con Carolina y mi papá, y yo entraba hasta lo más al fondo, me gustaba ver desde allí la orilla chiquita, y a veces quería seguir, ¿ves esa parte?, parece que el cielo y el mar se confunden. Hasta allí quería llegar, Guido, cosas de muchacha, ahora lo miro de aquí nomás. Guido no le contesta, está mirando, allá donde el cielo y el mar se encuentran. Allí se encuentran, allí estamos, los dos juntos, Gaby.

–¿Ya fueron a recoger el titular?

Lo vio entrar, el cuerpo asombrosamente expeditivo para su volumen, un tubo de ron mezclado con el azúcar del perfume. La barriga de don Osmán lo precedía, como si estuviera a punto de dar a luz a un dinosaurio, un feto de monstruo con la mano alzada, señalándole un camino. Ángela estaba sentada frente a la pantalla. Las siete. Estamos atrasadísimos, atrasadísimos. No han mandado el titular hoy. Tenemos que recogerlo, Angelita, recógelo tú, por favor.

Ni Huayta ni Pacheco habían podido venir, el fax se había

entumecido en una rigidez de capas de mugre, alguien tenía que recoger un titular de la oficina de don Augusto en Miraflores. Nada de teléfono, eso no se dice por teléfono, explicaba don Osmán, yo tengo que tener pruebas por siaca, ¿me entiendes? El titular del día anterior, Toledo riéndose, «Toledo se ríe de los pobres» y una foto de Andrade, «Andrade aliado con mafia cutrera». Había que publicar algo así. Recoger el titular de la oficina de Bresani, en el pasaje Los Pinos, quién.

–Tú, Angelita, tú vas a recoger el titular. Yo voy a llamar ahora para decir que tú vas, hijita. Por favor.

Ángela salió a la calle con un billete de veinte soles. El taxi viaja por la avenida del Ejército, entre golpes, ella mira el abismo del cielo a la derecha.

Cuando llega a Miraflores, en la esquina con Porta ve el edificio de ventanas rotas en la neblina, un torreón congelado, una puerta de aluminio, una pared con redes hilvanadas de polvo, una caseta verdosa, un guardia, un envase de plástico con restos de fideos.

–Voy a la oficina del señor Bresani. Soy del diario.

–¿Quién es usted?

–Me manda el señor Osmán Carranza.

Lo ve alzar el teléfono, un largo murmullo, ya pase.

El ascensor es una caja de fierros ahuecados, el vértigo hacia arriba, un chirrido monótono. Llega al corredor. Hay una reja en la puerta. Un gigante de pelo rapado que le abre. Dos mesas, dos computadoras, una lámpara de papel. Una voz grave.

–Ah, ya. Un momentito.

Ángela recibe el papel, lo dobla y entra a la jaula de las escaleras.

Guido se lo había dicho. Se lo había asegurado. Sí, sí, ya pedí licencia, no te preocupes. De repente ya no regreso. Ya estoy harto. Basta de hacer de Quijote con toga, oye. Ya me aburrí. Ya no tiene caso. ¿De verdad, Guido? De verdad. Quiero irme de viaje tranquila. De verdad. Ya no sé si vuelvo, oye.

Bueno, pero no hay que pensar en cosas feas. Nos vemos la próxima semana, Gaby. Que te diviertas en Ica, amor.

Ese viernes Gabriela había salido con una promoción del colegio: el sol que no podemos tener en Lima, les había dicho a los alumnos, y vamos a conocer un viñedo y las bodegas de Tacama, y a comer tejas y a visitar Huacachina.

Guido se la imaginó junto a un grupo de alumnos por la bodega de vinos, la supuso hablando con su voz de agua fresca a los muchachos, y se asombró de cuánto y cómo la empezaba a extrañar poco después de su partida. La nostalgia le pareció un mal augurio y trató de librarse de sus anticipos con la música de Haydn. La mañana del sábado puso una seguidilla de sinfonías cortas mientras ordenaba los libros. Al mediodía se echó en la cama con los periódicos. Por la tarde fue a ver a sus padres, rechazó una invitación al cine de su hermana Anita y regresó a la casa.

El domingo amaneció de un color ceniza. Fue a misa de diez. Al regresar encontró un mensaje de Artemio. Llámame, por favor. Guido marcó el número, ¿estás solo? Voy a la hora de almuerzo a llevarte un par de pollos, vamos a conversar, tengo algo que contarte. Ya.

De pronto el silencio.

A las dos la puerta sonó. La sonrisa de Artemio, dos cajas de pollos con papas, dos cervezas. Artemio dejó las cajas sobre la mesa, le dio un abrazo largo como si estuviera llegando de viaje.

Detrás de él, aparecieron los dos tipos.

X

Se había entregado desde siempre a la naturalidad de los sobres de billetes, la certeza de las cuentas cargadas, desde siempre aceptado su propia indiferencia por las ejecuciones, los entierros, los gritos de los torturados que él no oía. Siempre un adicto a la rutina de los pagos por las ventas de armas, las cuotas de Uchiza y de Pozuzo, los flujos en bancos japoneses y europeos. Había abrazado el dinero contra la red de las humillaciones, la precisión de los recuerdos de su juventud, los rescates de las drogas del presente: la autoridad, el orden, la veneración.

La pared amarilla, el suspiro iluminado de la lamparita, la mesa en la que se agrupan como monjes los hermanos en el desayuno de panes solos, el camino al colegio entre los caños de agua de la quinta, los fierros humeantes del microbús, el regreso para subirse a la Monark y repartir flores y volver. La gente de San Isidro que le recibía las flores para hablarle siempre desde tan lejos. La piel clara del dinero estaba al otro lado de la ciudad. Desde entonces, ¿alguien no iba siempre a tratar de descartarlo, de traicionarlo, de acabar con él?

Fujimori se asoma a la ventana. El mundo, una galería de corazones ajenos, un museo de traidores. Algunos de esos rostros se congregan cerca, lo rodean, lo llaman señor presidente. Él no sabe quiénes son. Los empresarios, los abogados, los periodistas, los generales. Un extraño, un inmigrante, un forastero.

Pero el doctor Montesinos le había ofrecido un don precioso. El doctor conocía a los habitantes de esa tierra en la que Fujimori era un exiliado. Conocía a los habitantes de esos barrios, de esas oficinas, de esos cuarteles, sabía de sus apellidos, sus costumbres, los secretos de su pasado. Sabía moverse entre sus cuerpos, reconocía sus gestos, interpretaba sus silencios. El doctor: un salvoconducto en ese planeta de extraños. Superando el abismo en la garganta, las trincheras de la piel, sólo el doctor. Sólo él. Sabía de esa gente, había vivido con ellos, lo había adiestrado en sus heridas, le había llevado la computadora de los datos de empresarios, periodistas, generales.

Él en cambio no conoce a nadie, ni siquiera a Susana. Ella también lo ha traicionado, lo ha traicionado, por eso él la ha mandado encerrar. Su esposa en una jaula que abarca su cuarto, el baño, una salita. La cara de Susana tras las rejas. Cuando ella se escapó, Montesinos la siguió vigilando. Hubiera podido matarla. Matar a los blancos, a los ricos, a los otros. Matar a Susana. Que Montesinos matara a Susana y que él después matara a Montesinos. Sería perfecto. ¿Sería perfecto?

La costumbre de mentir, de robar, de hacer matar, el gran estrecho palacio de su vida. ¿Desde cuándo? Siempre, siempre, siempre. Él se alimenta, respira de la mentira, el robo, la muerte, los órganos de su cuerpo. El corazón del sistema circulatorio y digestivo de estos órganos es el hábito, un músculo metódico de intentos de engañar al mundo. Engañar y robar y respirar, ordenar la realidad, hacer y disponer y aplanar la superficie, la realidad puede ser tan simple, él puede regirla todas las madrugadas desde su cuarto. Las cifras de las cuentas, los rápidos cadáveres, los muertos sin nombre. Un presidente condecorado de billetes y de sangre.

Ya estaban dentro de la casa.

Apenas se alejó de la puerta, Guido miró sin esperanzas hacia su ventana. Le pareció que la veía por primera vez: demasiado chica, demasiado alta.

Los dos hombres materializaban sus pesadillas. Eran como siempre se los había imaginado: fuertes, de caras anchas, trajes negros, ojos de piedra. Los había visto tantas veces en su imaginación que casi los reconoció. No se asombró tanto de la presencia de los intrusos como de la cara doblada de Artemio y sólo entonces comprendió cuánto estaba sufriendo por haberlo traicionado, por haber hecho que lo mataran, y de qué modo había esperado cumplir con ese día para tratar desde entonces de olvidarlo. Tuvo aún un resto de conciencia para pensar en lo que le habrían ofrecido a cambio. Guido se quedó de pie. Sintió una breve alegría al ver la rapidez con la que lo tomaron y con la que iban a amarrarlo. Quiso prolongar el disfrute de verlos acosados por la sospecha de que había alguien más en el departamento. Vio la sombra de Artemio escabulléndose y se asombró de la ligereza con la que los dos hombres lo alzaban hacia la cama, le ataban las muñecas a los barrotes mientras le sellaban la boca con un trapo y una cinta gruesa. Mantuvo los ojos abiertos, tratando de mirar de frente a los dos hombres, no como un gesto de venganza tácita sino como un estímulo para mantener la lucidez del sacrificio y elegir la primera oración. Sabiendo que ésos eran los últimos segundos de su vida sin dolor, sintió una curiosidad sagrada. Estaba a punto de explorar la subordinación de su cuerpo a los fines superiores, un proceso que en otro tiempo había estado reservado a misioneros capturados. Debía inventar un resto de felicidad para darle la bienvenida a ese destino que lo iba a sancionar como a un siervo privilegiado de los ministerios de Dios. Cerró los ojos con la memoria suficiente para escoger el silencio de los susurros —«Ave María, Señora de la Misericordia»— que iban a protegerlo. Los tipos le cortaron la ropa, y empezaron a sacar las herramientas. No habían tenido la compasión de vendarlo pero él se sintió agradecido, pues quería seguir mirándolos para buscar en los ojos ajenos el reflejo anticipado de su futuro. Ellos también iban a morir. Su muerte no estaba lejos y sería más violenta y humillante y sorpresiva. Ellos no la adivinaban. Iban a morir algún día, quizás pronto, sin haber reconocido ni por un solo instante la extensión y la variedad y la bondad esenciales de la vida. Eran unos perros amaestrados en la rutina de la muerte. Esta convicción lo ayudó a enfrentarlos pero se sintió de pronto desarmado ante el rostro de Gabriela sobre su cuerpo. Entonces se propuso creer que ella también habría de aceptar una muerte con sentido. Quizás iba a pensar como él en lo que estaba ocurriendo como una ofrenda. La secreta victoria de ese momento era una consecuencia natural de sus actos. No podía arrepentirse de quien era, de quien sería siempre. Una tranquilidad fúnebre se apoderó de sus músculos. Era mejor así, entregarse, ofrecerse, buscarse en el sufrimiento, no luchar. Otros jueces iban a reconocer en su cuerpo una inspiración a su causa. Quizás una esperanza parecida había hecho avanzar a Cristo dos mil años antes. El secreto del sufrimiento consistía en reconocerse en las caras de los sobrevivientes, recordar el futuro sancionado de su inspiración en otros que iban a resistir como él. El sacrificio no era un rito simbólico sino un ejercicio práctico, una contribución al buen destino del mundo.

Miró el techo desnudo y sintió el primer anticipo del desamparo. Supo que estaba entrando en la soledad de la muerte y se complació de reconocer sus imágenes definitivas, los rostros de sus padres, el cuerpo de Gabriela, la sonrisa de Cristo. Midió la distancia entre él y las siluetas de su cuarto que le restaban. Con la confianza que le inspiraban esos objetos domésticos, –sus libros, sus discos, su mesa–, cerró los ojos, buscando llevárselos con él. Eran las cosas que le habían dado la bienvenida al mundo todas las mañanas. Pensó que nadie iba a ocuparse de ellas. Esperaba no desmayarse demasiado pronto y cuando por fin abrió los ojos, luego de la ventana, la luz que lo había iluminado como en un sueño negro, recibió el primer impulso que su cuerpo, ignorante del propósito del sufrimiento, enviaba en un alarido de protesta hacia los cielos.

Artemio llega a la avenida, cruza la pista sin mirar y entra a una bodega. Siente su propio jadeo como el tambor de una marcha de guerra. Un hombre de ojeras que lo interroga, un tipo de manchas negras y arrugas dobles que le cruzan la camisa, una panza afilada que le dobla la hebilla. Lo mira de frente.

—Un pisco dame, por favor.

—¿Un vaso de pisco?

—Puta, ¿qué te pasa, huevón? Un pisco dame, ¿no me entiendes?

La rabia lo hace evaluar los ojos, las manchas en los brazos. ¿Va a gritar, va a pegarme? Lo espera de pie.

Saca un billete, coge la botella, se apoya en el poste y mira el aire de humo. La cara de Guido. La última mirada de Guido hacia él mientras se daba cuenta, una mirada de sorpresa sin acusaciones, una constatación muda. Guido había temido siempre que vinieran unos extraños, nunca había imaginado que él, que Artemio. No había podido prever que él, su amigo y asistente, la vileza del perdón fulminante, la ofensa de su comprensión, sostener la memoria de esos ojos sin odio.

No quería sentarse en el pasto del parque ni volver a su cuarto ni seguir caminando. Quería buscar un hueco donde meterse con la botella que estaba despellejando, bañar el chorro tibio y ácido en la garganta, buscar un terreno abandonado, una pampa de piedras y basura, una pared ruinosa: el gordo lo había acosado desde hacía dos semanas, iban a sacar de la cárcel a su hermano si los ayudaba, liberar a su hermano si los dejaba entrar a la casa de Guido, lo había hecho por su madre y su cuñada. Él escogía. Era un asunto de hacer balance. O Guido o tu familia, compadre, ¿me entiendes?, y no te vayas a chivatear, compadre, porque ya sabes lo que te puede pasar, te agarra un camión y amaneces en la carátula de *El Chino,* compadre. El gordo Sánchez de anteojos y bigotes que lo acompaña del Palacio de Justicia a la plaza San Martín la primera vez. Le había dado instrucciones: el sábado lo llamas, te acompañan unos tipos, ellos ya te conocen, les dejas la puerta abierta y se acabó, los anteojos negros se callaron, así es, pues, compadre. Oye, gordo, yo no puedo hacer eso, gordo. Tú escoges, compadre. Las manos del gordo hacían una balanza imaginaria, a un lado tu familia y al otro lado ese huevón, tú escoges, depende de ti. Pero es mi amigo, gordo, es mi jefe, lo veo siempre, tengo tiempo con él. ¿Y tu hermano no es tu amigo?, ¿y tus sobrinitos?, ¿y tus papás no son tus amigos? Puta, gordo, puta madre, gordo, ya sabes, cómo me pides eso. Ya no jodas, hermano, no te hagas bolas, tú vas y ellos te siguen nomás. Van a darle un par de golpes nomás, un par de golpes y nada más, compadre.

Ahora que camina, una pared de ladrillos, un hueco, esperar allí la oscuridad, nadie va a encontrarlo, de espaldas, debajo del mundo, casi puede oír los gritos de Guido, ¿le habían vendado la boca?, ¿le estaban rasgando el estómago, quemándole las uñas, fileteándole los muslos? En el parque vio a un padre joven pateando la pelota, gritando, corriendo con su hijo, la ignorancia de la felicidad, él también tenía a su hijo, quería tenerlo cerca, tenía a su madre, tenía su casa, tenía a su hermano, ¿iba a resistir preso más tiempo su hermano?, ¿no iba a morirse si seguía en Canto Grande, comiendo chanfainita con gusanos, sin dormir, violado, chaveteado, llorando envuelto en una frazada? ¿A quién iba a reclamar su hermano? El pisco recién le quema la piel. La botella vacía. No se siente mal. El cuerpo hacia arriba y los ojos en el polvo de piedras. Empieza a vomitar. Un chorro blanco. Por primera vez su propio olor.

Ese día Beto había salido temprano, ya vuelvo, ya regreso. No tenía un rumbo fijo salvo su nuevo trabajo. ¿Pero en qué trabajas, Betito? ¿En dónde estás trabajando? En seguridad, ya te digo, no te puedo contar mucho, oye.

La primera consigna de Beto era regresar siempre tarde. Volvía de noche o de madrugada, sin dar explicaciones, siempre así desde chiquito, sin decir dónde había estado y estaría, como ahora. La segunda consigna era burlarse de Ángela. «Mi hermana, que se hace la seria pero en el fondo es una bandida», «mi mamá cree que es tan buena pero si la conociera...». Ángela lo soportaba con paciencia y mal humor. Ella era la encargada de estar en la casa. Barrer la sala, limpiar los vidrios, sacar el polvo del sofá y del sillón, lustrar el Corazón de Jesús, cambiar el mantel, poner los platos, hablar con su mamá, ayudar a su mamá («yo cocino, hijita, no te preocupes») mientras que Beto siempre lejos. Pero ése era un día especial. Ese domingo Beto, después de mucho tiempo, iba a volver para almorzar con ellas.

Beto asoma la cabeza al comedor cuando está ya servido, un animal que huele el olor de la carne. Ángela había puesto su plato en la mesa.

Se sienta en la mesa, arroz con frejoles, bistec, un plato de tamales verdes y un montoncito de cebollas y ají.

–Qué rico.

–¿Dormiste bien, hijito?

–Sí. ¿Y tú, mamá?

–Ay, lo que no soporto es ese ruidito de la discoteca, oye. Todas las noches, todititas las noches tenemos que aguantar el ruido.

Beto ensarta el tenedor en un trozo de carne.

–¿La discoteca esa que han hecho? ¿No te deja dormir?

–Tú como llegas tan tarde no te das cuenta –dice Ángela.

–Mamá, no te preocupes que vamos a hacer algo para que no haya ese ruido.

–Pero llamamos al municipio, a la policía y nada.

–Mamá, tú dame el nombre y la dirección de la discoteca y yo me encargo nomás.

–¿Tú? ¿Pero tú qué vas a hacer?

–No te preocupes, Angelita.

Un silencio, una sonrisa de Beto, su madre alzando la cuchara.

–¿Estás en una banda de delincuentes, Beto? ¿O qué? ¿Estás en una banda o algo así?

–¿Qué? ¿Qué hablas, oye?

–¿Por qué no nos dices dónde estás trabajando, Betito?

–Trabajo para el gobierno, Angelita, qué preguntona, oye. Pásame la cerveza. ¿Me sirves o no? Ya rápido que tengo que chambear.

Ponerse elegante y firme, erguido y fugaz, estirar la cara en la intemperie, una sonrisa de certezas medidas frente a la cámara, después de tanto tiempo aparece en la televisión, mostrarse en la cuidadosa majestad de su caminata, seguir hasta el carro y sentarse sin las prisas de un espía, reteniendo la dignidad de un rey. Una corte de guardias. Pasos lentos. Un viento sincronizado en las solapas. El carro con Acuario al volante; un murmullo de fierros, una máquina de someter calles, la cinta de asfalto, la galería torcida de fachadas, la concreta solidez de dentro y la variada liquidez de afuera. Lo de afuera, lo de atrás, lo de ahora, el doctor Montesinos para que todos lo vean, lo presientan, lo adivinen, el trono de ese gran automóvil. Siente la extensión de su perfil, la carne larga de su cuerpo en el asiento, la cabeza a la intemperie y ahora el alivio bienvenido de la oscuridad del auto. Los otros alrededor que lo siguen. Su carro que sube desde el Zanjón a Miraflores, enfila bajo los árboles de 28 de Julio, por qué ha querido venir Jacky a la casa de Miraflores hoy, por qué no se ha quedado en la playa, el frío colérico, los restos de humedad, las gradas hacia la puerta, el edificio verde, una fila de ventanas de aluminio, los hombres que circulan mientras sube, el portal metálico, los rectángulos de cristal: pasa sin mirar al costado al grupo que se aparta junto al ascensor. Entra con dos de sus hombres, la boca de Jacky al otro lado, cuando llega a la puerta el guardia sigue allí, él mueve la llave y el tipo se queda, una mano torva, una garra sucia sacando un cigarrillo. Tiene un centro de grabación en una casa vecina. Tres operadores transcriben todas las conversaciones de Jacky, el informe diario. Llamadas a amigas y conversaciones generales. La transcripción de Jacky ese día con su amiga Elizabeth, con la directora del colegio de su hija, con su madre. Todo bien, todo en orden, todo normal. Ay, Jackyta, estás conmigo, me quieres, eres mía, Jacky, ¿eres mía, Jacky? Maldita chola, puro pelo pintado eres, qué huachafa que eres, Jacky.

Ella está adentro: el traje de seda azul que le envió esa ma-

ñana, los brazos abiertos, la voz de azúcar en polvo, mi muñeco, ¿cómo está mi gran muñeco?, te ves pero requetebello, michito, hasta que se sienta con ella en el sofá, ven, rey, mira las
rodillas, los muslos asomando en el borde azul, la recibe en el
pecho, ay, muñeco, dos días sin verte, mi vida, pensando en ti
siempre, la sostiene: ojos de tinte, sonrisa húmeda, voz de mi-
chifuz, ¿pongo nuestra canción, qué dices, te sirvo un whisky?,
ella se levanta, pone *Only you*, ¿vamos a la playa?, ay, pero en la
playa me dejas sola todo el día, yo me aburro en la playa, papi.
¿Qué hiciste hoy? ¿Con quién hablaste? Ay, muñeco, pensé en
ti todo el día, amor. ¿Qué otra cosa puedo hacer, mi rey? Seis
años juntos y pensando en ti todo el día. No quiero ir a la playa, me quedo aquí. Me quedo, anda tú solo si quieres. Ándate.
La caída, el vértigo, no puede sostenerse. Vete a la mierda,
Jacky. Oye, qué te pasa, por qué dices eso, oye. Dime en quién
piensas, dime. No te importa, huevón. Qué te pasa, oye. Le da
un golpe en la cara, ve la nube de pelo, ella estira los dedos, da
un chillido, cae sobre él.

Las olas sostienen un ruido grave, una brocha va pasando
sobre el agua, la neblina blanqueada, la llaga blanca de la luna,
son las dos, está despierto, se revuelve en la cama, manda llamar en Lima al encargado de manejar el VHS. El hombre llega
a las tres. ¿Sí, doctor? Póngame esta cinta, le dice. Una cara de
costado, el cuerpo estirado sobre la cama, Vladi se lleva el vaso
de whisky a la boca, se pone una mano entre las piernas. Ve al
hombre amarrado, toma un sorbo, siente la primera erección.
La mañana siguiente, levantarse con la sal del aire. Nadar
media hora en la piscina, bajo las ramas, regresar a la sala junto
al elefante de alabastro. Tomar café bajo la sombrilla, leer los
informes. Las grietas de las olas, el crujido del agua, los chicotazos de las gaviotas, hay un chillido largo de terror, grupos de
pequeños ángeles suicidas, puntos que el mar escupe. Los periódicos. El mozo que llega con su taza de café negro, pan, huevos revueltos y tostadas. Ay, amor, qué lindo día, ¿me perdonas

por lo de anoche?, ¿por qué no nos quedamos?, yo me aburro solita aquí todo el día, amor, no me engríes, no me consideras, oye, el estómago marchando como un ejército al golpe de un tambor, levantarse y volver al baño, el cuerpo un abismo interior, el ruido del culo, el esfuerzo de ojos cerrados, todos los remedios le hacían efecto pero por poco tiempo, la diarrea regresaba siempre fiel. Vuelve, toma dos pastillas, un vaso de agua, vístete que nos vamos, tengo harta chamba, nos vamos, vístete, amorcito, o si quieres toma desayuno pero rápido, un besito nomás, ése es mi desayunito, un besito tuyo, muñeco. Te quedas y me esperas. Ya, como digas. ¿Con quién vas a hablar? ¿Hoy? Con nadie. ¿De verdad? Eres un celoso, un celoso horrible. No vas a engañarme. Por qué te voy a engañar. Bueno, si vas a portarte así, entonces vete a la mierda, llama al chofer que me lleve a Lima, no sé qué hago con un viejo como tú. Montesinos se acerca, la besa. Perdóname, no sé qué me pasa, mi amor, no sé que me da cuando te veo, le dice. Jacky lo abraza. Ya, está bien, papi.

Mira hacia atrás, los ojos vulnerables. Entra a la oficina. Esa mañana llegaban a verlo los jueces Serpa y Muñoz Arce. También Montes de Oca. Sentados, esperando, parándose al verlo. Los mira como en una pantalla, androides hablando, él apretando los botones. ¿Cómo estás, hermano? ¿Cómo anda la familia? ¿Y tu hijita? Bien, doctor, gracias. Qué bueno que estén aquí. Qué bueno. Bueno, vamos a lo nuestro. Mira, ¿de qué se trata lo que vamos a ver ahora? ¿Qué es lo que queremos en el Poder Judicial? ¿Por qué tenemos que entrar? Acá en el Perú tenemos que ordenarnos, hermano. Mira los adelantos que hay en Japón, en Estados Unidos. Ya hay nuevos teléfonos con imagen en el Japón. ¿Y nosotros qué hacemos? Nada, seguimos en lo mismo de siempre, pues, no avanzamos. Lo principal acá es ordenarnos, hermano, ordenar la base social. Desde abajo. Un Ejecutivo y un Poder Judicial fuertes y unidos, así nomás vamos a avanzar, hermano. Mira. Ustedes son de confianza. Todito va a quedar en manos de ustedes. Poco trabajo van a tener, sólo ir a sentarse de vez en cuando, miren la plata que van a ganar, hermano. Lo único, siempre ponernos de acuerdo, nada más. Ya, compadre. Por supuesto, pero hay que tener cuidado con Ibazeta, eso sí, hermano. ¿Por qué, pues, él va a hacer más que ustedes, mi hermano? Si ustedes pueden encargarse de eso muy bien, pues, oye. Pero bastante la han cagado ellos, ah. Ya es hora de que entremos, oye. Yo he sido el que más te ha tratado mejor, dice Montes de Oca. Acá podemos hacer todo, oye. Lo único que no podemos es hacer parir a un hombre. Pero podemos certificar que ha parido, eso sí.

Sabe que sus amaestrados modales de caballero lo hacen un fabricante de sirvientes en serie. Él habla, los jueces escuchan. Su perfil en el sillón, las manos en el aire, los otros en cambio: cada sílaba suya entra como un cuchillo en esos cuerpos de mantequilla, pisa la tierra blanda de sus caras, reconoce la piel de arena. Su método es simple: lo primero es que no queden rezagos de sus mentes, empieza con una conversación general (una conferencia: hablar de la globalización, de los retos del siglo, de los nuevos teléfonos con imagen que se hacen en el Japón, hermano, eso servía, ¿y nosotros, en el Perú?), los otros se sienten orgullosos de descubrir que están de acuerdo, la piel les brilla del privilegio de escucharlo, luego él les propone un arreglo (bueno, pero vamos a lo nuestro), miren, tenemos que ordenar las cosas, para que podamos avanzar, les digo, ha llegado la hora de que colaboremos, ustedes son de confianza, esto se va a hacer así, hermano, yo te doy la plata y tú, por el bien de todos.

Cuando les habla, busca preservarles un resto de dignidad, convencerlos del valor de lo que estaban haciendo. Mira que en el Perú tenemos que poner orden, hermano, tenemos que poner orden y no dejar que otros la caguen, no permitir que otros, había que verlo a nivel macro, miren, la cosa es así, era por el país, sobornar arreglos, acordar decisiones, podemos ayudar a tu hija en sus estudios, necesita dos mil dólares, doctor, no, hermano, te doy cinco mil dólares para que viaje, y cinco mil mensuales para que se mantenga allá, ¿me entiendes?, que esté bien tu hijita es lo importante, gracias, gracias, gracias, doctor, no tienes nada que agradecerme, hermano, el saco obediente, la corbata caída, los zapatos iluminados, una solemnidad burlona bailando en los ojos mientras se despedía, uno de estos días vamos a almorzar, hermano, y el final: palmadas en el hombro, vamos a juntarnos para almorzar con el Rodríguez también, los labios porosos, las cejas cortas, hubiera podido ordenarles que se agacharan y mugieran como vaquitas, la panza móvil, la cabeza arriba, las palabras seguras, mu, mu, mu, mientras el presidente de la Corte Suprema escribía el decreto: verlo obedecer, verlo preguntar, verlo asentir, verlo replegarse, la hipnótica delicia de su entrega, nadie se había negado, todos asentían así.

Los amigos y los enemigos son iguales. Todos tienen un corazón oscuro y apremiado, todos se han hecho adictos al refugio, la certeza, el dinero rápido. Basta que hayan sufrido, basta que hayan tenido miedo, basta que conozcan la incertidumbre, ¿no es así? Revelarlos. Descubrirlos. Exponerlos. Los micrófonos y las cámaras en lapiceros, en celulares, en botones de ropa. Todos los días varios tipos trabajando en varias casas: vigilar las conversaciones en *El Comercio, Caretas, La República,* la oficina de Andrade, las casas de congresistas, de opositores, de ministros. Las sirvientas. Los choferes. Los jardineros. Los mayordomos. Las putas. Todos le contaban, lo proveían de cintas. Los burdeles, los baños, los autos, los restaurantes. Ver, oír, palpar a las gentes, saber que sabía. Que no lo conocieran. Todos en fila y desnudos, frente a él. Las entrañas de billete y de sexo del que los hombres y mujeres están hechos. Su corazón de mugre y desamparo. Todos los seres humanos son letrinas disimuladas, almacenes de los esenciales placeres soterrados, mendigos con modales. El dominio sobre esos mendigos: escarbar poco hasta la pared de hiel en la que habían crecido las enredaderas de sus apariencias, el asco original que sólo se luce en los reflectores de su pantalla.

Los tiene a su merced en esa pantalla. Sus ojos son órganos

sexuales que penetran en la mente y la piel ajenas, la cámara es la extensión del falo, la posesión es una operación vasta y detallada. Archiva los cuerpos, los cuelga en sus estantes, los casetes forman un cementerio personal de prendas humanas. Verlos, tocarlos, atesorarlos. El periodista con las putas. El juez amarrado agonizando. El ex presidente colombiano con un niño. Todo listo, doctor, la voz del coronel. ¿Y a Fujimori? ¿Lo tenía? ¿Era suficiente? A ver, ponga ese video, dice. Un temblor en la mano. La pantalla se enciende. Pare allí, le dice al hombre. Déjeme ver allí. La imagen congelada del presidente.

Los tipos de corbata mirándose entre ellos, ignorando siempre su presencia hasta que había llegado al Palacio de Gobierno, sólo entonces ellos habían volteado a darle la mano, claro, presidente, mucho gusto, presidente, gracias, presidente, le habían dicho también señor presidente muchas veces, como cuando viajaban a la sierra y los alcaldes se inclinan y le hablan en quechua y él asiste a los pagos y a la ceremonia del sacrificio, había tomado la sangre de la llama más joven del rebaño en una ceremonia en Huancavelica, el sabor de la sangre era tibio y largo, mejor que el Bloody Mary de las embajadas, suelta la risa como un relámpago, claro que sí, confundido entre los peinados de rojo cucaracha, el rubio satinado, los trajes negros y azules y brillantes de las señoras, los ojos vidriosos de los hombres de terno, en estas reuniones se siente tan inferior.

Sólo se reconfortaba en las visitas a los pueblos, mientras los pobladores, esas figuras inclinadas y tristes, coronadas con chullos, sosteniendo las varas, condecorados por la pobreza, lo rodeaban a venerarlo, a aplaudirlo, a agradecerle. Sí, señor presidente. Ahora en cambio está perdido, aislado, rodeado de hombres de terno, mujeres de trajes brillantes en los jardines de la embajada. Se va, se va. Camina hacia la puerta, ve al periodista Javier Cruz, le sonríe, le da la mano, pasa a su lado. Muy bien el noticiero, le dice. Gracias, presidente. Fujimori no contesta. Se va.

El Zanjón es un corredor de placas de cemento, un túnel con el techo del cielo. Mientras maneja, siente que se hace un silencio de tregua junto a Marita que ya terminó de hablar de las amigas que fallaron a la embajada pero que ahora empieza a planear la fiesta para su papá, le hacemos una torta y le decimos a Pocha y a Lucy, y toda la gente del canal, vas a ver qué lindo que va a ser, Javier maneja mirando de frente hasta que un ruido interrumpe el motor, el hueco negro del celular, la voz negra de Tato, llamando del canal, oye, tú eres amigo de este juez que se llama Guido no sé cuántos, ¿no?, bueno, lo han encontrado muerto, hoy día, hecho leña, hay unos reporteros que han ido allí. ¿Qué? ¿Guido? Puta madre. ¿Qué pasa, gordi?

XI

Gabriela había viajado a Ica con la promoción de alumnos del colegio hasta que la despierta la voz de la tía de Guido, el cuarto afantasmado del hotel, el camisón que le cuelga, se termina de poner los zapatos junto a la escalera, la otra profesora que le abre la puerta, me voy a Lima, han matado a mi novio, no sé qué ha pasado, llega a la estación, entra al gran corredor de asientos, alcanza los billetes temblorosos, las manos indiferentes en la ventanilla, por fin se sube al ómnibus, baja a la larga noche, primero los árboles, luego el desierto, el letrero del desvío a Pisco. Mientras el chofer estira un bostezo, la duna hacia la derecha se nubla, el olor a gasolina, el motor perdido en un largo lamento de rabia, como si la materia hubiera enloquecido, como si la arena se alzara; ella se mantiene cerca de la pista, soy Berta, la tía de Guido, aun después de la llamada telefónica la voz sigue, hijita, no sabes lo que ha pasado, tienes que venir, mejor no te digo, una cosa terrible, hijita, señora Berta, pero qué ha pasado, pero mira, es que, bueno, ha muerto, hijita, ha muerto, lo han matado. No venía a ver a sus padres varios días y llamó una voz y dijo vayan a ver a su hijo, vayan a verlo y sus padres fueron y lo encontraron muerto, ¿puedes creer que los mismos asesinos llamaron a pedir que fueran a su casa?

Gaby había soltado el teléfono, lo había recogido, había preguntado entre sollozos, pero cómo.

101

El ómnibus ha ganado una velocidad furiosa y el mar llega entrecortado por la ventana, las ondulaciones de luz negra, la desesperación intrincada de la arena, el cerco desaparece y de pronto las cintas nocturnas corren al fondo, a una distancia de vértigo. Gabriela siente la tentación de hundirse en el silencio, caer y rodar y desaparecer bajo el agua, entrar al reino del gran frío, algún día, piensa, cierra los ojos hasta que ve los letreros de Lurín y Pachacámac, cómo tarda en llegar a la verdad, ese viaje es el fin de su vida hasta entonces, piensa, cansada de lo que va a ver, de lo que va a sentir. Cruzan los semáforos, entra a la marea lenta de la avenida Javier Prado, se baja. Son las diez y piensa si debe ir al velorio de frente, con el maletín de viaje en la mano, sube a un taxi sin saber qué dirección, vamos a Lince: sacarse la blusa, el aviso rápido a su madre, llama a Delia, está en la casa de sus padres, después va al Palacio de Justicia, el nuevo taxi, entrar en el fragor mudo del velorio, ver a la señora Berta, ver a don Jorge, a la señora Martha, no sabíamos nada, los vecinos llamaron, entramos a la fuerza allí: el cuerpecito de Guido destrozado, hijita, llenecito de heridas, no sabes lo que era, todo el piso lleno de sangre, todo oliendo, y el cuello amarrado con un cable, no sabes quién me ayudó, fue su asistente de antes, Artemio, cómo lloraba ese muchacho, no sabes, llamamos a la policía, vinieron y lo taparon, y mi hijo Esteban vino para limpiar todo, felizmente vino la policía después, ay, no sé cómo vamos a vivir sin el Guido, tú tan buena con él, hijita, no sé qué hacer, tan cariñoso siempre, tan bueno y ahora, ahora que está en el cielo... hasta cuándo, yo sé que lo mató la gente del gobierno, por lo de los juicios, por no obedecerlos, Dios mío, ¿tanta maldad?

Un silbido en la madera, una franja blanca, un chorro de arena en el patio, el cuerpo largo, el aire salado, la pijama rosada de Jacky cayendo hacia las rodillas, Jacky nadando bajo las macetas de plantas, por fin, esa tarde ha alineado a los soldados de espaldas a la piscina, todos allí en posición de firmes al borde, al que se voltee a mirar, lo mato, carajo, ve a los hombres parados de espaldas, besa a Jacky, le quita la ropa de baño, la abraza, la penetra bajo el agua mientras ella con la boca abierta, él mira a ver cuál de los hombres ha volteado, ninguno, bien obedientes los cabrones, mirar, ser mirado, que nos miren, que no nos miren. ¿No va a voltear ninguno?

Se despierta junto a ella en la madrugada, tras la negrura maciza del aire, mira hacia el otro extremo del colchón, una gran sirena dormida, ¿muerta?, en la cama, se levanta, va al baño otra vez, ¿por qué tanto?, los golpes del estómago, la sublevación de la diarrea después de días de estreñimiento, se sienta con las manos en la cabeza, esperar, esperar, ¿hasta cuándo?, por fin, bajo la ducha, la lluvia de gotas gruesas en los hombros, los chicotazos en la cara. Sale. Ella aún dormida. De costado, la quijada dura, una pierna doblada, la hermosa ferocidad inmóvil de la cabeza. La cara de facciones agudas, una melena reluciente, perderse en esa melena, entrar a su alma como entraba a su cuerpo, reconocerse detrás de los piropos, detrás de los insultos, se restrega en las piernas. ¿Por qué esa mujer lo atrae, lo hace preguntarse siempre, si ella, si en verdad, así? Se levanta. Pone el casete. Se sienta. Mirarse. Mirarlos. Él, tenso y encaramado sobre las piernas de ella, él como un sapo blanco y calvo penetrando a una sirena, ella con los ojos cerrados, ¿está gozando?, ¿está? ¿Y él, y él?

Siguen abrazados, ella empieza a gemir, él la está abarcando, las piernas suyas tan anchas y las de ella, ¿por qué pelean tanto, por qué siempre ella? Jacky gimiendo con los ojos cerrados, los labios afuera, él después, moviéndola, acomodándola, montándola por atrás, ¿no estaba feliz ella? ¿Lo estaba engañando? ¿Estaba fingiendo? ¿Tenía la misma cara con el otro? Pon el video. Goza más con él. Ya apaga la máquina.

Se para. ¿Ya estás despierta, amor?

La voz de la tía manejando, apenas la oía, Gabriela se alinea tras el cortejo hasta el Palacio de Justicia. Llevar el ataúd de Guido, hacerlo pasear por los corredores, él lo hubiera querido así. La vanidad diferida del cadáver. Todos se acercan, el ataúd es un objeto sagrado, un altar de culpas ajenas. Los hombres lo cargan, suben las escaleras, lo llevan al corredor principal. Los dos leones de piedra, las columnas blancuzcas, las escaleras hasta la puerta de oro, el triángulo inflexible. Gabriela recibe abrazos confusos, soporta las amables palabras funerarias, y vuelve a salir con él. La calle. Los microbuses. El Hotel Sheraton. El paisaje que él había recibido todos los días al salir de allí. Las ventanas de cajas largas del hotel, los bustos oscuros de fierro que se miran, los bueyes negros empujando el vacío, el pájaro estirado, el cemento seco y circular de la pileta, los postes resueltos en tres faroles.

Por primera vez se da cuenta de las filas de palmeras gruesas. Las hojas florecen hacia los costados, como brotes de navajas. Un grupo de curiosos se junta. La suciedad del aire retardando un ruido de bocinas. Gabriela se queda en silencio. El ataúd navega, indiferente a las nuevas sonrisas y a las palmadas de pésame, la madera brillante, como eternizada de luz, la superficie lisa y tibia, los crespones metálicos, la materia que queda de una vida, lo que sobra de un aliento, unas monjas rezan mientras Guido flota cubierto con una bandera peruana y rociado de flores. Ella se hace a un lado, lo ve bajar a la carroza.

Una cámara de televisión y varios fotógrafos rodean al grupo, los homenajes resignados, la fiesta en voz baja de un entierro, los cigarrillos rápidos entre la gente. Hay algo de platea y de mezzanine, a los familiares y a la novia les corresponden los mejores lugares frente al ataúd, los demás se juntan atrás, alrededor, por última vez las gradas de su edificio, no de su oficina, no de su sitio de trabajo, un juez no es un trabajador así nomás, es un dios superpuesto a los hechos, una brújula, alguien de quien depende que se haga justicia, a quien los justos del mundo observan con esperanza, para que la gente pueda creer que el trabajo, el amor, la honestidad son posibles, que la vida social, que las relaciones entre la gente tienen sentido, ¿me oyes? Los trajes negros de José, de Lidia, de Carlos, en su honor. El ataúd se inclina, baja con un largo deslizamiento, una lenta velocidad irreparable hasta que coincide con la carroza. El proceso de la carga crea un vértigo de silencio, un multitudinario vacío irrepetible, un escudo a las bocinas de la pista.

–Ven. Ven, Gaby –dice Delia.

Ella retrocede. Los susurros, las pisadas, la procesión humeante de microbuses, la piel húmeda de Delia. Gaby ve la carroza partir. Se queda parada, mientras Delia a su lado, ¿vas al cementerio?, ¿quieres ir?, ¿te llevo?, la carroza se pierde, da la vuelta frente al Hotel Sheraton y se detiene frente al policía de tránsito. Ve a los padres de Guido encerrados en una camioneta. ¿No debía estar con ellos, apretar las manos de su suegra, hablar con su suegro, llorar en voz baja con ellos? Había oído la noticia, había visto el ataúd, la había paralizado la pena, y sin embargo el hecho mismo –Guido muerto– era aún inaceptable. Sólo después, mientras veía a los otros, a los parientes, a las secretarias, a los demás jueces a su lado, comprendió de golpe el gran repliegue que estaba dando el mundo. En ese instante reconoció las paredes de la celda en la que Guido la había dejado, el desfiladero en el que su vida estaba a punto de entrar. Se representó la crueldad de los días que la esperaban después de los beneficios del asombro, del cataclismo cálido de la amistad, y de los abrazos de la lástima. Una vez que pasara la confusa piedad de esas festividades la esperaban solo los besos helados de un fantasma. Los terrores de la nostalgia iban a rodearla desde dentro, acechando el primer segundo de su intento de huir. La jaula de la memoria era demasiado ancha y estaba llena de laberintos y allí había caído, condenada a que la muerte de Guido fuera parte de su destino siempre.

Mientras la carroza partía y ella se iba quedando en las escaleras, junto a las estatuas de los leones, vio a los jueces agrupados en un carro. Guido muerto, castigado, desaparecido. Para algunos de ellos, para los jueces sumisos, para los que habían inclinado la cabeza, había algo de una perversa, natural justicia en esa conclusión. Guido era demasiado iluso y creía que su ejemplo tenía sentido. Vivía en su paraíso personal, el de la guerra por la justicia. Él se había buscado su muerte de tanto resistirse, habrían dicho algunas de esas caras ocultas que lo acompañan arrugadas de respeto. Gabriela retrocedió. Distinguió otra vez a Delia. «Vamos a la casa, Gabyta, ven que tienes que descansar, oye.» Miró hacia arriba. El cielo blanco, una conjetura de la materia, el humo material, un vapor salado en la cara, el llanto entre las manos: la primera, bochornosa traición.

Montesinos se para, mira la ventana, la palidez intrincada del aire, los rectángulos de fierro, un carro merodeando como un insecto, el vaso de whisky. El hielo se queda entre los dientes, se aplasta, suena como un hueso, Montesinos vuelve a la alacena, le ordena a Roger que entre, que le sirva, que se vaya. El trozo de hielo le quema la lengua, se sienta frente a la televisión, llama a Raúl, le pide que le ponga el video, la pareja de panameños que ha traído de Miami haciendo el amor mientras él los observa junto a la piscina. Montesinos se ve mirándola, extendiendo la mano, sosteniendo el miembro de César a su lado mientras sigue mirando. ¿Jacky se ha dado cuenta? No sé, no sé, ponlo de nuevo, le dice a Raúl. Se queda en el asiento, el cuerpo doblado, siempre otro trago, una mano entre las piernas. Congélalo allí, déjame ver. Sí, doctor.

Montesinos se recuesta. No se ha dado cuenta la gatita.

Cuando Gabriela alza la cabeza, oye la voz de Delia.

Ve un carro al final de las escaleras, es un taxi del que baja Javier. Lo ve acercándose, lo oye decir que lo siente mucho, se oye contestar gracias, mientras mira el blanco de las escaleras.

—¿Qué quieres hacer?

Mira la pista, el ancho de la carroza funeraria y la procesión de caras que la sigue.

—Delia. Llévame al cementerio. No sé qué hago acá.

–Pero ¿estás segura?

Camina hacia abajo, entra al fragor de la calle, cruza las caras en sentido contrario. Siente el ruido triste sobre el plástico de los asientos. El motor hace temblar el vidrio, el carro retrocede entre los postes. Delia acelera. Llegan al Sheraton, se cuelan por entre los ómnibus del Zanjón. El ruido de la palanca de cambios retumba dentro del carro, hay un largo pacto de silencio, las dos esperan que les llegue alguna frase, por fin salen del Zanjón, llegan a Javier Prado y a la carretera Ramiro Prialé, se alinean con otro carro de tipos jóvenes, a lo mejor algunos que habían conocido a Guido en el Palacio o parientes o a lo mejor vigilantes del gobierno, policías dispuestos a ver quiénes iban al entierro, esa gente que lo había matado y que ahora iba a asegurarse de su muerte, van a pisar la tumba, nunca más va a ser problema ese juez, doctor, ya no se preocupe, doctor, una brisa dispersa el pelo.

Cruza el cementerio, se acerca al grupo, las palabras del sacerdote se van aclarando, «un juez tan probo y un hombre tan bueno como el doctor Guido Pazos...».

Antes de bajarse en la puerta de su casa, mira de frente a Delia. La ve abrumada por la cautela de no hablarle y tiene el resto de compasión de pedirle que se vaya. Yo me las arreglo, ya no te preocupes, ni hablar, hermana, yo entro contigo y ya después me voy si quieres, vamos, la casa se abrió, los mismos cuadros, la lámpara en la mesita de madera, los dos sillones altos, los mismos objetos sobre la mesa: el florero verde, el gran cenicero, el retrato de su padre.

Deja las llaves y se sienta, la gran rendición de volver, el murmullo de Delia, mira, Gabyta, lo que tienes que hacer ahora es dormirte, tómate esto que te va a ayudar, una pastilla en las manos de Delia, su madre baja por la escalera, Delia se para a susurrar algo, el cuerpo blanco de su madre se detiene, la escucha, y Gabriela se asombra de reconocer una luz de convicción y de generosidad en sus ojos.

Su mamá, Delia, el ruido en la cocina, el vaso de agua con el que sale, la diligencia de los dedos con la pastilla, tómate esto, Gaby, ¿me va a tumbar?, te va a hacer dormir, Gabyta, que eso tienes que hacer, mañana voy a verlo de nuevo, claro, al cementerio, cómo estará arreglada la hierba, poner unas flores, yo te acompaño si quieres, pero ahora descansa, Gaby, vamos.

Toma la pastilla, sube a la cama, se echa mirando hacia arriba. El terror del mundo al despertar.

XII

–¿Qué pasa?

–Nada. Mataron a un pata.

–¿Cómo? ¿A quién?

–Uno que tú no conoces.

–¿Pero quién?

–Guido. Un tipo que estudió conmigo en la universidad.

–Ay, qué horrible. ¿Qué pasó?

–El gobierno lo mandó matar.

–Ay, pero no puedo creer que tú también pienses esas cosas, oye.

–Es la pura verdad, Marita.

–Ay, no sé. ¿Quieres que te haga un cafecito?

–Prefiero un vodka –dice sacando una botella.

–Ay, pero no tomes a esta hora, gordo.

–¿Y a ti qué te importa a qué hora tomo?

–Te lo digo por tu bien, pues, no te molestes.

Una pausa. Se levanta. Inclina la botella, tres piedras de hielo rebotan en el fondo. El agua tónica se mezcla, hace una explosión de burbujas, le enfría la garganta.

–Si no quieres que me moleste, lo mejor sería que te largues, ándate.

–Ay, qué grosero. Me voy.

La falda alzada, la punta de la nariz sobresaliendo. La ve marcar el teléfono. Lo esperado. Va a llamar a su madre, el corredor de ecos de la familia. Javier termina el vaso. Vuelve a llenarlo.

Abre la puerta. Se enfrenta al cuerpo doblado de Marita sobre el teléfono. La cara de muñeca, la voz inclinada, ay, mamacita, no sabes lo infeliz que soy, ay, pero es que vivir con este hombre es un sufrimiento que no te digo, mami.

—Yo creo que en vez de llamar a tu mamá —dice Javier— lo que necesitas es un buen trago, hijita. Tómate este traguito conmigo.

Se acerca con el vaso. Derrama un largo chorro de vodka con hielo sobre la cabeza, observa los ojos apretados, el pelo goteando, el grito corto.

Sonríe al verla levantarse, asimila el empujón con un paso atrás, y cuando la ve huir hacia el baño, alza el teléfono, da las buenas noches a su suegra y va a servirse otra vez.

Mira el reloj.

Hora de ir al canal.

Javier entra al camarín, se sienta con una mueca de saludo y evita mirarse al espejo mientras la señora Charito lo cubre de polvos. Se figura con un perverso placer el itinerario de Marita. Llamar a su papá que va a llamar a su tío que va a llamarlo al celular para reprocharle la barbaridad que acaba de hacer con su querida sobrina, pues, oye, no te pases, qué mal que te portas, Javicho. Qué te pasa, oye. Mucho estrés será pues pero qué te ha dado, o eres un cabrón entonces.

Cuando la señora Charito termina, cuando alguien le pasa la hoja con los primeros textos, Javier entra al baño con la botella.

El corredor del canal huele a orina y a madera y está atravesado de caras torvas que pasan mirando hacia delante. Todos estupidizados por una especie de narcótico en el aire: hombres bajos, prietos, de quijadas duras, la boca ligeramente abierta, pantalones inflados, brazos rendidos, los hombres se entrecruzan con mujeres de sonrisas tiesas, piernas lentas, peinados rojizos, amarillentos, ojeras cóncavas, todos moviéndose en una ceremonia hipnotizada, como encerrados en la misma nube, un regimiento que marcha lánguido y en círculos, una indiferencia reposada sobre la mugre. Javier arrastra los pies, las luces iluminando la silla vacía, el adorno de la cara de Jimena. La música, los tambores, el ataque marcial de las trompetas, por fin su propia cara risueña en el fondo azul. Buenas noches, amigos, hoy es jueves doce de julio y éstos son nuestros titulares.

En el primer intermedio, Tato se acerca con las noticias que vendrían. Javier coge los papeles, la muerte de Guido. «Un extraño crimen pasional en San Luis. Juez muere en circunstancias extrañas.»

–Yo no leo esto ni cagando. A este cojudo lo mataron los del gobierno –dice mirando los ojos abiertos de Tato–. Era mi amigo ese huevón.

Tato alza los hombros.

–Está bien. No lo leas si no quieres. Vamos a meter otra cosa.

–¿Quién chucha te dio ese papel?

–Qué huevón que eres, Javi. ¿Quién va a ser, pues?

–Concha su madre, carajo. Ándate a la mierda, huevón de mierda.

–Oye, a mí no me digas huevón. A mí no me digas nada. No me jodas.

Tato se aleja. Javier empieza a toser.

El ojo de la cámara se diluye, prosigue la rutina de noticias: declaraciones de ministros, un robo en una bodega en La Victoria, un incendio, la mordedura de un pitbull. Luego el bloque deportivo. Javier regresa, se sienta con la música. «Preparado», le dice Tato.

«Pero no todo son malas noticias con los perros. Un perro salvó la vida del hijo de su amo en Nueva Zelanda», anuncia Javier mientras ve la imagen de una laguna, un bebe aferrado al perro nadador. «Ahora los cuatro miembros de la familia –padre, madre, hijo y perro– celebran juntos el rescate.» Espera que la voz se termine, sonríe, dice muchas gracias por estar con

111

nosotros, hasta mañana, anuncia la película *Dedos de acero* a continuación, gracias por su atención, amigos, con la sonrisa graduada hasta que se acaba la música de tambores y los camarógrafos y técnicos se dispersan como si un nudo se hubiera abierto para desatarlos.

Se para, llega al camarín, ve a uno de los primos de Marita. Es Bruno, el gerente, un tipo flaco y joven, un modelo expectorado de algún comercial de casimires, Bruno usa el terno como uniforme y el cuello como un podio y desde allí preside las reuniones para evaluar el «producto» que es el noticiero y buscar «su reposicionamiento en el mercado» y la «optimización de sus recursos de marca». Bruno es el verdadero protagonista del canal, la estrella de quijada dura que entra a las reuniones como un profeta iluminado, reuniones de mediodía donde pasa una serie de filminas con tablas de rating, aquí vemos el producto comparado de semana a semana, de día a día y de diez minutos en diez minutos y aquí vemos las opiniones de un panel de televidentes con sugerencias para mejorar el contenido y el estilo del noticiero y lograr así un producto competitivo en el mercado. Producto competitivo en el mercado, insiste con una devoción susurrante: la voz de una beata con corbata, un profeta con maletín. Sus lemas son letanías religiosas. Buscar vehículos para optimizar la marca. Generar recursos de impacto en el televidente. Eso es lo que queremos buscar ahorita. O sea, buscando desarrollar el plan de mejoras y trazando nuestros objetivos del próximo año. Aquí tenemos la lista de Fortalezas, Obstáculos, Debilidades y Amenazas, los cuatro casilleros para que los llenen.

Para Bruno la empresa es un templo y las reuniones son una misa en la que él oficia de sumo sacerdote. Habla con sílabas precisas apuntaladas por el dedo índice alzado, y un peinado limpio de patillas cortas. Tiene un trato encerado, se embalsama en un perfume de cerezas, se pinta las uñas con esmalte transparente pero sonríe, comenta los cambios de clima, da palmadas a los empleados y sazona sus frases con carajos periódicos. El día anterior ha acusado a Javier de inclinarse hacia los temas elitistas (referencias en el noticiero a la temporada de ópera) y le ha informado que esos temas sólo se dirigen a un segmento ínfimo del mercado, lo cual, opina él, va en detrimento de los objetivos de posicionamiento. «Los dirigentes de una célula marxista también me decían eso, oye», comentó alguna vez Javier, «que yo era un elitista.» Bruno lo había observado con ojos fijos de iguana, los mismos con los que le apuntaba ahora. «No sé qué quieres decir con eso», le había explicado.

La empresa, como cualquier otra, era un hospicio de la estadística. Los números y los cuadros con curvas aparecían en todas las pantallas, acechaban bajo todos los sobres, estallaban en todos los archivos de correos. Los números calmaban a Bruno y a los demás gerentes porque justifican sus opiniones. No importaba cuál era la marcha de las cosas con tal de que estuviera documentada en los niveles socioeconómicos, los índices de rating, la composición en sexos y edades del televidente. Los números eran un instrumento de batalla, un ordenamiento de la humillación.

«¿Has leído el informe de nuestros televidentes?», preguntaba Bruno con frecuencia. «Nuestro televidente objetivo es el B medio y el C alto, gente que gana menos de mil quinientos dólares, tiene un solo televisor en casa y come margarina en vez de mantequilla. ¿Sabías eso, Javier? ¿Sabes qué es lo que nos pide ese televidente? Impacto, primicias, relajo, entretenimiento, eso nos pide.» Pero hoy Bruno no venía a dar uno de sus discursos sino a cumplir un encargo.

–Hola –dice Javier–. ¿Qué vienes a hacer aquí?

–El señor Ramiro te llama por teléfono –informa Bruno.

–Ya. ¿Qué te pasa? ¿Por qué estás tan serio?

–No me pasa nada.

Tato se acerca.

–El viejo Ramiro está hecho una pinga porque no leímos lo del juez –susurra–. Dice que esa noticia venía de arriba.

Javier duda, toma el teléfono, tarda en alzarlo.

–Sí.

–¿Qué ha pasado?

–¿Por qué?

–Ven a verme mañana a las once.

–Muy bien. ¿Qué pasa? No quise...

–Ven a mi oficina mañana nomás.

Javier cuelga.

–Dice que quiere que vaya mañana –le dice a Pancho.

–¿Por qué?

–No sé.

–¿Vamos a tomar un trago?

–No. Me voy a la casa.

–¿Qué pasa?

–Tengo que reconciliarme con mi mujer.

–Qué sacolargo que eres, oye.

–Está bien, doctor.

–A ver, que pase.

La chica viene del gimnasio del congresista en San Isidro. La ve, la oye, le ordena desvestirse. Mati está en el cuarto. Tiene lista la cámara, Montesinos espera a acomodarse delante de la chica, frente a la cámara, Mati va a filmar, Montesinos se mira en el lente. Estar en la tarde con la chica, esa noche visitar a Laura Bozzo. Todo filmado, todo archivado para siempre.

Abre los ojos con la voz de Delia. Nora le está informando, la señorita ha dormido toda la noche y todo el día, sí, le di su pastilla, oye los pasos de Delia en la escalera, la puerta cuidadosa, el asomo de la cara, hola, qué hora es, las nueve de la noche, ¿qué cosa?, qué te provoca hacer, por qué no salimos, no sé, vamos a dar una vuelta.

Gabriela apenas siente el cuerpo, ¿no va a poder moverlo? No tiene fuerzas para moverse y tampoco para rechazar la propuesta de su amiga. Vamos si quieres. Vaya qué bueno, dice Delia, allí tengo el carro. Voy a ducharme un ratito. No, mejor no me ducho, me pongo un buzo y vamos nomás. Se sube al Nissan blanco. Dónde quieres ir. Donde quieras, me da lo mismo. Vamos a tomar un café al Mangos, dice Delia, vamos un ratito, no te quedes en la casa. Junto al semáforo hay un malabarista de antorchas de fuego que se para frente al carro y les extiende la mano, una propina pe, tía. Ninguna de ellas lo mira.

Delia acelera, llegan al Óvalo, la herradura de la iglesia de Santa María, el ángel salvador en el medio, se sientan en el Mangos. Delia pone en práctica la estrategia de la distracción, amigas comunes, recuerdos universitarios, hablarle de todo y después de él, de Guido: vamos a hablar de él, dice Gaby, los discos de música religiosa y de Haydn, sus manías por el orden y su afición por ir a misa cuando ella se aburría. Delia administra el diálogo, abunda en detalles, va contribuyendo al cuerpo de Guido sobre el aire entre ambas, al fondo continúa la marea circular del tráfico.

Gabriela ve un grupo de carros con circulina cerca de la ventana.

—Vamos a ver libros aquí en la librería Época —dice Delia.

Salen a la vereda, Gabriela se detiene. Hay una asamblea de carros con luces intermitentes. Piensa que las circulinas rojas hacen una red de hogueras, un jardín aéreo de fuego. Gabriela llega a las gradas y da un paso atrás. Hay dos sombras en la puerta de la librería.

Los ve, casi los toca. Las dos personas frente a ella son Laura Bozzo y Vladimiro Montesinos.

Laura Bozzo baja las escaleras murmurando algo. Detrás de ella está Montesinos.

La cabeza dura, el terno limpio, la humedad de la piel.

El doctor Vladimiro Montesinos que ha pasado junto a ella, dos guardaespaldas que lo siguen.

Gabriela se detiene en las escaleras. Lo ve subir al carro, oye a Delia, ¿viste quién era?, y entrevé la cara instalada tras el vidrio negro. Laura Bozzo entra y se queda a su lado.

El carro retrocede lentamente, se apodera de la pista y sale disparado entre una ráfaga de motociclistas. Gabriela no se mueve.

Esa noche Delia la acompaña hasta el dormitorio, le saca la pijama, le ofrece la pastilla con un vaso de agua. Por fin se queda sola.

Montesinos bajando las escaleras junto a Laura Bozzo, entrando al carro, dando la vuelta al Óvalo, una aparición que ilumina el cuarto. Nunca lo había visto en persona. Su lentitud silenciosa, su camisa granate, su mirada lateral. La sombra de carne se agiganta en la pared como si fuera un santo que se le apareciera en una revelación para darle instrucciones sobre su conducta, el ángel de una Anunciación maligna.

En ese momento ve una línea de luz que se abre paso y le revela un camino estrecho y recto entre las sombras.

Se despierta con los ojos enormes. Le parece que han estado así toda la noche. Los oráculos del miedo se han cumplido. La vida sin Guido es irreal como un espejismo. Ese espejismo es su dormitorio. Prolongar esa carencia es su deber. La compasión por sí misma es un despilfarro de la conciencia.

La cara vuelve a aparecer. Es la cara de Montesinos hablando con la voz de Guido. Ven, ven, búscame, Gaby. Búscame, mi vida.

Había pasado la noche escuchando la voz de Jacky, «no tengas celos, michito, gran muñeco, mi marido me da risa, ay, no es como tú, de verdad», quizás algún día, quizás cuándo, él iba a escuchar esa misma frase repetida de la misma Jacky, «tú no me prestas atención, oye, hay montones de hombres que se mueren por mí, ¿ya?, dime, yo creo que tú me sacas la vuelta con la Laura Bozzo, con la desgraciada esa, a mí ya me han contado, yo en la playa y tú con ella allí en la oficina, me pasé horas llamándote. Horas, ¿me entiendes?, y al final me contesta la cojuda de la Pollo esa, pucha, que yo no estoy acostumbrada a que me traten así, ahora dime, ¿nos vamos a Rusia o no nos vamos?, pucha que ya no te creo, oye. ¿Por qué tenemos que ir con ella?».

El sueño regresa. Los coroneles sin rostro lo rodean, él está esposado, encerrado en una celda. ¿Qué soñaste? Soñé que me dieron un golpe de Estado, dice. Ay, mi amor, no pienses en cosas feas. Ven, muñeco. El regreso a los troncos eléctricos, las plantas de plástico, la pantalla gigantesca de su casa de playa. ¿Nos vamos de viaje, nos vamos al Brasil? Las vacaciones con Jacky en la playa: ella en esa ropa de baño sucia de arena, los muslos ajustados, los senos frescos, entrando al agua, llamándolo, ven, muñeco, y él sentado mirando, sonriendo, alzando la mano, tapado: los anteojos, el sombrero, la camisa blanca, una toalla en las piernas, en el pecho. Mirar. Que no lo miren, que no lo miren, mirar siempre. El pañuelo en la cara y el pantalón bajo el sol. Ella en el barco comiendo el plátano frente a él. Pelando, chupando, los labios aprisionan el plátano, lo sostienen, se lo engullen. Se sentía inclinado ante ella, la temblorosa tentación de tocarla, tenerla cerca, su foto en la casa de la playa Arica, dentro de ella un faro iluminando sus membranas, un brazo entre sus piernas, sólo que ella nunca se lo había permitido, siempre el resquicio de insolencia, de doblez, de menosprecio en sus mimos, un asomo de burla, quizás él la amaba más cuando ella más lo insultaba, cuando le decía eres un viejo antipático, a mí no vas a venir a mandarme, yo me aburro, me voy, te dejo, te dejo, ¿por qué no te mueres, Vladi?

El cuerpo inflamado, la carrera hacia el baño. Sentado, el frío en las piernas. Llamarla. Ay, amor. Cómo te amo, cómo te amo. Tú eres mi *Only You,* mi vida. ¿Sabes qué? Me derrites, me derrites. ¿Tú me has dado chamico, mi vida? Pensar en ella, el cuerpo apretado, saliéndose, debajo, ¿piensa en otro?

Alguna vez le había explicado al presidente que la política es así: el gobierno es un asunto de gobernar o no gobernar, presidente, de ganar o de perder, nadie empata en la política, ¿me

117

entiende?, empatar es perder, o uno gana por mucho o pierde, y ahora escúcheme bien, si no ganamos, si no gobernamos, entonces estamos jodidos para siempre, estamos perdidos para siempre, estamos fritos, yo sé, hágame caso, esto es una guerra, o sea es el arte de la guerra, acá no hay cojudeces, tenemos que quedarnos porque si no, fíjese, le hablaba mirándolo de frente, haciendo el intento de desmoronar los anteojos, abrir la piel. La cara del presidente lo asimilaba sin moverse, era una trinchera: dos o tres arrugas nuevas, el vago temblor en los párpados, el muro de la boca. Ya sabemos quién es quién, los celulares, los micrófonos, los teléfonos, los archivos. Tenemos que quedarnos.

Sí, tenemos que quedarnos, doctor, pero hasta cuándo cree usted. Hasta que podamos, presidente. Confíe en mí, ¿y después?, después vendrá otro y otro, yo sé lo de todos, y siempre va a haber alguien conocido, uno de los nuestros, no se preocupe. Eso he aprendido de Abimael, que es un genio del mal pero un genio, señor presidente: que tenemos ojos y oídos en todas partes. ¿Eso aprendiste? Ya sabías eso, Vladi. Eso ya sabías. Mil ojos, mil oídos. Sonríe, le mira la corbata, sonríe. ¿Me estás filmando ahorita, Vladi?

XIII

La luz blanca, las arrugas de las sábanas, el primer dormitorio. Su cuarto: las muñecas, el retrato de sus padres jóvenes, los libros amontonados, la espiral de colores que flota en el techo, el cuerpo de James Dean, la manija dorada del ropero, los gorriones, los motores, los ruidos dulces de la rutina.

Cuando baja las escaleras ve a Nora esperándola. ¿Mi mamá está bien? Sí, ya. Voy a salir.

El tibio óxido de la manija, la vereda de rectángulos rotos, la pista por la que avanza un triciclo negro, cargado de canastas, mientras ella escucha los tacos de sus zapatos blancos, un taxi a Huachipa la puede dejar en el cementerio.

El taxista le dice veinte soles, ya, pero ¿me espera? Ya.

Otra vez la carretera, otra vez los cerros de piedra, la franja amarilla en la pista.

Se baja. Empieza una marcha lenta. Se detiene junto a la tumba, el rectángulo de tierra, el sonido estancado que hay dentro del silencio, habla en voz baja.

«No voy a regresar, Guido. No voy a venir aquí en un buen tiempo. Tú no estás aquí, tú estás conmigo», se aprieta el pecho, «estás aquí conmigo.»

Hace la señal de la cruz. Da media vuelta.

119

Al regresar, entra al baño y se quita la ropa. Se para dentro de la ducha. El agua la rodea, la cubre como un manto largo, protegida por un abrigo: el vapor duro, la cortina de gotas, el ruido granizado. Piensa que el cono de agua es el centro, se toca las piernas, el vientre, los senos. Dice el nombre de Guido en voz baja.

Sale, se seca, se sienta frente al espejo: el velo húmedo, los pechos alzados, la curva de la cintura. Un raro pudor le había impedido hasta entonces mirarse desnuda, la curiosidad siempre menor que la vergüenza, hasta ahora sólo se miraba con la ropa puesta o con una camiseta, pintándose los labios o poniéndose el rímel o peinándose, pero el vidrio le ha mostrado el cuerpo de hombros estrechos y senos altos y el cuello estirado como de cisne y el estómago liso, ese triángulo de pelos largos, los muslos crispados, la lámina triste de la piel, el punto blanco en los hombros, las puntas feroces de cada pezón. Su cuerpo era un organismo extraño: la proporción entre los huesos grandes y la pureza oscura de la carne, los ojos iluminados de verde, la amenaza de las primeras dobleces en la cadera. Ojos de cristal, cejas afiladas, labios duros como un botón.

Debía regresar a ese cuerpo. Buscar a través de él, en el comienzo de su infancia, el tesoro del mal que siempre había tapiado con sus maneras y razones, el botín de las humillaciones del pasado, la acumulación de pequeñas miserias, los breves bochornos que habían monitoreado los movimientos de su familia, la mesa del comedor llena de ropa usada que llevaban a vender en una tienda, la cara de su papá tras varios días de no poder cobrar los envíos, la larga enfermedad y la discreta muerte de papá, el llanto largo de mamá, las carreras a pedir prestado para pagar la luz cuando se apagaban los focos una mañana, los huecos en las camisas, los pisos rotos, las puertas astilladas, la rápida fuga de su hermana a un matrimonio por dinero, su propia entrega a los estudios y luego al trabajo, la aparición de Guido que por sus espontáneas gentilezas, su voz firme y susurrante había sido el único bálsamo, el único dios en el eterno purgatorio de sus carencias, el único capaz de acogerla, el único que podía alzar la cara y edificarse frente a los saqueos del pasado.

La traición de la calma la amenazaba en los consejos de amigas como Delia. Frases como «piensa que Guido está con Dios» o «hay que resignarse y seguir adelante» la ofendían como si fueran trozos de nieve que alguien le echaba en la cara. Guido estaba en ella, nunca iba a apartarse de ella. Era su destino. No podía empezar una nueva vida puesto que siempre iba a vivir con él. Si no podía huir de la muerte, tenía que apretar a la muerte, meterse a la muerte entre la piernas, abrazar y escupir a la muerte.

Al abrir los ojos se encuentra con una mujer más joven en el espejo. El pelo parece haber crecido y está ligeramente más rizado. La boca ha recuperado el color rojo de su juventud. Es hermosa.

Don Ramiro se para. Su cuerpo de pequeños paquetes apretados, el ruido de los cubos de hielo, el frío en los pies que no encuentran su lugar. Javier lo ve esforzarse en la maniobra de darle la mano.

–¿Te sirvo un whisky?

Javier adelanta la cabeza. El ofrecimiento parece un mal augurio.

–Bueno.

Los bolsones aprietan la tela sobre la correa, amenazan la camisa y se agolpan en el saco. Las primeras corrupciones de la cara, los labios descolgados, las mejillas hinchadas como bolsas. Don Ramiro parece estar siempre tratando de disimular el sudor. Tiene la sonrisa desesperada de un galán frente al abismo de la vejez, una momia elegante que se mantiene de pie para celebrar un ritual, narcotizado por las cifras de su cuenta en el banco. Su canal de televisión es su parcela del mundo. Desde allí, se ha imaginado que puede almacenar un elenco de marionetas y hacerlas comparecer en la pantalla y mover los hilos de los cuerpos que las miran. Don Ramiro piensa que el canal es un avión y que él debe hacerse cargo del vuelo desde tierra pero que puede poner en el asiento de piloto a su hijo Pancho. Pancho, que ha crecido en los algodones de la complacencia, que acaba de festejar su cumpleaños en Punta Hermosa con una gran reventazón de fuegos artificiales, es el encargado de hablar con los agentes del gobierno para los trámites del contenido del noticiero. Es el operario habitual de los consejos y sugerencias en las informaciones. Si esta vez don Ramiro y no Panchito ha llamado a Javier, se trata de un asunto especial.

El rectángulo opaco de la ventana, la mesa apenas iluminada, algunos trofeos: un cisne estilizado de plumas negras, una estatuilla plastificada, un rectángulo verde y una placa.

—Cuántas cosas —aparenta Javier—. ¿Todos son premios?

—Sí. ¿No los habías visto?

—Sí.

—¿Y qué te parecen?

—Muy merecidos.

—Es que tenemos buenos productos.

—Claro que sí.

Javier sorbe el líquido amargo. Detesta el whisky y ha decidido terminarlo.

—He estado viendo el programa —dice don Ramiro.

—¿Ah, sí?

—Sí. Está bien.

—Ah...

—Bien para los cojudos que nos creen.

—Que deben ser muy pocos.

Don Ramiro sonríe. Los hielos repican otra vez.

—Siempre hay cojudos que nos ven en todas partes. Pero no lo repitas. Yo no le hablo así a otros, ya sabes.

—No te preocupes.

—Mi hijo Pancho cree que todo va bien, que el programa está muy bien.

—Así me ha dicho.

Don Ramiro alza el brazo como celebrando lo que va a decir y a la vez apartando algo.

—Pero en una cosa tiene razón. Se te ve muy bien en el programa. A la chica también. Buena pinta tienen los dos.

—Ése es mi trabajo, pues. Verme bien.

Don Ramiro mira hacia el fondo, como si hubiera algo detrás de la pared.

—Panchito me dice que se lleva bien contigo.

—Así es.

—Pero anoche cuando te pidieron decir algo, no te provocó, así me cuentan. ¿Qué te pasó?

Javier alza los hombros.

—No sé. No me provocó, como dices.

—¿Así nomás? ¿No quisiste?

—Es que era sobre un tipo que conocí. —Un movimiento retardado del vaso, el repique de los hielos—. Pero no te preocupes. Si quieres, a la noche lo puedo leer. No quiero problemas.

—No. Ya no vale la pena. Parece que no era tan importante. Era sobre un juez que murió, ¿no?

Toma un nuevo trago.

—Sí.

Siente el líquido ácido y duro. Javier retiene uno de los cubos de hielo y empieza a hacerlo jugar entre los dientes. Mira de frente a don Ramiro. Su jefe está en silencio, como esperando que agregue algo.

—Era mi amigo. O sea, no me pareció bien decir que era un crimen pasional ni nada de eso, ¿me entiendes? Pero como te digo, si quieres a la noche...

—Dime una cosa, Javi, sácame de una curiosidad. —Don Ramiro apoya la cabeza en las dos manos—. ¿De verdad eres un idealista? ¿Te sientes jodido cuando haces algo que te parece mal?

Javier se aferra al vaso.

—No, no me importa lo que hago, Ramiro. Te lo digo de verdad.

—Te voy a contar algo, Javier. Tú sabes que yo cometí muchos errores con mi hijo. O sea, tú lo ves. Es un engreído mi hijo. Revienta fuegos artificiales en su santo, anda gastando por todos lados, sale a comer todos los días al Costa Verde y puta, hasta se le ocurre invitar a medio mundo. Hace cojudez y media mi hijo.

—No seas tan duro. Es buena gente Panchito.

—Sí, es buena gente pero es un buena gente pelotudo. O sea, es un pelotudo pero es mi hijo pues, qué voy a hacer. O sea, yo no me hago ilusiones con él. Es como es y se acabó. No lo veo mejor de lo que es, ¿me entiendes?

—Sí, te entiendo.

Don Ramiro se inclina hacia delante, toma un sorbo largo, descuelga lentamente la quijada. Se sienta y se balancea sobre la silla. Tiene algo de un mandril aferrado a un árbol. Toma otro sorbo, contempla el vaso como si fuera una bola de cristal.

—Tú nunca vas a ser como él, Javi.

—No sé, a lo mejor sí.

—Mira, yo sé que estás un poco descontento, Javi. Pero yo lo que te digo es que hay cosas que aprender. Tú eres muchacho todavía.

—No tanto. Ya me pasé de los treinta.

—Por eso te digo. Un muchacho. Yo era como tú en una época. ¿Sabes qué? Yo una época lo veía seguido a tu papá —sonríe Ramiro—. Buen tipo. Un tipo excelente. Lástima que se jodió. Los negocios se venían abajo y él tenía que arreglárselas solo. Nadie lo ayudó. Yo creo que eso lo mató.

—Yo estaba muy chico.

—Sí. Yo me acuerdo de ti. Eras un chico tímido, de ojos grandazos. Me acuerdo. Estabas muy chico para ayudarlo. No fue culpa tuya. No fue culpa de nadie. —Don Ramiro juega con un lapicero—. Quería ser un hombre honesto, un hombre bueno. Era un pata muy puro tu papá. Y se jodió. —Lo mira de frente—. Y te jodió a ti también. No te dejó nada. Era medio huevón tu viejo, la verdad.

El teléfono vibra en la mesa. Ramiro alza el auricular. Sí, no puedo, estoy en una reunión. Cuelga, barre la mesa con una mano.

–En otra época me hubiera molestado por lo que me estás diciendo, Ramiro.

Oprime los labios. Habla lentamente.

–Está bien. Discúlpame... Es que quiero que estés bien... O sea, que no acabes como tu viejo. Te tengo cariño, la verdad... Debe ser porque espero algo de gente como tú en el canal... Ya te digo que mi hijo no va a hacer nada. –Ramiro alza los brazos–. Lo único que puede hacer mi hijo es llevarnos a la quiebra, nada más. Por eso de verdad que confío en gente como tú. Pero discúlpame... No te he querido faltar al respeto. –Enciende los ojos–. Yo lo quería mucho a tu viejo.

–Ya.

Ramiro termina el whisky. Se limpia con la servilleta.

–Pero voy a decirte una cosa, Javicho, la verdad, la verdad, tú no eres igual a él. No eres igual a tu viejo, así tan bueno como era él. O sea, esa vaina de la moral y toda esa onda no va contigo, Javi. Tú no quieres joderte. Tú necesitas la plata. Tú sí. Y te das cuenta. O sea, puedes maltratar a mi sobrina Marita como hiciste pero vas a seguir con ella. Puedes negarte a hablar de tu amigo en el noticiero pero vas a seguir en el canal. Es así, ¿no, Javi? Vas a seguir con nosotros y con ella. Vas a estar aquí. –Ha empezado a golpear la madera–. No te puedes quitar. ¿Te imaginas acabar como tu papá, con miles de deudas, pidiendo prestado, queriendo vender la casa? ¿Te imaginas? ¿Acabar hasta las huevas como él?

–No me imagino.

–Y además, ¿te has puesto a pensar dónde trabajarías si no lo hicieras acá? ¿En una ONG ganando cuánto? ¿Mil dólares al mes a lo mucho?

–A lo mucho y después de un tiempo.

–O sea, vas a seguir con Marita, ¿no? Por más que te gusten las putas. Para las putas, igual que para la esposa, uno necesita plata, oye.

–Ya sé.

–Y después vienen las cuentas de los médicos. Y la ropa y los viajes y los santos de Paola. En cualquier momento ya va a ser

125

una señorita. Y después, bueno, ya vendrá el hombrecito, ¿no?

—Claro que sí.

—Bueno, entonces hay que aceptar las cosas como son. Las cosas tal como se nos han presentado, Javi, no las cosas como quisiéramos que fueran. Estamos en el Perú, ¿me entiendes? No estamos en otro sitio. Y ahora si no hacemos ciertas cosas en el canal, o sea si no hacemos ciertas cosas, nos jodemos. Tan simple como eso.

—¿Cosas como qué?

—Cosas como estar bien con los que mandan, pues. Los que mandan que ya sabemos quiénes son, por lo menos sabemos eso. En otras épocas nadie sabía quién mandaba, ahora sabemos. Y tendrán sus defectos pero los que mandan han limpiado, han hecho buena higiene en el país después de tanta vaina, ¿no te parece?

—Sí me parece.

—O sea, no te digo chuparles la media pero no tampoco pelearnos con ellos.

Javier mueve los pies de un lado a otro. Se distrae contando los rombos en la alfombra.

—Yo voy a hacer lo que ustedes quieran, don Ramiro. Yo pongo mi cara y mi terno y digo lo que ustedes me digan y lo digo bien dicho y hago lo que les parezca. Total, para eso me pagan. Pero en este asunto, en el asunto de mi amigo, de este juez al que mataron, me pidieron algo que era muy difícil para mí. ¿Me entiendes?

Don Ramiro sonríe, se levanta, se sirve otro whisky. Alza la mano y la lanza a un costado.

—Bueno, me parece muy bien que seas tan leal, carajo. Leal a un muerto. —Sorbe del vaso y habla con la boca mojada—. Está muy bien. Ojalá mi hijo sea tan leal cuando yo me muera. Pero me parece bien. Vamos a dejar lo del juez por ahora. Tú eres de la casa después de todo.

—Sí, ya te digo que yo voy a seguir con ustedes.

Don Ramiro extiende y congela la sonrisa, muestra una hilera de dientes de mono.

126

—Claro que sí. Porque estás embarrado con nosotros hasta las huevas, Javi. Hasta la cintura estás. Eres un pobre huevón, Javi.

Javier se para.

—¿Qué pasa? ¿Te vas? ¿Estás ofendido, algo?

—No. Me voy a servir otro whisky. ¿Puedo?

—Sí. Claro. Mira, vamos a relajarnos puta madre. Hablemos de otra cosa. Quiero que vengan a comer el sábado a mi casa. Van a venir mis primos. Tú con Marita. ¿Podrán ir?

La sonrisa, una mueca, el vaso helado.

—Sí. Por supuesto. Con mucho gusto. Y muchas gracias.

—Ya. Queca va a estar encantada. ¿Cómo está la Paolita? No te olvides de llevarnos fotos, oye.

Javier alza el vaso.

La puerta se abre. Es el nuevo gerente de ventas.

—Buenas tardes, don Ramiro.

—Buenas, Augusto.

El hombre entra. Es un tipo de mejillas carnosas y cabeza grave desmentida por una voz de caño. Javier lo ve con frecuencia por los corredores caminando con su paso de soldado solemne a punto de jurar a la bandera. Parece un paje bien vestido. Es alto y obeso, con un cuerpo de obispo, siempre cubierto de un saco funerario, camisa blanca y corbata de arco iris. La cabeza de pelo corto le oscila como una pelota grande. En las reuniones habla con un murmullo realzado por manos carnosas y vehementes que se mueven de un lado a otro, como buscando algo que romper.

—Permiso. Los dejo solos —se despide Javier.

—Espérate. Mejor que estés. El rating está bajando —suspira el gerente.

—Déjalo que se vaya. Él no tiene nada que ver con eso —corrige don Ramiro.

Javier sale al corredor. Alza el teléfono.

—Buenas noticias, amor. Nos invita el sábado tu tío Ramiro a comer, ¿qué dices? A mí me parece una maravilla; buena comida y buena compañía.

127

Ángela entra a la oficina de don Osmán.

–¿Sí? ¿Me llamaba?

–Ándate con el fotógrafo a la casa de un muertito que, cómo se llama, acá tengo su nombre, Guido algo, no sé. Lo han enterrado ayer.

–¿Cómo murió?

–Lo mataron. Lo mataron. Después te digo lo que hay que poner.

Ángela se para.

–Ya.

–Habla con los vecinos. Te van a decir que era muy tranquilo. Me lo escribes todo para la tarde. Ya está la camioneta afuera, Angelita.

–Ya. ¿Cómo murió?

–Acuchillado, Angelita. Torturado y acuchillado. Lindo lo dejaron. Ya tenemos una foto del cadáver. Falta lo del barrio nomás. Ándate y vuelves rápido.

Aprieta el botón y oye la voz de Maggiolo. Todo está listo, doctor. Yo le aviso a la señorita y ya lo esperamos en Velasco Astete. Apaga el teléfono y presiente a la mujer. No es la primera vez. Vale mil quinientos dólares, el precio más alto que ha pagado. La chica tiene un cuerpo y una cara perfectos pero lo que más lo estimula de ella es su precio. El carro sigue por Villarán, pasa bajo el puente y enrumba a la avenida Velasco Astete. Los motociclistas van apartando el tráfico. La ventana se nubla, se sumerge en el garaje. El portón eléctrico cierra con un suspiro. Maggiolo aparece junto a la ventana –camisa celeste, ojos claros, pelo apretado–. Pase, doctor. Avanza por la sala de muebles negros, llega al cuarto, y la ve. Tiene pelo rubio suelto, ojos pardos de gata, labios lentos y cuidadosos. La besa, le ordena desvestirse, llama en voz alta a los hombres.

Maggiolo y los otros dos entran, se paran junto a la cama.

La ropa cae con un golpe ahogado. Los tres hombres están allí en posición de firmes. Se voltea a mirarlos; apenas respiran, las manos apretadas, los ojos como lagartijas, las cabezas de una marcialidad sombría. Se inclina sobre la mujer. Se siente inundado por el placer de esas miradas. Estira la mano a la derecha, toca y acaricia el miembro erecto de Maggiolo: la mujer debajo de él y el hombre a su lado. Así, las rodillas que presionan y la mano empujando. Su cuerpo en el centro, hasta el final.

XIV

Entrar por la avenida Canadá, el óvalo con las estatuas (¿se llama de verdad la «plaza de los Derechos Humanos» ese óvalo?), la vuelta a la izquierda, paredes bajas, arbustos borrosos, una berma en medio. La avenida San Juan, el cartel de Pollos a la brasa, el arbolito pelado, el edificio de tres pisos sin reja, escaleras a la calle, tres rectángulos de cristal, una enredadera de fierros. El racimo de curiosos en la vereda. Dos autos de aletas largas. El departamento del muerto queda en el tercer piso. Percy aprieta el botón de la cámara.

Ángela pregunta a un señor, ¿conocía al juez, al señor Guido? «Tranquilo era, nunca se metía en ningún problema con nadie. No sabemos qué pasó, señorita. Nadie oyó nada.» Ángela hace una breve ronda con los vecinos y guarda la libreta. En el camino de regreso almuerza pescado frito con arroz y refresco de manzana en el restaurante de Charo. Entra a la sala de redacción. Ve el terno de don Osmán, las bolas de los ojos, la mano en el aire.

–Vente un ratito, Angelita.

Se para midiendo la postura de su jefe. Entra. Lo ve leyendo un papel.

–Aquí está –dice–. Algo así. Tú ve cómo lo adornas bonito. Una sola línea: «Juez chimbombo muere en crimen pasional.»

–¿Así fue?

–Así, pues. Lo mataron por cabro. Una cuestión de celos

130

de locas –dice don Osmán–. Lo mató un chiquillo por celos. Di que lo buscaron unos amigos del chiquillo. Hazte la historia, ya tú le metes su saborcito, pues, tú sabes. Ponle cualquier nombre al chiquillo. Pero el apellido con iniciales. Apúrate que se nos hace tarde, corazón. Hoy acabamos tempranito.

Gabriela oye la voz de su hermana Carolina, las respuestas cortas de su madre. ¿Qué vamos a hacer, pues? ¿Cómo la ayudamos? Ay, que se vaya de viaje, le prestamos plata, oye, pero tiene que irse. Gaby no se puede quedar acá.

Abre la puerta, presiente el silencio de las caras que voltean. La sonrisa temerosa de Nora, los ojos grandes de Carolina, esa desconocida que llega a consolarla, una voz y un cuerpo materializados del olvido, yo siempre me preocupé mucho por Gaby, me daba mucha pena, ella siempre tan metida en sus cosas, no sé, siempre le faltó suerte, la voz de Carolina resucitada de su distancia, instalada en su sala con todas las suficiencias de la compasión, la espalda apoyada en su marido abogado de un banco y sus hijos en el Markham y el vestido de hilo blanco que se había puesto para verla. Siempre se las había arreglado para ofender a los demás con su elegancia y su piedad.

–Hola, Gaby.

–Carolina, por favor, quiero que te vayas.

–Ay, pero estoy preocupada por ti, Gabyta.

–Ya sé. Gracias. Pero vete, por favor.

–Bueno, como quieras.

La ve pararse.

Vuelve al cuarto. Se pone la falda, la blusa negra, se mira al espejo, se recoge el pelo en un moño. Baja las escaleras. Sale a buscar un taxi. Un Tico amarillo, la mirada de insecto del chofer. Lo despide. Llega un Toyota blanco. Se sube. Se enfrenta al perrito de cabeza móvil y a la calavera que cuelgan del espejo: un bicho incierto, un cadáver de plástico. El chofer le habla del clima.

Toca el timbre.

Anita, la hermana de Guido, le abre. Gaby la abraza y entra al silencio multitudinario de la sala. La primera vez que había entrado a esa casa lo había hecho dentro del ruido de un almuerzo dominical. Hoy como entonces un grupo de tías y primas estaban agrupadas en los sillones.

Un tiempo antes, en la burocracia cortés de las conversaciones de enamorada reciente, se había sentido acogida por esa asamblea de extraños. El mundo había girado y ahora regresaba a esa casa frente a la misma pequeña multitud. Sólo que ahora la recibían con un terror callado, el de reconocerla como la viuda recién estrenada de la familia, el lazo externo que ellos conservaban y acunaban con el hijo perdido.

Gaby saluda a todos, de abrazo en abrazo. Hemos rezado mucho, Gabrielita, sí, señora, yo también, trato de rezar pero no sé; ay, hijita, ¿qué vamos a hacer sin él?

El padre de Guido, don Jorge. Sentado en un extremo del sofá: los ojos enardecidos, el silencio de manos grandes, la dignidad de su cabeza alta. Un nuevo grupo de parientes, un murmullo de saludos. Don Jorge mira a Gabriela, le hace una señal.

–Un ratito, Gaby. Vente conmigo, por favor.

Ella lo sigue. El corredor estrecho. Los cuadros. Parejas de familiares en blanco y negro. Un espejo. Llegan a una cómoda con un reloj encima. Don Jorge abre un cajón, remueve unos papeles y saca un periódico de colores anaranjados y rojos.

–Mira esto. Esto salió hoy día. ¿No crees que podemos hacer algo por evitar esto? Pero no le digas nada a su mamá, por favor, no le digas.

Gaby lee:

«Malas lenguas decían que era magistrado homosexual. Un lío de locas termina a navajazos.»

Ve el periódico en el suelo.

Javier llega al club, entra al camarín y saluda a los dos señores que salen con sus raquetas. Se calza el polo, el pantalón corto y encuentra a Tato en la cancha. El tenis: un desaguadero de golpes, cada raquetazo es un homicidio postergado. Sin embargo, es asombroso que un ser humano tome tantas decisiones (estirar el cuerpo en una dirección, poner la raqueta, hacer el envío) dentro de una trama infinita de posibilidades musculares y en una fracción de segundo. La animalidad y el refinamiento del organismo humano concurren en el deporte, piensa. ¿Es así? ¿No puede escribir un ensayo sobre el tenis uno de estos días? El primer balazo sale desde lo alto, Tato devuelve una parábola larga, Javier se inclina, piensa en don Ramiro, en Panchito y en él mismo, y contesta con un vuelo bajo, sesgado, inapelable que roza la red, escupe un haz de polvo de ladrillo y se pierde en una esquina.

Javier va a recoger la pelota y sólo entonces sus ojos le dan forma a un espectador que había entrevisto hasta entonces, un tipo de saco negro sentado en las gradas mirándolo, cualquiera puede sentarse a ver jugar a los socios pero este señor no está mirando el juego, lo mira a él de frente, es normal si él está en la televisión, lo ha reconocido y lo está mirando y sigue allí.

Javier regresa a la cancha, pisa la línea y alza la pelota y la hace estallar hacia el fondo, un puñal en el corazón del otro lado, Tato contesta con un disparo alto, desde un golpe de bandeja. Javier espera la pelota, la deja caer y la aniquila contra la raya del fondo, ve saltar a Tato que quiere protegerse. El hombre en las gradas cruza las piernas, saca un cigarrillo y lo mira, no sigue el movimiento de la pelota, lo mira sólo a él, a él. Qué arrecho que estás, grita Tato. Javier voltea hacia el hombre en las gradas. Javier se acerca a la red. ¿Quién es ese tipo?, le dice a Tato. No sé. Nunca lo había visto. Juega nomás.

La pantalla se disuelve. Una breve ola de protestas en la sala de redactores.

Normal que las computadoras del periódico se apaguen y que Ángela aproveche el momento para levantarse a tomar un vaso de agua («el agua más pura del manantial», dice el tanque de plástico). Ángela aprieta el surtidor, la bombilla de plástico le acaricia los dedos, el brillo intermitente del agua cerca de sus labios, un breve refugio en la garganta.

De pronto un cuerpo en movimiento está alterando el escenario. Ángela ve el perfil de una mujer joven, el pelo agitado, la blusa negra, la falda dura, las piernas tensas y largas, la ve entrar a la sala de los periodistas, el guardián uniformado la está siguiendo, oye el grito, «este periódico de mierda, ¿quién mierda lo dirige?».

Está frente a ella: la portada de ese día temblando en la mano de uñas largas.

—Quiero saber quién es el concha su madre que dirige esta mierda —repite frente al grupo.

Don Osmán sale de su oficina. Da dos pasos al frente. La mujer se acerca y le tira el periódico en la cara, los papeles vuelan por el suelo. Don Osmán se mantiene de pie «cálmese, señorita, ¿qué pasa?, pero por favor, guardia, ¿cómo ha entrado?». La mujer se queda frente a él, los ojos encendidos mirándolo. «¿Por qué han escrito esto? ¿Por qué?» Mientras ella lo mira, don Osmán repite que alguien llame al otro guardia. «Esto no se queda así, cabrón, vas a ver, nomás, vas a ver», está diciendo la mujer. Un muchacho uniformado entra. Señorita, por favor, cálmese, permítame, señorita. El muchacho se acerca, la rodea con los brazos.

Ella lo empuja, habla con una voz ronca, los pelos como látigos que la cubren. Van a ver todos ustedes. Van a ver lo que va a pasar, concha sus madres.

Sale caminando.

La mujer pasa junto a Ángela que cierra los ojos.

—Ángela —dice don Osmán.

Lo mira.

—Síguela. Averigua quién es ella.

Ángela voltea. La ve bajar las escaleras. Se muerde los labios, continúa el impulso de los pies. Cruza el patio, sale por el portón. La mujer ha llegado a la vereda. La ve avanzando, la blusa inflada, los trancos largos. Corre a su lado.

—Señorita —la alcanza.

134

La mujer voltea, un jadeo, una telaraña disuelta sobre la cara.

–¿Usted era algo de ese señor, del juez?

–¿Qué te importa a ti? ¿Vas a publicar eso también?

–No. Yo lo siento, lo siento mucho, de verdad.

Un corriente tensa se esparce, encuentra ramificaciones, se asienta en el pecho.

–¿Quién eres?

–Me llamo Ángela Maro.

–¿Trabajas en el periódico?

–Sí.

–¿Qué quieres?

–No sé, el director me mandó.

–¿Para qué?

–Quiere saber quién es usted. Pero yo quiero ayudarla. ¿Qué era de usted el señor Guido?

–No te importa. ¿En qué puedes ayudarme?

–A saber quién fue. A saber lo que pasó.

Ángela siente el silbido del viento. Se despeja el pelo.

–¿Por qué? ¿Quién te manda? ¿El director, ese gordo de mierda?

–No.

–¿Y por qué vas a ayudarme tú?

–Porque yo escribí eso. Eso que salió publicado.

La ve parpadear, bajar la cabeza, murmurar algo. Oye una bocina.

–¿De verdad? ¿Tú escribiste esa cagada?

–Pero me lo mandaron. El director me dijo que escribiera eso. Así es acá.

–¿Y no pensaste lo que hacías? ¿No pensaste?

–No. No. Lo siento. O sea sí pensé pero tuve que hacerlo. Lo siento, de verdad, lo siento mucho. ¿Cómo se llama usted? ¿Dónde la puedo llamar?

–¿Llamarme para qué?

–No sé, o sea si me entero de algo.

–Vete a la mierda.

La ve alejarse. Se queda parada.

Regresa al portón. Sube las escaleras. Don Osmán la recibe.

—¿Quién era, Angelita?

—No sé, don Osmán.

—¿Y qué te dijo?

—Nada.

—¿Nada?

—Nada.

—¿Pero quién era? Alguna pariente del juez seguro.

—No sé, don Osmán. No me dijo.

—Ya. ¿No podemos hacer una notita que diga «Loca viene a armar chongo a redacción...»? No, mejor vamos a olvidarnos de este asunto. Es un contratiempo nomás, hijita, no te preocupes. A ver qué tenemos para mañana.

XV

Ninguno de los generales tiene el vicio de la pereza. Para ellos la vida es un vértigo horizontal: el presidente es el jefe, hay una misión, hay que cumplir un objetivo. Construir puentes, carreteras, colegios, hospitales, donar carros, tractores, computadoras. Para los pobres, la gratitud es simple. El presidente viene, instala tuberías y cables y postes, asfalta una carretera. Los pobladores le agradecen. Lo necesitan. Lo veneran. El pacto se sella. El corazón de los pobres es una presa tan fácil como el de los empresarios. Les da facilidades y preferencias a algunos. Los otros en cambio, los que no son pobres, los que no son empresarios, la clase media, ¿qué quieren?, ¿qué los mueve?, ¿quiénes son? Su vida inasible, indefinida. Los que trabajan mucho y ganan poco. Los que opinan en los diarios. Los que hacen marchas, los que mascullan en las reuniones. Los que saben que hubieran podido ser otros.

El presidente Fujimori. Ahora se llama así. ¿Quién sería después? La muralla de su presente lo había atrincherado. Su personalidad, un laberinto lleno de antesalas y exámenes de ingreso. Nadie iba a entrar allí, nadie iba a saber quién era. Montesinos cree que lo conoce. No lo conoce, lo domina, Montesinos es un órgano de su cuerpo. Para huir de Montesinos, viajaba a los pueblos de la sierra, a inauguraciones, ceremonias de donación, fiestas patronales. Pero no viajaba solo. Estaba con ellas. Con Rosario, con sus geishas, con sus chicas, con las

137

periodistas, con sus sirvientas en la cama. Su matrimonio con las tres sólo funcionaba lejos y por poco tiempo. Sólo allá, sólo allá. Tres chicas serviciales y simples. La corte de materia humana, el ciclo de cuerpos laterales, su figura y las de ellas en una herradura. Después de inaugurar un colegio o de asistir a una ceremonia, entraba siempre a un cuarto seguido de una. Ya las tres tenían su departamento propio en Lima. Pero él, pero él. Era el dueño del silencio en esos pueblos. Sólo al volver a Lima, sólo en el aire húmedo y los edificios carcomidos de Lima, la gente que hablaba de él, que iba a traicionarlo, que iba a dar un golpe de Estado en Lima, sólo aquí la nariz afilada, la boquita dura, los ojos risueños del doctor.

La cama corta, el libro en el suelo, se levanta, se viste, entra a la sala, Kenyi lo sigue con una boa enroscada en el cuello, cómo lo traes aquí, pues, déjalo, el niño se aleja, regresa, ¿vamos a pescar el fin de semana? Sí, sí. Lejos, lejos, lejos. Pero Kenyi se ha ido, está hablando con un recuerdo.

Javier endereza el timón, asume el ancho de la avenida Javier Prado y vagabundea lentamente hacia su casa. La realidad de la noche, la verdad de esa calle de bandas anchas, la simpleza, la soledad de la noche, el día en cambio siempre tan confuso y urgente y necesitado, el paisaje de la noche, la oscuridad de estar con uno mismo, despejado de las obligaciones, tan cerca de él, reconocer la oscuridad, resistir el nuevo día, plegarse al insomnio, abarcar el último rezago de vida, de lucidez antes del abandono. Resistir. ¿Dónde? En las calles, en los cafés, en los burdeles.

Por fin. De puntillas, el gran silencio. Abre la puerta. Su hija Paola en el dormitorio, una ninfa perdida en su cama de osos y muñecas, eternizada en una paz hipnótica, un ángel en gesto inmóvil de estar volando, la flotación del pelo en la almohada. Toca la cara de Paola con una caricia lenta, una ternura casi obscena, y se aparta. Despertarla y abrazarla y luego seguramente no saber qué decirle. Sale del dormitorio. Camina por la sala, el ruido de las losetas del patio. Contempla la superficie de la piscina y se recuesta en una de las colchonetas. Todo tan ordenado y limpio desde allí: la estricta floresta de la pared, la hierba aplanada bajo el cono de luz blanca, el rectángulo cristalino del agua. Saca un cigarrillo. Lo balancea entre los dedos. Lo enciende. Una explosión de dicha.

¿Por qué gente como Montesinos? ¿Por qué pajes con terno como Ramiro, como él? El poder es un vicio extendido. El guardia de un banco por ejemplo que impide entrar a un cliente porque el local no ha abierto, el de un bibliotecario que señala que ha terminado el horario. Estas pequeñas manifestaciones de poder los gratifican con golpes de éxtasis, satisfacciones de una erótica natural, la sed de dominio de cualquier bestia, el gozo de penetrar. Montesinos está intoxicado con una droga, la necesidad del poder absoluto, su delito es apenas extremar una condición inherente a todos los hombres. Mandar, ordenar, sujetar la voluntad ajena es una extensión del placer de usar la propia. El poder es la perversión de la libertad pero sus eróticas no son tan distintas. Un poderoso es un hombre libre enloquecido. El poder es el delirio de la libertad. Prevalecer en la tribu, arrebatar el cuerpo de otros, extender el cuerpo de uno mismo corresponden al vicio de ampliar la vida, ocupar una escala superior a la del resto. Pero hay otros hombres, ¿como él, como él?, que forman el ejército de los adictos al vicio contrario, el vicio de obedecer, de inclinarse, la otra erótica, el placer de entregarse, el gozo de ser penetrado. No quedarse desamparado. Humillarse cuidando las formas de la dignidad. Protegerse, refugiarse. La gloria de saber a qué atenerse, a quién servir para salvarse, para sobrevivir. Quizás todos tenemos ambos vicios. Si obedecemos a algunos líderes es para mandar sobre algunos subordinados. El general que manda al coronel le coloca un aguijón. El coronel tiene que trasladarle su aguijón al mayor y éste al capitán. ¿Dónde ha leído eso? El animal humano ordena y obedece. La sumisión y el mando, ser penetrado y penetrar, ser apartado y apartar. El desequilibrio del mundo, la erótica de la interacción. Incluso la amistad, incluso el amor, están hechos del placer de mandar o de obedecer. El cuerpo y el alma ajenos son territorios a ser colonizados. Estrategias, engaños, imposiciones, la vida social, amical, amorosa es una red de subordinaciones y órdenes, un campo de concentración disimulado y un laberinto de máscaras. Una cárcel. Un circo.

Sus antiguos amigos que ahora lo acusaban, esos amigos le resultaban conmovedoramente éticos. Aunque no lo sabían o fingían no saberlo, ellos también se habían vendido. Claro que se habían vendido. Se habían entregado a sus empresas, a sus familias, a los caprichos de sus jefes. ¿No se venden todos al fin y al cabo, no se venden todos, por un sueldo, por una propiedad, por el respeto o el amor de otros? ¿No se venden también a eso que llaman sus principios o su fe? ¿Y quiénes eran esos amigos y jueces después de todo? Ex izquierdistas ahogados en sus puestos de oficina, profesores de universidades privadas que arrastran su tedio entre quejas, gallitos que cacarean sus opiniones políticas por encima de sus propias frustraciones, gente que había prometido hacer una sociedad pura y nueva y que ahora espantaba sus fantasmas alzando el dedo contra los políticos de cualquier gobierno. Hoy el drama de ellos era peor que el suyo. Si eran independientes del poder era porque ningún gobierno jamás los había querido. Él en cambio...

Claro que no sólo era mérito suyo sino de la suerte. Pero él había manipulado su suerte, la había obligado a servirlo. Entró a la academia preuniversitaria como profesor, conoció allí a Marita, una chica de ojos claros que le sonríe y le pide ayuda y le sonríe y le habla siempre después de clase. Un profesor que explica las preguntas que pueden venir en el examen. Una alumna que da las gracias. Desde entonces todo siguió su curso: ella lo invita a su casa para que desarrolle las lecciones de razonamiento verbal a un grupo de amigas, él conoce a sus padres, conoce a sus primos, conoce a sus tíos, sus tíos recuerdan a su padre, lo palmean, vente a almorzar este domingo, ¿puedes?, él entra a trabajar al canal como periodista, conversa con Marita, sale con Marita, se acuesta con Marita. Mientras él empieza a ganar dinero en el canal, ella lo mira con los ojos entornados. Todo tan fácil. Él le pide matrimonio. Ella se pone el traje de novia.

La piscina despide una onda intranquila, el reflejo de un golpe de viento, las luces blancas, las losetas azules del fondo, el silencio puntuando los berrinches de algún grillo. De pronto el agua se detiene, un bloque inmóvil de hielo azul.

Se para. Entra a la casa. Los salones oscuros. El patio de cristales grandes. Los objetos de la sala, los muebles, las alfombras, todas las cosas que quieren seguir en su sitio, que no quieren que ese mundo se socave. El orden es una superficie irregular pero estable, una costumbre de formas y contenidos. La realidad busca perpetuarse. Le incomodan los quiebres, los vientos, los temblores ajenos. ¿No eran todos los gobiernos en cualquier parte del mundo una mafia de delincuentes con ternos y buenos modales? ¿No se roba siempre, en todos los gobiernos? Y, sabiendo y aceptando eso, ¿la primera ley ética no es velar por que tu hija pueda tomar un buen desayuno, tenga un buen médico, se ponga ropa decente?

Un velo de humo destiñe el aire. Dormir. Servirse un trago. Salir a dar una vuelta otra vez, quizás una silla en el Haití, quizás una pastilla y un colchón donde estas ideas se deshacen.

El regreso a la casa, la conversación atinada, generosa, de Delia, el susurro de Nora, ¿puedo irme temprano hoy, señorita?

—Haga lo que quiera —dice Gaby.

Alza el teléfono.

La cara de la chica en la calle que se infiltra en la sala, que persiste, puedo ayudarte a saber.

—¿Aló? ¿Me puede dar el número del diario *El Pata?*

Una grabación, un silencio. Escribe en un papel.

—Aló. ¿La señorita Ángela Maro?

Un ruido de voces, unos pasos.

—Aló.

—Soy yo.

—¿Quién?

–Yo. Gabriela. Gabriela Celaya. Estuve allí ayer.
Una pausa, el sonido de la respiración.
–Ah, sí.
–¿Me puedes ayudar de verdad?
–Sí. Sí.
–Ya.
Un silencio largo.
–Te encuentro en el Génova, en la cuadra cuarenta y siete de Petit Thouars.
–¿Ahorita?
–Sí, ahorita.
–¿Con quién hablabas? –dice Delia.

Entra al Génova: los manteles plastificados de rayas rojas, las sillas de fierro, el olor a queso caliente. Pide un té, prende un cigarrillo, lo mueve por el cenicero. Observa a la chica en el mostrador de vidrio, el lunar junto a la boca, el punto de una mosca revoloteando, la chica corta un limón, pone el agua en la taza.

Gabriela saca el espejo, se arregla el pelo, vuelve a pintarse los labios. Mira entrar a Ángela.

Escucha sus saludos y espera que no se acerque demasiado. La ve sentarse, la defensa de los codos sobre la mesa.

–Dime qué pasó.

–Me mandaron escribir eso. O sea eso que salió publicado me lo mandaron, yo no quería.

–¿Quién te mandó?

–El gobierno le dice qué poner al director y él allí nomás nos dice a nosotros. Así es en el periódico, pues. Igual así es en otros diarios.

La camarera se acerca, el mandil moteado de manchas, los ojos soñolientos.

–¿Qué toman?

–Un té con limón.

–Yo también.

Voltea hacia ella, ha alzado la voz.

—Así que te mandaron escribir eso. Y tú lo escribiste.

—Discúlpame, por favor.

—¿Por qué voy a disculparte?

—Me siento mal. Es que así son las cosas en el periódico. Todos hacen eso. A nadie se le ocurre negarse, pues.

La ve bajar la cabeza. La mira. Ángela alza los ojos, la enfrenta, alza las dos manos.

—Te puedo ayudar. O sea, creo que puedo.

—¿Cómo?

—Averiguando quién lo mató. De repente me pueden decir.

—¿Te van a contar algo? Tú eres una periodista cualquiera, ¿no?

—De repente me pueden contar.

—¿Qué te van a decir?

Ángela recibe la taza de té. Sumerge la cucharita y hace varios círculos. Toma un sorbo.

—Mira, ¿cómo dijiste que te llamas?

—Gabriela, Gabriela Celaya.

—Mira, Gabriela, lo que he averiguado es que Montesinos lo mandó matar.

—Eso ya lo sé. Dime algo que no sepa, hijita.

—Bueno. No sé más ahorita.

—¿Puedes decirme dónde encuentro a Montesinos?

Ángela mira a un costado, acaricia el plástico, golpea la mesa brevemente.

—Montesinos va siempre a un hotel —murmura—. Va con sus patas, los generales.

—¿A un hotel?

—Para sus plancitos. Va con sus amigos, los generales, los amigos suyos, con ésos va.

—¿Qué hotel?

—El Hotel, espérate aquí he apuntado, el Hotel América. En Miraflores, cerca de Pardo. Allí va.

La ve sacar un papel arrugado, un garabato de lapicero.

—¿Dónde?

—Hotel América. Allí van con montones de generales.

Montones. Van con sus plancitos, dicen. El doctor los premia así a los militares de su grupo. Se pasan la gran vida en el hotel. Van a chupar, a comer, a llevar mujeres. Él va también. Dice que el hotel está hecho con la plata del retiro de los militares, las cajas de las pensiones, pero debe ser plata de la droga, dicen.

—¿Y quién me puede hacer entrar allí?

—Ah, eso no sé. Pero si quieres puedo averiguar de repente. ¿Qué piensas hacer? Te prometo que no le digo a nadie.

—No sé lo que voy a hacer todavía. Pero quisiera saber dónde está, nada más.

Dos hombres entran al local y se sientan en la mesa de al lado. No hablan entre sí. Uno de ellos tiene la piel roja, como si un perro lo hubiera lamido.

—¿Me puedes conseguir más información?

—No sé. Puedo tratar.

Una pausa. Ángela mira a los hombres. La camarera se acerca con un vaso lleno de servilletas.

—¿Por qué me ayudas con esto?

—Ya te dije. Me siento mal por lo que escribí.

—¿Nada más?

—No sé.

—Dime.

—Porque me da asco mi jefe. Y porque quiero hacer algo útil, no sé. Me siento muy mal en mi trabajo, la verdad.

Gabriela aspira del cigarrillo, saca la cajetilla, le ofrece uno. Ángela se niega.

—¿Y quién te ha contado estas cosas del hotel?

—Gente en el periódico.

—¿Puedes averiguar algo más? ¿Otros sitios donde va el doctor o algo así?

—Sí. Voy a tratar. Te prometo. Dame tu número.

Gabriela sorbe de la taza.

Al regresar encuentra un papel junto a la puerta. «Llamó Javier».

144

Se acerca al teléfono. Una voz grave, un vago tono de súplica.

–Te llamé.

–Sí. ¿Para qué?

–Para vernos.

–¿Ya viste la noticia en ese periódico chicha?

–¿Qué noticia?

–De la muerte de Guido. Que fue un crimen pasional, de homosexuales.

–¿Qué? ¿Quién ha publicado eso?

–*El Pata.* Un diario chicha.

–Puta madre.

–¿Puedes venir?

Un silencio al otro lado.

–Estoy a una cuadra.

Las escaleras, la puerta del baño, se quita la blusa. La voz de Javier abajo. ¿Está Gabriela? Sí, pase. Gracias. Lo imagina esperando en la sala, adivina los ojos quietos, la paciencia de las rodillas, las manos grandes y bondadosas, un cuerpo organizado para complacer y un alma replegada para culparse. Las penitencias del remordimiento le habían agravado la voz. La lástima, acaso el amor sobreviviente hacia ella, lo estaba haciendo atisbar la escalera. Estaba dispuesto a escucharla. Quizás a seguirla. A hacer cualquier cosa por ella. Un periodista conocido en la televisión pero en realidad, en realidad para ella, sólo un amigo tormentoso y apenado dispuesto a acompañarla en su rencor de viuda joven. Las cenizas del afecto lo iluminaban. Había buscado ser Javicho, el periodista rico y guapo, bien casado, bien pagado, bien tasado en las páginas de los diarios. Un despojo iluminado del muchacho de sus tiempos en la universidad, cuando salía a las calles agitando una bandera. No quería abandonar esa sombra pálida, los pobres son la razón de nuestra lucha, siempre te quise, Gaby, pero yo estoy con Guido, no sé por qué hablas así.

145

Abre la ducha. Con los ojos cerrados, Gabriela se toca los pechos, el estómago, las piernas, sonríe por primera vez desde la muerte de Guido. Piensa que quiere certificar su peso en medio del vapor del agua.

Sale a secarse. La carne de puntos fríos. La piel oscura de luz en el espejo. Se viste, se peina, se pinta la boca, el lápiz le resalta las dos líneas curvas, se pone la blusa azul, la tela llenándose de su cuerpo, asistía como desde otro lado al movimiento de sus brazos. Un ligero dolor al atravesarse el peine otra vez. Entra al dormitorio para besar a su madre.

Baja las escaleras. Javier se para.

—Oye, qué guapa estás.

—Gracias.

—¿Adónde quieres ir?

—Al Hotel América.

—¿Dónde?

El personaje de su infancia es la mano de su padre, desde siempre la mano de escamas lo despertaba, la cara encendida y vagamente sonriente, levántate y haz tus ejercicios que cuando vayas al cuartel te van a hacer ranear, apúrate, no seas flojo, Vladi, vamos, un, dos, un, dos, vas a ser general un día, me entiendes, el cielo de Tingo que se aclara, es el hijo ejemplar, su padre le ha dicho que el mundo va a estar a sus pies, tú eres el mejor, Vladi, mira, el mundo es una manzana que puedes comerte poco a poco, los golpes, los abrazos, los gritos, las cajas de chocolates, la furia, la risa de su padre, la costra larga, la cara de brasas rojas, un experto en legalizados, en firmas rápidas, un aprendiz de estafador, esa oficinita de la calle San Francisco donde escribía, el odio al tío Alfonso en cada filamento del polvo, la máquina de escribir de fierros rotos, un gato rugiendo en una selva de papeles.

Allí estaba siempre. La oficina de su padre. Una sombra turbia, los lomos borrosos de libros, el crucifijo pulido, el teléfono del cordón de mugre, las astillas afiladas de la mesa, el lento reloj amarillo en la repisa, la cara joven de la señora Maruja, el yeso pintado sobre el portal de piedra, los alambres de luz alineados bajo el cielo. Lo estaba viendo calzándose el terno negro rociado de saliva, de manchas de ron, todos los días, todos los días.

Su padre siempre sentado en el cuarto de madera y papel, los ojos oscuros y las piernas dobladas sobre la alfombra de hilachas, envuelto en una nube, una mano siempre lista para mimarlo, la otra para golpear, entre los gritos y las cajas de chocolates, siempre su máscara de payaso de circo pobre, la resignación en los zapatos, el regodeo en los muros de parches blancos, la beligerancia del derrotado, la violenta expectativa de venganza sobre sus mejillas. Había vivido siempre con él desde el día que Vladi abrió la puerta de su departamento y encontró el cuerpo de suicida de su papá con el eco de la frase que le ha heredado: nunca seas pobre, hijo. Ese día, al ver el cadáver en el cuarto, había salido a buscar a un viejo amigo, le había pedido que lo acompañara, lo había llevado al edificio, le había abierto la puerta y le había mostrado a su papá haciéndole una pregunta: ¿Tú crees que la muerte de este hijo de puta vaya a afectar mi carrera?

El hotel tenía lunas polarizadas y ocupaba media manzana cerca de la avenida Pardo. Se estacionó en el patio de la calle lateral. Había dudado en dar su nombre al guardián.

Javier evaluaba el silencio de Gabriela. La blusa tenía una elegancia resuelta, el círculo de plata del collar, el cuello de una princesa. La vio salir del auto, pararse. Su cuerpo se había afilado, una aguja larga que respira.

Caminaron media cuadra sembrada de automóviles, las radios y televisores prendidos, entre sombras de choferes y guardaespaldas.

Entraron. Una asamblea de mesas redondas y sillas altas, columnas de cristal, paredes transparentes, televisores como faros en el centro. Desde allí se veían algunas sombras flotando en la vereda.

—Dos limonadas, señor. —El mozo observa, se inclina.

Gabriela hunde la cabeza entre las manos.

—¿Cómo te sientes?

—Bien.

—Anda. No te creo. Bien no estás.

Saca la cabeza, mira a ambos lados.

—Voy a meterme a trabajar aquí.

—¿Aquí?

—Sí. Aquí viene el doctor, a este hotel.

—¿El doctor?

—Sí.

—¿Y para qué quieres encontrarte con él?

—Para matarlo. ¿No te había contado?

Javier mira hacia el fondo. Junto a la televisión, más allá de la escalera, el ojo de una cámara enfilaba hacia las mesas.

—¿Matarlo? ¿Estás loca o qué te pasa?

—No me pasa nada.

—Ahora sí que me asustas, hijita.

—¿Por qué? ¿No te parece que eso es lo lógico que haga?

—¿Lo lógico?

El mozo pasa cerca, los mira brevemente, una larga pausa.

—Gaby, tienes que parar esto.

—¿Parar qué?

—Esta locura que se te ha metido, Gaby. Ya párala.

—No es ninguna locura, Javier. Al contrario. Me siento muy bien. Ya sé lo que quiero.

—Muy graciosa, oye. Así que eso es lo que quieres. Matar a Montesinos. Qué loca que estás.

—Sí, loquísima. ¿Quieres un cigarrillo?

Él mira al costado. Ella aprieta el encendedor.

—Y cuéntame algo. ¿Cómo sabes que viene aquí?

—Así me ha dicho una amiga.

—¿Una amiga?

—Una periodista. Me va a ayudar, dice.

—¿Quién es?

—Ángela Maro. Trabaja en *El Pata.* Acuérdate de ella por si acaso.

148

—¿Ángela Maro?

—Sí. Me va a dar información y con eso voy a tratar de llegar a Montesinos. Eso voy a hacer.

Gaby pone la cabeza sobre la mano, se apoya, mira hacia el grupo de mozos. Chupa del cilindro, el fuego arde furioso unos segundos.

—No te creía tan loca.

—Porque no me conoces.

Se lo ha dicho alzando la mano, como descartándolo.

—¿Qué te pasa, Gaby?

—Nada. No sé para qué te cuento nada, oye.

Javier mira hacia las paredes de vidrio que dan a la avenida Pardo. Una mujer camina en el aire gris, el pelo apretado en un moño furioso, un microbús pasa, resopla, tiembla de impaciencia, la señora escala las gradas.

—Yo no voy a dejarte que hagas una cosa así, no vas a poder para empezar ni acercarte a él.

—¿Por qué no?

—No sé qué tienes, Gaby. Mira, lo mejor que puedes hacer ahorita, a la franca, es irte un tiempo. Vete a cualquier sitio. Vete a Trujillo donde tu prima.

El mozo trae los dos vasos de limonada. Javier se asombra de verlos. Cálices estrechos, coronados por una cereza roja.

—Prefiero estar aquí —murmura.

Ángela se sienta, prende la computadora. De pronto, el jadeo de don Osmán al borde de la escalera.

—Qué cumplidita, Angelita. Madrugaste hoy, chiquita.

—Sí, pues. ¿Qué te parece?

—Has venido linda, chiquita.

—Gracias, don Osmán.

—Dime Osmán nomás, por favor, hasta cuándo tengo que decirte, mi amor.

La mancha negra de la mejilla crece, se inflama, parece abrirse.

149

–Ya.

–¿Qué te parece si vamos a almorzar? ¿Me permitirías invitarte?

Mira a la pantalla.

–Está bien.

–¿De verdad, Angelita?

El presidente Fujimori en el balcón. El vaho crispado del aire, un Volkswagen avanza como un insecto, un bicho de lata que da vueltas. Los postes, los parches de flores, los círculos de piedra de la pileta, las dos torres cortas de la catedral, los cajones largos de la Municipalidad. Cuatro conos de luz mortecina, la humedad de polvo, el blanco sucio de la pared, el humo esparcido por el cielo.

Un ruido al fondo, un ómnibus vagabundea en la plaza, el miedo siempre de que alguien venga: un coronel inflamado, algún loco en un tanque, pero no. Montesinos sabrá, le va a avisar si algún tanque se acerca. Dejar el gobierno, dejar Palacio, ¿adónde?, ¿adónde?, ¿adónde? ¿Él viviendo en una casa en San Borja, sentado en una sala, leyendo el periódico o viendo televisión?, ¿enseñando en una universidad? Y sin embargo, y sin embargo, un gobierno nuevo podría averiguar sobre los cadáveres, las coimas, los acuerdos, los circuitos de sus cuentas, podría averiguar.

Al otro lado de esa luz, el ruido de los escorpiones: un chillido largo y monótono, la larga sombra sonora que no era de queja o de súplica o de protesta. La oscuridad detrás de los muros lo derrocaba siempre, tenía el cuerpo hundido en Palacio pero lograba sacar la cara de vez en cuando y decir unas palabras, decir unas palabras claras y lavarse en los rayos de las cámaras de televisión, mensajes a la nación y entrevistas, aferrarse a la silla, buscar cubrirse de miel. La voz del doctor, ¿no se da cuenta? No puede irse. Tiene que ser así. Si otro gobierno sube y nos investiga, mire, pues, ¿qué hacemos?, ¿qué hacemos? Dígame, pues. ¿Acaso podía ocultarlo siempre? Tenemos que quedarnos, usted es el presidente, claro que sí, yo soy el presidente. Gana casi dos mil dólares por minuto, presidente, ¿no es un buen sueldo?

–Mira, si quieres llegar a conocerlo, lo que te digo es ir a probar dónde contratan chicas, o sea irte a la academia de secretarias Columbus en la avenida Arequipa, ¿ves? Allí hay una mujer que le manda empleadas, o sea la señora le escoge unas chicas de allí para que vayan al SIN, la señora Pacheco se llama.

El susurro de Ángela. Habla mirando hacia la ventana, desde la sala de su casa. Acababa de llegar. Los pantalones ajustados, el chaleco corto. Gabriela le ha servido una taza de café, le ha alcanzado un cenicero. Hace una pausa, una mano que parece haber expirado sobre el sofá, un suspiro largo.

–¿La señora Pacheco?

–Ella conoce a los asistentes del doctor, les enseña a las chicas más guapas a trabajar para el SIN. Está asociada con uno de sus ayudantes, el cholo Huamán.

–¿Cuándo empiezan las clases en la academia?

–O sea, hacen cursos nuevos cada tres meses, me han dicho. ¿Por qué no vas a averiguar?

–Ya.

Hay un silencio, el hilo desdoblado de humo, Ángela duda, mira hacia abajo, las manos aferradas a la taza.

–Te voy a averiguar más.

–¿Quién te contó?

–Una amiga en el periódico.

–Dime. ¿Sabes algo más sobre la señora Pacheco? ¿Cómo es?

–Anda siempre bien pintada. Es grandaza, dice que le hacían chistes, le decían el Buitre. Algo así le decían. Esa mujer es la clave. A ella tienes que buscarla. Ahora me voy, Gabriela. Tengo como una hora de viaje hasta el periódico.

Gabriela la alcanza en la puerta.

–Gracias –dice.

151

El aire dentro del banco es un frío azulado que le endurece la piel. La cola es corta, la cajera tiene anteojos gruesos y una voz de vieja anticipada. «Voy a cerrar mi cuenta», dice Gaby. «¿Todo?». «Sí, todo.»

Gaby se cruza con algunos vecinos. Llega a la casa, guarda los billetes en el cajón, encuentra los papeles; partida de nacimiento, certificado de estudios del colegio y título de la universidad. Las tres de la tarde. Almuerza una ensalada de tomate y lechuga, no distingue el sabor, la comida es un trámite para evitar el estorbo del hambre, lava el plato. Coge doscientos dólares.

Los asientos de lonjas de cuero en el taxi. La cara de manchas del chofer que la mira en el espejo. Tiene el pelo gomoso, un grano que se dispara sobre la ceja. Ella lo enfrenta, lo obliga a quitar la vista.

Baja en la esquina. Entra al color ceniza de la tarde. Ve una reja negra, una fachada de escaleras y columnas, parches de pasto, y un gran letrero. «Secretariado ejecutivo-idiomas-computación». Pasa junto a un puesto de caramelos y gaseosas. Está en un círculo de losetas rodeado de paneles. A la izquierda, una puerta de madera en forma de arco. Detrás del mostrador, una recepcionista de cara chupada, ojos afinados por un lápiz, pelo derramado, una bruja flaca que se ha calzado un uniforme.

–Sí. Buenos días.

–Quiero entrar a las clases.

–Ya, señorita.

–¿Cuándo empiezan?

–Ya empezaron pero puede inscribirse todavía.

–¿Qué se necesita?

–Necesitamos su partida de nacimiento y dos fotos.

–Acá tengo mi partida y certificado del colegio. Le traigo las fotos mañana.

La mujer extiende la mano, recibe los papeles, se detiene. ¿La va a rechazar? ¿Va a pedir nuevos requisitos? ¿Le va a decir que vuelva el mes próximo?

—Bueno, necesita pagar la matrícula –dice por fin–. Allí en caja, por favor.

—¿A qué hora es la clase?

—Ya empezó. Pero llévele su boleta a la profesora nomás. No hay problema.

—Ya. Gracias.

La mujer la mira de frente.

—Bienvenida –dice.

Empuja la puerta. Un grupo de alumnas; cabezas bajas, ojos modestos, ropa oscura y limpia. Gaby baja la vista, llega a la carpeta de la profesora, una señora de moño, pelo entrecano, blusa blanca confirmada por un broche. La profesora desvía la cara hacia ella una fracción de segundo, y Gabriela sigue hasta un asiento vacío al fondo. «Tienen que tener un mínimo de veinte horas semanales de asistencia para el certificado de fin de año», dice la voz de flauta mientras Gabriela encuentra una carpeta de barrotes negros, una pared de telarañas al fondo, el escenario para una actriz que empieza, piensa.

A las ocho Gaby sigue al grupo de alumnas que inunda el círculo de losetas y enrumba hacia la reja. Antes de salir hay una puerta de madera negra, una manija de oro. ¿Es el escritorio de la señora Pacheco, Dorotea Pacheco? Sí, pero no está, le dice el guardián. Mañana viene, señorita, ahora no hay nadie. Afuera la vereda atravesada de sombras. El asiento, la pista, los círculos de luz, por fin la casa.

Abre una botella de cerveza. La televisión prendida. Los noticieros, la campaña del presidente, el saxo ondulante, la voz con azúcar de Ana Kohler, *El baile del Chino,* una lluvia de piedras en Arequipa había recibido a Fujimori esa noche. Cambia de canal. Allí está Javier, tan estricto y cordial, hay un sabor a fresas de plástico en la pantalla, un muñeco en su caja de regalo, el peinado eficiente, la sonrisa calibrada, la autoridad del terno azul. La cara de Fuji. El gobierno ha descubierto un tráfico de armas a gran escala. Hay tres traficantes que ya están detenidos. El doctor y Fujimori. El doctor. Fujimori. Nombres, fechas, cifras, fotos de los traficantes. La piel de protuberancias y manchas de Montesinos, las reverberaciones del vidrio grueso, la nariz afilada y las mejillas brillantes.

Montesinos. Su cara, la materia carnosa de su cara, los labios musculares, el cuerpo húmedo y tibio que se alza, que habla. El saco circular, la corbata de colores, los hombros graves. Una esfinge viscosa. La aparición de esa noche, un día después de la muerte de Guido, junto al Óvalo Gutiérrez. Lo ve otra vez bajando la escalera con Laura Bozzo, pasando a su lado, abriendo la puerta. Gabriela se acerca a la pantalla de la televisión, toca el vidrio denso, los dedos estremecidos. La superficie vibra. El doctor Montesinos moviéndose en la punta de sus dedos. Aferrarse a él. Llegar a él. Golpea el vidrio con el puño, una y otra vez.

Sube las escaleras, los pies parecen más ligeros esta noche, el cuerpo más ligero, saluda a la enfermera y le da un beso largo a su madre. El blanco del techo.

El sexo siempre había sido una caverna a la que entraba de puntillas. El miedo al cuerpo de los hombres, a sus manos, a su miembro, al salvajismo de los hombres. La penetración, un acto de violación, incluso con los modales de Guido. Sólo con él había incursionado de veras en la caverna del sexo. La gentileza de Guido la había excitado. La ternura, el respeto, la paciencia, el orden de una cara, el reposo del verdadero cariño. Cada vez que había entrado a la cama con un hombre lo había hecho impulsada sólo por un vago sentido del deber; el miedo de defraudarlo, la curiosidad de saber si sería mejor que antes. Casi siempre se había visto invadida por el jadeo, la brutalidad de los brazos, la feroz prisa del pene. Sólo con Guido, la cortesía, la seguridad, el calor sostenido.

Recuperar, modificar, pervertir, enfilar ese calor. Buscar a los verdugos. El sufrimiento de perderlo es una lección, casi una moraleja. Está educando el placer anticipado de su resurrección. Las virtudes del asco, de la rabia, del dolor la calman. Es como si, a través de esta ausencia de Guido, las membranas de su cuerpo se hubieran abierto para siempre a la respiración del mundo. Siente un rejuvenecimiento de la piel como después de un largo baño. Las vibraciones de los músculos la mantienen en vilo. Se masturba cuidadosamente, como ha hecho en las últimas noches, tocándose y acariciándose y pensando en Guido. La tensión y liberación de las piernas, la mejilla contra la sábana, el suspiro largo después de la dureza de sus cautelas.

Buscar a los verdugos. Verlos, tocarlos, hundir su cuchillo. Una intimidad blanca la hace moverse en el colchón, enfrentarse al techo, alzar las piernas en silencio. Degradarse es adecuarse, igualarse a la realidad. No debía buscarlos por lo que habían hecho con él o con tantos otros, no por sus crímenes, no por su dinero, no por vengarse de ellos. La justicia, el castigo, el bien son ideas vagas, propias de un discurso o de un catecismo. No va a hacerlo por venganza o por justicia. Va a hacerlo por él.

Aramis entra al cuarto y la observa con sus ojos azules. La piel blanca con sombras repentinas, la cola alzada, las lentas maneras siempre flotando desde el suelo. La gata está rondándola, como midiendo el momento en que ella podría abrazarla como ha hecho otras noches, el maullido largo, la compasión silenciosa del único ser vivo y tierno en sus inmediaciones. Gabriela se acerca, le pasa la mano por el lomo y se pierde por un instante en la cara triangular, las reverberaciones negras y celestes, el pecho blanco, los bigotes alerta. La súbita compasión de la gata la hace llorar brevemente. Se para y mira al animal desde arriba. Lo hace a un lado con el pie.

Gabriela se acerca al ropero. Va haciendo bultos con la ropa. El traje verde de rayas blancas, los zapatos negros de hebilla, la falda azul. Los ha conservado a pesar de los años. Había empezado a estudiar y a trabajar en esa ropa. Había conocido a Guido, había visto enfermarse a su madre desde esos vestidos. Carga los bultos al corredor, abre una puerta y saca dos maletas. Pone también la pijama y una boina de sus años en la universidad. Sólo deja lo que tiene más cerca: el polo para dormir, el buzo, la ropa interior. Abre la puerta de la calle, camina hasta la esquina y vacía las maletas bajo el poste. Al caminar hacia su casa, se imagina el promontorio de ropa muerta.

Entra en la sala, se sienta, va a la cocina. El esplendor de la humedad en el vidrio. La refrigeradora: un zumbido leve y largo, la chispa encolerizada de un alambre. Nada sino ese ruido, integrar el ruido, la música sostenida de la máquina de hielo. Una refrigeradora busca detener el tiempo, allí ponemos lo que buscamos que sobreviva, lo que va a sostenernos. De vez en cuando encontramos trozos olvidados en los rincones, quesos o mermeladas descompuestos, huellas de un pasado inmune. El silencio del tiempo.

Se despierta a las seis, rueda hacia un costado y entra al cuarto de baño. La ducha lenta, la pasta de dientes sin sabor, el pelo mojado le disminuye la cara, la lleva al cerquillo de su peinado de colegio. Al pasar por el dormitorio ve a su madre: el silencio ajeno, el exilio progresivo, una enferma feliz, a salvo de los deberes de este lado.

Gabriela baja, pone la cafetera y la deja encendida. Se calza el buzo. La calle. La vereda. La ceniza crispada. No siente los pasos. La brisa larga de los árboles. Un tipo apurado en dirección contraria. Joven, flaco, el pelo alambrado. Un paso rápido, un cruce furioso de miradas.

En el parque, tres o cuatro personas corriendo. Mira el reloj. Correr por el parque durante una hora, como se lo había propuesto. Las líneas del cemento, el tambor de los pies, la agitación sostenida, seguir, seguir, seguir.

A las once, una tienda en Larco. La empleada le enseña algunos vestidos. Rojos enteros, conjuntos con blusa azul, pantalón negro. Después, la peluquería de Angamos.

Al llegar a la casa, un huevo duro, una ensalada de espinaca, un jugo de manzana.

Sube. El uniforme azul de la academia, uniforme de alumna y de secretaria, la falda hasta la rodilla, la blusa y el pañuelo en el cuello. Son las tres. Ir temprano, pasear por el local. Llega a la puerta. De pronto en la ventana, Delia. Delia cuadrando.

—Ay, hija, ¿dónde te has metido que te estuve llamando? ¿Qué haces con ese uniforme?

—Estoy estudiando otra vez.

—¿Qué? ¿Por qué? ¿Y tu trabajo en el colegio?

—Lo dejé.

—Pero qué loca. ¿Y por qué lo dejaste?

—Porque quiero conocer a otra gente.

—¿Pero a qué gente vas a conocer allí, oye?

—Un montón de gente nueva. Me voy que llego tarde.

Delia avanza, la sigue. Una brisa fría la hace parpadear.

—Mira, oye, a mí no me engañas. Algo te está pasando. Dime qué te pasa.

—Nada, Delia. Gracias. Tengo que irme.

—Bueno, pero entonces te llevo, pues.

—¿Me llevas?

—Claro, te llevo, total no tengo nada que hacer.

—Me voy en taxi nomás, Delia.

—Ni hablar. Te llevo, vamos, súbete.

Abre la puerta. Descansa la mano en el vidrio.

—Ahora cuéntame cómo estás. Yo estoy rezo que te rezo por ti, oye.

—Bien. Estoy mejor de lo que podría estar, Delia. Gracias.

—Yo sé que estás pasando por una etapa muy difícil, oye, pero no puedes tirar así todo por la borda, no te das cuenta que tu trabajo lo necesitas para cuidar a tu mamá, tu hermana Carolina ni se preocupa, tú ya sabes, tú eres la única que puede cuidar a tu madre. ¿Me estás escuchando, Gaby?

El carro frena. Una hilera lenta de microbuses.

—Tengo mis ahorros.

—Pero los ahorros no serán para toda la vida, ¿no? ¿Dónde vas a trabajar?

—Hay una enfermera que la está cuidando. Tengo ahorros por un tiempo, después ya veremos.

157

La avenida se libera, al fondo el letrero roído del cine Orrantia, la fila de palmeras polvorientas.

—Oye, tú has cambiado, ah. Has cambiado un poco. Me parece que no te conozco, Gaby. Dime qué te pasa.

—Nada, Delia. Apúrate que se me hace tarde.

Llegan al letrero.

—¿Aquí estudias?

—Aquí.

—¿Secretariado ejecutivo?

—Sí.

—Pero esas chicas tienen diez años menos que tú, oye. Acá hay algo muy raro. ¿Por qué estás acá?

—Ya te dije que quiero conocer a otra gente.

Delia golpea el timón con el dedo.

—Bueno, así será, pues, como dices.

—Delia. ¿Te puedo pedir un favor?

—Claro. Lo que quieras.

—Cuida a mi mamá si algo me pasa, ¿me entiendes?

—Ay, ¿pero por qué hablas así, oye?

—No preguntes, ¿me prometes que cuidas a mi mamá? Mi hermana no va a ocuparse de ella.

—Ay, claro. Por supuesto. Pero ¿por qué dices eso, oye? ¿En qué estás metida?

Círculos de alumnas a la entrada, en el patio, junto a las escaleras. Gabriela llega al quiosco metálico, pide un té, se aleja.

Se sienta, se lleva la taza a los labios.

Entonces la ve. Pelo alzado, nariz vehemente, mejillas musculosas. Alta, de ojos cristalizados, con una postura de buitre que navega por el local. Tiene un traje macizo, sortijas coloridas, aretes de piedras negras. Algunas alumnas la saludan con una sonrisa y una leve inclinación.

Gabriela sostiene el vaso, el líquido hirviendo a través del plástico, se acerca a ella.

—¿La señora Pacheco?

La mujer se detiene. La observa. Alza una ceja.

—¿Sí?

—Soy una alumna nueva. Acabo de entrar.

—¿Alumna nueva? Ayer entré a la clase pero no te vi.

—Llegué tarde. Disculpe.

—¿Qué quieres, mamita?

—Nada. Quiero trabajar cuanto antes. O sea, trabajar ahorita mientras estudio.

—Termina tus clases primero, hijita. Hablamos cualquier tardecita de éstas. Termina tus clases primero.

La mujer se aparta. Gabriela camina tras ella.

—Quiero trabajar a horas que no sean de las clases.

—Dedícate a estudiar, hijita y después ya vemos.

La sigue, camina de costado, roza la pared.

—Por favor, señora. Mire que yo hago lo que sea.

Se detiene. Se voltea a mirarla. La piel moteada de lunares, la voz agrietada. Mueve la mandíbula dos veces, como mascando algo. Le muestra los dientes, una hilera amarillenta.

—¿Cómo te llamas?

—Gabriela.

—¿Gabriela qué?

—Gabriela Celaya.

—¿Y por qué quieres trabajar?

—Quiero llegar lejos. Hago lo que sea, señora, ya le digo.

Mira hacia el patio, le dice a una profesora «quiero hablar contigo después de clases», regresa a ella.

—¿Ah, sí? ¿Cuántos años tienes? ¿No estás muy mayor para estudiar?

—Tengo veintiocho. Estoy en edad.

Gabriela asimila su mirada. Ve un fondo amarillo en el marrón de las pupilas, como un incendio distante.

—Oye, tú tienes algo. Eres guapita. ¿Estudiaste algo antes?

—Estudié Derecho en la universidad. Trabajé en un colegio. Pero no me gusta mi carrera, ya le digo. Prefiero estar en un hotel o trabajar en turismo. Eso es lo que me gusta. Quiero conocer gente, señora.

El timbre suena. Un grupo de alumnas pasa junto a ellas, como una manada.

–Bueno, voy a pensar en ti, hijita. Anda, vete a clase ahora.

–Gracias.

Gabriela voltea. La ve alejarse.

A las ocho se levanta, cierra el cuaderno, se incorpora a la procesión de alumnas, un rebaño de voces, yo te llamo más tarde, chata, ¿has visto a Kaki? Pasa por la puerta de vidrio granulado. El rectángulo del aire blanco, de pronto una mano en el hombro.

–Señorita.

–¿Sí?

–Dice la señora que vaya.

–¿Quién?

–La señora Doty.

La secretaria la mira con una sonrisa de ojos muertos, le hace una señal. Gabriela entra al corredor. Detrás del escritorio de recepción hay una puerta de madera.

Entra a un cuarto rectangular, una alfombra blanca, mesitas de cristal, dos lámparas colgantes y un gran escritorio arrasado de objetos: bustos amarmolados, elefantitos de cristal, ceniceros con escudos militares. En la pared hay un vitral: una dama lechosa sobre un caballo. La señora Dorotea Pacheco está sentada escribiendo. El pelo parece un globo de brea. Se ha puesto unos anteojos de puntas, parece un gran cuervo despachando en su trono de madera.

La ve sacarse los anteojos. Sonreírle.

–Hola.

–Hola.

Se reclina en el asiento, mordisquea el lapicero sin dejar de sonreír.

–Estuve revisando tu ficha, hijita. Lo que no sé es qué haces aquí. Si tenías un trabajo...

–Me cansé, pues. Ya le dije.

160

–Ya... Bueno, hablé con las monjas de tu colegio también. Dicen que allí te querían, que estaban contentas contigo.

–No las soporto a las monjas. No las aguanto. Me aburro a muerte allí, en el colegio, señora. Quiero trabajar en otra cosa. Sin dejar los estudios, por supuesto.

Dorotea Pacheco ríe brevemente, los cuernos de las cejas se extienden, abarcan los costados, mira a su secretaria.

–Anda, vete. Ya nos vemos mañana.

La mujercita desaparece.

La señora Pacheco abre el cajón, sostiene una cajetilla de Marlboro, el chicotazo de un fósforo le enciende los ojos. Absorbe el cigarrillo y mira a Gabriela envuelta en humo. Le ofrece la cajetilla.

–Gracias. No fumo.

–Lástima, hijita. Es riquísimo fumar, sobre todo a esta hora. ¿Dejaste de fumar o nunca en tu vida fumaste?

–Una época fumaba.

–¿Y te dio infarto o algo?

–No. Me aburrí de fumar.

–Ay, qué graciosa, así que te aburrías, ¿no? Tu trabajo te aburría, fumar te aburría, todo te aburría, oye. O sea que eres una niña totalmente triste y aburrida. Seguro que por eso quieres ser secretaria. Ya sé lo que te pasa, no me digas. Quieres conocer a un hombre, ¿no? En tu colegio de monjas hay puras chicas. Ya tienes veintiocho y no quieres terminar como una solterona arrugada seguro. Piensas que en una oficina vas a encontrar a un pata buenmozo y con plata para casarte antes de los treinta, ¿no?

Despide un ruido lento, un rumor risueño de saliva. Sostiene el cigarrillo como una varita de humo, una hechicera celebrando su ritual.

–No lo había pensado así.

–No, mentira, te estoy haciendo broma. No me hagas caso.

–Ya.

–Ay, relájate un poco. –Da un golpe de ceniza en un platito–. Te noto un poco tensa. Pero me has caído simpática, oye.

No eres como las otras. La purita verdad, no tengo mucha gente con quien conversar por aquí. Es un antro este sitio, un antro con plata, eso sí, pero un antro, ¿no? ¿Tú qué dices?

–Mejor un antro con plata que un antro solo.

–Así es, hijita –sonríe–. El trabajo tiene problemas pero con plata todo agarra su sabor.

–Además veo que todos la quieren y la respetan por aquí, ¿no?

–No, ni hablar. A mí nadie me quiere. A lo mejor me respetan. Me tienen miedo, me odian, eso sí, pero no me quieren. Igual no me importa. ¿Tú crees que debe importarme?

–No. Claro que no.

Un silencio, una reverberación del cigarrillo, los ojos agrandándose sobre ella.

–Oye, ¿qué te parece si nos vamos a comer a algún sitio? Algo rico aquí a La Gloria. ¿Qué dices?

–No sé.

–Vamos, pues, anímate. ¿Alguien te está esperando?

–No.

La señora Pacheco se para. El cuerpo encorvado hacia delante, la tela que se ilumina.

–Vamos entonces.

–Le agradezco mucho, señora.

Gabriela la ve sonreír, endurecerse. De pronto está cerca de ella. Gabriela siente el golpe, la señora Pacheco acaba de cachetearla, Gabriela asimila su propia cara hirviendo de dolor, reconoce el júbilo de su primera victoria, retrocede, baja la cabeza, la levanta. El dolor disminuye. Ahora, después del golpe, ¿es capaz de resistir, disimular? La mira. Dorotea le sonríe. Le sigue sonriendo.

–Perdona –le dice tocándole la mejilla–, pero nunca me ha gustado que me digan «señora», ¿me entiendes?

Gabriela retrocede. La señora Pacheco chupa el cigarrillo y lo muele en el cenicero.

–Sí, te entiendo.

–Ya.

La ve dar un paso hacia un costado, alzar la cartera de co-
codrilo. Está junto a la lámpara que la fija en un destello. La
asombra el tamaño de sus orejas.

–Dime entonces –habla lentamente, sin dejar de mirarla–
cómo quieres que te llame.

–Mi nombre es Dorotea –contesta sonriendo–. Pero es un
nombre horrible. Llámame Doty. ¿Vamos yendo?

Doty maneja con una sola mano, acelera apenas ve un espacio en la pista y frena de golpe.

–Yo nací en Huancayo –dice, como revelándole un secreto–, pero estudié en Nueva York. Allá en Huancayo, cuando
era chiquita, ¿sabes lo que hacía?, ¿sabes?, vendía panes en el
mercado, imagínate. Me robaban a cada ratito. Las ratas me co-
mían los panes, puta que había ratas como mierda allí en el
mercado. Ratas grandazas, parecían perros casi. Vivíamos en un
mismo cuarto con mis hermanos. Yo tenía puros hermanos,
unos conchasumadres mis hermanos. Pero un buen día dije ya
basta y le robé su plata a una vecina y ya con eso un día me
subí a un ómnibus y me vine a Lima donde una tía y me metí
a estudiar secretariado en un sitio en Wilson. Allí mismito,
mientras estudiaba conseguí trabajo. Me puse a trabajar en una
compañía de importación y en la oficina conocí a un gringo,
un pata que se cagaba por mí. Me fui con él a Nueva York a estudiar y a trabajar. Después lo dejé, junté un montón de plata
y me vine para acá otra vez. Hace ya casi diez años o más que
vine y puta que conocí a un montón de gente que me ayudó.
La verdad, la verdad, increíble que tenga la academia, ahora
tengo ciento cincuenta alumnas y el próximo año doscientas,
mira que funciona como un relojito la academia.

La voz espinosa, un brazo doblado en el timón, el otro
arreglándose el pelo. Dobla a la derecha sin bajar la velocidad,
llega a la esquina y se para.

La fachada del restaurante La Gloria es una hilera de arbustos y paneles de cristal oscuro. Tiene las mesas dispuestas para

163

que todos se miren y se den la espalda. Ministros, congresistas y empresarios se encuentran allí todos los días, se saludan, intercambian las preguntas de rigor, (¿cómo estás?, ¿y la familia, bien?) y se ignoran rápidamente. Las calles aledañas están sembradas de carros monumentales, grupos de choferes y guardaespaldas, hablando en voz baja.

Un mozo acompaña a Gabriela y a Doty a una mesa en el centro. Desde la mesa vecina se alza una mano.

–Te conocen bien por aquí.

–Sí. Me conocen.

–¿Los conoces también?

–Claro que sí. Son unos infelices. Pero buena gente. Y con plata además.

Doty pone la cartera a un lado, y un mozo de chaleco negro se materializa al lado de la mesa.

–¿Qué te tomas, Gaby?

–Un pisco sour.

–Un pisco sour y un whisky, señor. Y nos trae la carta, por favor.

Apenas el mozo se va, Doty saca la cajetilla. El chasquido del fósforo suena en las inmediaciones.

–Cuéntame ahora, Doty, ¿cómo haces para estar tan bien, para verte tan regia?

–No sé, creo que es el cigarrillo y el mal humor. El mal humor te adelgaza, te pone muy bien.

–¿Estás de mal humor siempre?

Doty mira a un costado, se masajea brevemente el cuello. Devuelve un saludo apenas mostrando los dientes.

–Pero con una sonrisa a la mano por si acaso.

–Así que estás acostumbrada a tratar a la gente de arriba, ¿no? A los hombres que mandan.

–Bueno. –Alza el vaso de agua, sorbe lentamente–. Me di cuenta que es fácil juntarse con hombres y mostrarles que tienes clase, o sea mostrarles que estás dispuesta a hacer algo por ellos con clase. Lo que quieren siempre es sentir que ellos te están mandando. Eso es lo principal. Si les dices que los quieres,

164

que estás a sus pies, y si los haces reír, y les das lo que te piden, y les sonríes y todo, siempre te van a necesitar para sus cosas. Así son los hombres, pues. Necesitan pensar que te mandan.

El mozo sirve los tragos. Doty alza el vaso de whisky.

—¿Te gusta tanto el whisky?

—A mí antes no me gustaba. Me tomaba mi traguito corto nomás. Pero de tanto juntarme con patas a los que les gusta el whisky, ya pues, me gustó a mí también.

—Yo pocas veces me he emborrachado, Doty, ¿puedes creer eso?

—Ay, no te creo.

—No sé. Me habré emborrachado una o dos veces. Cuando estaba en la universidad.

—Bueno, ¿y a cuántos hombres te has tirado en toda tu vida? Ésa es una preguntaza, a ver, dime.

—No sé. No muchos.

—¿Y a ninguna mujer, supongo?

—No. A ninguna mujer.

—Bueno, te diré que ya se va haciendo tarde. Me está dando hambre. ¿Miramos el menú, qué dices?

Doty recorre la lista con el dedo. Su uña roja y afilada viaja lentamente sobre las letras.

—Un pepper steak con ensalada para mí —dice Doty—. ¿Y tú, corazón?

—Yo una pasta. —Alza los ojos y mira al mozo—. Fettuccinis a lo Alfredo, señor.

El mozo asiente con una venia, deja una frase flotando entre los dientes, y se pierde junto a una comitiva —Valle Riestra, Joy Way, Chirinos Soto entran sonriendo—. Doty apaga el cigarrillo, los mira.

—¿Los conoces?

—Sí, no tienen importancia. ¿Qué has pedido?

—Fettuccinis a lo Alfredo.

—Ése era antes mi plato preferido. A veces lo como también. Pero engorda un poco.

—¿Crees que estoy muy gorda?

–No. Tú estás jovencita, hija. Estás regia. ¿Te echo un piropo? Pocas veces he venido aquí con una chica tan guapa como tú. Deben estar comentando en las otras mesas, fíjate. Allí hay un par de generales que están entrando.

–¿Quiénes?

–Los generales del Ejército Peruano, hijita. Mis amigos. Tú ya los habrás visto en la tele.

–No los he visto. ¿Quiénes son?

–Esos de allí. Míralos, pues. Hace cinco años esos dos estaban muertos de hambre y ahora tienen casa con piscina. Son unos idiotas pero se visten bien, eso sí.

Doty alza la mano, sonríe y enciende otro cigarrillo.

–¿Casa con piscina?

–Ese de allí se fue a Las Vegas a un hotel. Allí vio una piscina en forma de riñón y después cuando vino acá se hizo construir en su casa una piscina en forma de riñón también. Seguro que ahora le da un cáncer al riñón de tanto pensar en el riñón.

Suelta una descarga. El ruido cubre la capa de murmullos. La voz reaparece, un chisporroteo ronco. Aspira del cigarrillo lentamente, con una sonrisa concentrada.

–Oye, en mi casa tengo un whisky mejor que éste. Un etiqueta azul. Mucho mejor.

–¿Compra o regalo?

–Qué curiosa eres.

–Así soy, pues.

–¿Y qué más? Bien tímida eres, ¿no?, pero también medio pendeja.

–La verdad que siempre he sido medio tímida pero también muy decidida a hacer mis cosas. Antes era bien romántica, demasiado.

–¿Antes? Un pata te cagó o algo, ¿no?

–Sí, en cierto modo. Salud.

Dan sorbos rápidos.

–¿Qué pasó con tu gringo?

–¿Quién?

–El gringo con el que te fuiste.

166

–Lo dejé en Nueva York. Un pelotudo.

Un hombre de terno apretado se acerca.

–Hola, Luchito.

–Mi querida Doty. Cada día más guapa y además tan bien acompañada.

–Así, pues. ¿Cómo te va?

–Más o menos. Ya te llamo mañana. Tenemos que hablar.

El tipo se aleja.

–¿Quién es ése?

–Uno de los que te estaba contando. Era viceministro. Sin uniforme parece más cojudo todavía.

–¿El viceministro de qué?

–Viceministro de Defensa, creo. Pero tiene el culo con pocas defensas porque le encanta que se lo tiren. Por eso tiene tanto guardaespaldas.

Doty aplasta el cigarrillo y se cubre de humo.

–De todos modos, ahora con Fujimori cualquiera puede ser ministro, ya sabes. Cualquiera puede ser general. Para ser general hay que chupar media nomás. Mientras más medias chupes, más general eres, oye. Así es ahora.

–¿Tú los conoces a todos?

–Conozco a los interesantes. En realidad hay que conocer a uno nomás.

–¿Quién?

–Puta, qué curiosa que eres.

–Disculpa.

El mozo se coloca al costado de Doty, sostiene la bandeja. Antes de servir los platos los alza como si estuviera consagrando una hostia.

–Esto parece riquísimo, oye. Salud –dice Doty, acercando el vaso–, por haberte conocido.

–Salud.

–Sabes que tienes un no sé qué, eres guapita, pero de un modo, o sea, no sé, no puedo explicarme, mira lo que me haces, hijita, no sé qué decir.

–Tú también me pareces guapa, oye, la verdad que sí –sonríe.

167

Los dientes florecen, enormes. Una luz gruesa le enciende la cara. Recién el tercer trago.

—Yo lo que le dije a mis profesoras en la academia es que tengan puntualidad, que las profesoras preparen sus clases, que las chicas estén contentas. Si no, después, nadie se matricula —sigue la voz—. Pero ya ves que estamos llenecitas. Siempre tenemos gente. Y todas están contentas. Después agarran buenos puestos las chicas. Puestos buenazos.

—¿Y qué puestos?

—De todo. Algunas ya se han comprado su ropita Givenchy y Bill Blass, Christian Dior también, algunas tienen hasta su carrito. Muy bien les va. A ti también te va a ir muy bien. Eres una chica fina, tienes buena pinta y eres riquita. Regia estás, ya te dije.

—Tú también, Doty.

—Ay, yo no. ¿Te parece? ¿No estoy muy acabada? Puta, que a mí ya me cayeron los años. ¿Te parece que estoy bien, de verdad, Gaby?

—Claro. Regia estás, oye.

Doty la observa, chupa el cigarrillo. Suelta la ceniza lentamente, con una especie de ternura.

—Oye, Gaby, dime, no te asustes pero dime, ¿quieres ir a conocer mi casa después? Te invito un trago mucho mejor que éste. Ese etiqueta azul que te digo, podemos tomar la del estribo, para relajarnos. ¿Qué dices?

El mantel es un museo ruinoso: platos con mendrugos de torta, tazas moteadas de café, pozos de coñac. Doty pide la cuenta. Le ofrece al mozo la tarjeta de crédito sin mirarlo. Se levanta antes que ella.

Salen a la neblina iluminada. Ramas, faroles, brasas de cigarrillos. Cruzan la calle. Entran a una vereda desierta, salpicada de hojas. Al fondo, la luz de la avenida Pardo.

Una figura rápida, bien cuidado su carro, señora, Doty abre la cartera, deja una moneda en los dedos negros y se para junto a Gabriela. Le abre la puerta. Gabriela siente el frío limpio del plástico, se reclina, cierra los ojos y su mano recibe el primer roce. Se instalan en el silencio del auto. Doty encaja la llave, descarga los dedos en la consola, el motor hace una breve explosión. Vuelve a tomar la mano de Gabriela, los dedos presionan, bajan a la rodilla y se aferran al muslo. Gabriela hace un ademán para alejarse, pero se contiene a tiempo. La piel tibia y áspera, el toque viscoso de Doty hacia delante, la mano sube por el muslo, se encoge y se queda entre las piernas como un animal que encuentra su guarida. El carro llega a la avenida Arequipa y dobla en el Óvalo, acelera en la avenida Ricardo Palma.

–Linda eres, oye.

Gabriela apenas sonríe.

Mientras sostiene el timón con la izquierda, Doty extiende la mano derecha sobre los pechos de Gabriela. La mano se estira en el cuello y se encoge como un ovillo sobre los labios. Gabriela se mantiene en el asiento sin voltear hacia ella. Una inmóvil necesidad de entregarse a esa mujer le anticipa el resto de esa noche, la maldad de la piel, los dedos blanqueados, la coraza de una obscena alegría.

El carro llega a la calle Villarán, se alinea en la doble procesión de luces, tuerce bajo las columnas pintarrajeadas de la avenida Aviación y avanza hasta el abismo de la avenida Primavera. Se desliza por una red de calles cortas, baja la velocidad frente a un parque. El motor se apaga junto a un jardín de geranios. Hay una pared verde y un techo plano con un tanque de agua.

Frente a la puerta de su casa Doty busca en el llavero: un ruido como de vidrios rompiéndose, trozos de piedras revueltas. Abre. Gabriela ve la pesadilla de la oscuridad, siluetas borrosas, la ondulación de una cortina. Oye el interruptor, un fogonazo de luz, una sala con muebles morados, paisajes marinos, caballitos de cristal.

Gabriela deja la cartera. Ve a Doty junto a una alacena.

–¿Te sirvo un whiskicito? Pero del bueno...

–Ya. Con hielo nomás.

–Sabes que me mudé a esta casa cuando todavía no estaba terminada. De tanta emoción de tener una casa propia, me vine cuando sólo había un colchón y sus cuatro paredes. El gobierno me prestó unos soldados que ayudaron en la construcción. Rapidito la terminaron.

–¿Los soldados te construyeron la casa?

–Algunos. Era como un servicio del ejército, pues. Vino un curita a bendecir la casa, la llenamos de flores rojas, lindo salió.

Se sienta en el sofá. Encima de ella, un reloj antiguo, agujas doradas y una caja de madera.

–¿Eso te avisa a qué hora empiezan las clases en la academia?

–Ese reloj era de mi mamita en Huancayo. De su patrona. Se lo llevó cuando la señora se murió, se subió a un camión y me lo trajo. Es finísima, finísima la madera. ¿Te gusta? Salud, mi amor.

Gabriela apenas da un sorbo. El escalofrío del líquido en la garganta, la seda blanda del sofá, el aliento inclinado de Doty. La ve: un oso grande que se abre para acogerla.

–Con saborcito de whisky estás más rica, amor.

Gabriela alza los brazos, parece apoderarse de la cabeza. Siente el filo de los pelos, la aspereza afilada de los labios, el ruido del corazón.

–Quiero verte.

Gabriela se para, se desabotona la blusa. Doty le baja la falda. Se aleja. La observa. Toma un nuevo sorbo. Le coge la mano y la lleva a una puerta, una cama de rejas amarillas.

Gabriela se deja caer lentamente. Asimilar los labios, ofrecerle la piel, los hombros y la lengua y plegarse a los muslos abiertos. La tocaba pero la veía a la distancia, el monstruo de una mujer casi extraña que la va a devorar, un dragón sudoroso que se ha metido entre sus piernas y ha entrado en su cuerpo y se ha quedado allí. El ruido de la humedad se repite lentamente. Se asombra de su inclinación, la cesión de su lengua. La está

170

abrazando arrodillada, pendiente de los beneficios del asco. Se pliega gradualmente al rencor del abrazo. La ve sentarse contra la pared con las piernas abiertas. «Ay, ven otra vez, mi amor», la oye. Gabriela se incorpora y baja hacia el sexo de ella, en un vértigo granulado, la fluida pestilencia de los pelos, los párpados calientes, y el jadeo largo hasta que llega a un suspiro definitivo. Doty se da vuelta, se echa de costado y despide una serie de palabras melódicas, mi bebita de ojos verdes, le dice, los brazos cubriéndola. Gabriela se pone encima, el cuerpo olvidado, la mano aferrada al colchón, los dedos duros y estirados, como tratando de borrar las huellas.

La ve levantarse: una silueta de botella, la curva lánguida del pecho, el pelo como una bolsa suelta. Hay una bruma clara sobre la sábana, la telaraña de arrugas, la hondonada de los cojines. Oye las ráfagas en el lavatorio, un largo silencio, un nuevo ruido de agua. El estupor de la vergüenza frente a la pared, las repisas de pequeñas estatuas que la observan. Gabriela se incorpora, se hace un ovillo, entierra la cabeza en las rodillas. Decide esperarla allí. Oye el chorro de orina. Doty jala el wáter, abre la puerta y vuelve a echarse.

–Mi florcita –susurra–, mi baby de ojitos verdes, ven aquí.

Sus labios tienen un sabor salado, una consistencia de esponja en el cuello. La lengua es un músculo grueso y resbaladizo, un animal furioso.

Gabriela se aparta, le acaricia la frente.

–Se ha hecho tardísimo, Doty. Me voy.

–Ay, pero por qué. Qué penita.

–Es tardísimo. Nos vemos otro día.

–¿Tienes que irte?

–Sí, pues. Tengo que irme.

–Bueno. –Mueve las piernas, dos gusanos revolviéndose–. Podría llevarte a tu casa. Pero me da flojerita.

–Me llamo un taxi nomás. No te preocupes.

–No. –Le rodea el cuello–. No quiero que te vayas. Quédate.

171

Gabriela la besa, se aparta, la toma de la mejilla.

–No sabes cuánto me gustaría, pero mi mamá está mal. Tengo que regresar.

–¿Qué le pasa?

–La vejez, creo. El Parkinson que tiene. Está así, como atontada siempre.

–Pobrecita. –Se sienta, se reclina en la almohada–. Bueno, ya pues, anda donde tu mamita. ¿Cuándo nos vemos?

–Cuando quieras.

–¿Qué te parece mañana? Vente a mi oficina después de las clases.

–Ya.

La voz endeble. Doty alza la cabeza. Gabriela observa el mecanismo de la quijada en acción.

–¿Qué pasa? ¿No quieres verme mañana? ¿Te parece que estoy muy gorda y fea? ¿O te arrepientes de lo que hicimos o qué?

La sonrisa, un brillo de crueldad anticipada ilumina los dientes, una hilera amarillenta.

–No, no, claro que no. Eres una mujer maravillosa. Y una amante maravillosa, Doty. Eres lo máximo. Eres linda.

La sonrisa se extiende, hace un ruido de piedras. Los brazos de goma tibia en el cuello.

–Ay, qué amor de niña eres. Creo que me visto y te llevo a tu casa, mi vida.

–No, no te molestes. Yo llamo un taxi, Doty.

–No, pero es que yo quiero llevarte, pues. No me jodas. Si quiero llevarte, te llevo. Espérate que voy a hacer otra pila y vamos.

Gabriela mira por la ventana. El parque: el verde pálido, las hojas bordeadas de plata, el poste, una planta metálica que florece en cuatro focos. Siente el golpe de los zapatos.

–Vamos, hijita.

Un resplandor baña la reja. Hay algo de maligno en las puntas de fierros curvos contra la niebla. Más allá se abre la luz mojada de la pista. Sube al carro tras Doty.

El Zanjón, la avenida Javier Prado, la avenida Arequipa. Las frases se suceden, desde que te vi me gustaste, Gabyta, ya te dije, pero desde ahora quiero que nos veamos siempre, ¿me entiendes?, siempre, ¿ya?, ella asiente, se reclina, le toca los dedos. El carro devora las calles, pasa los semáforos, salta sobre los baches. Gabriela apenas reconoce su barrio, una zona envilecida por la oscuridad, las paredes tristes, los huecos violentos de las pistas. Ve su casa blanca con alivio, se acerca a Doty, le ofrece un abrazo y se baja. Alza la mano y la ve sonreír.

Al cerrar la puerta, siente que el mundo regresa a ella. Sube las escaleras de dos en dos, los golpes de los pies, el cielo del techo cerca, refugiarse en el silencio del baño, la blusa, el pantalón afuera, prender la ducha y entrar sin frío, sólo el agua de luces blancas en los ojos, quedarse, quedarse, quedarse allí dentro, el cuerpo debajo de ella despertando al hielo rápido, el jabón en espumas furiosas que le borran el vientre, la piel derramada, más jabón en la cara, en los brazos, entre las piernas, oye sus propios gritos. Se siente recuperada en el laberinto transparente del agua. Por fin mueve la llave, las losetas blancas la tranquilizan, se seca, se pone una bata, el caos hirviente de gotas.

Un cigarrillo, la pantalla encendida, una película de Richard Gere, apagar la pantalla y salir a la ventana, las cajas en las azoteas, las luces ahogadas, las hojas negras entre alambres. Ve a lo lejos un punto blanco, la única estrella que brilla en el cielo, una señal intermitente. La observa, la oscilación dulce de esa estrella, el punto cristalino. Una apoteosis de gases calientes, un fulgor helado en la suciedad del cielo. Si pudiera sentirse acompañada por esa luz, si esa luz entrara en su pecho y estallara y se esparciera dentro. Ahora oye una música distante, una melodía en la radio de un vecino insomne o madrugador, el vago lamento de un bolero, la infinita tristeza de una voz que ha venido de lejos, que la arropa.

Regresa al cuarto. Saca el frasco de Dormex. ¿Iba a llamar a Delia al día siguiente para contarle lo que había hecho?

Vuelve a la cama. Por fin, la gran pausa del sueño.

173

Despierta con la luz gris de la ventana. Se levanta. Entra al cuarto de su madre.

La encuentra dormida, de perfil, desterrada, los hilos de pelo, la piel postergada bajo el cuello. Una mancha nueva como una predestinación le baña las mejillas.

—¿Cómo te sientes, mami? —se acerca—. Dime, ¿cómo estás?

Durante el silencio que sigue, su madre se despierta, parpadea, endereza la cara, le sonríe con una lástima tranquila. «Hola, hija mía.» «¿Dormiste bien? ¿Estás bien?» Los ojos usualmente vacíos parecían haberse cargado de una luz generosa, como si estuviera al tanto de su necesidad de ella. Le estaba sonriendo. Sonriendo para retenerla, para mostrarle el resto de su lucidez, de su amor. El esfuerzo de la cara de su madre, la pugna de los labios, hola, hija mía, ¿dormiste bien?, ¿estás bien? El silencio de su hija ha abierto un flanco en su rostro. Las dos manos dobladas sobre el regazo, el sesgo de las cejas, la armonía circular de las arrugas: una reina que había recobrado el conocimiento para buscarla. Desde el laberinto de su enfermedad le estaba pidiendo que no la dejara sola en ese cuarto.

—¿Qué está pasando, Gaby? Dime.

—Nada, mami.

—¿Nada?

—No. No te preocupes.

—Tú estás muy mal, hija. Yo me doy cuenta. Desde lo de Guido...

—Hay que resignarse, mami.

—Esto te digo pero tú...

—¿Qué te parece si tomamos desayuno?

—Bueno, bueno. Pero...

—¿Quieres que te lo suba?

—No. Yo bajo. Espera, voy a vestirme. ¿Sabes que anoche me quedé esperándote hasta tarde? ¿Dónde fuiste?

—Salí con una amiga.

—Ah... yo me quedé viendo televisión. Lo vi a tu amigo Javier. Regio se le ve en el noticiero.

174

–Ven, mami. Acompáñame a tomar desayuno. No quiero estar sola.

–No estás sola, Gaby. Yo estoy aquí contigo. Para eso estamos las madres. Yo no voy a dejarte nunca, hijita.

Javier se enfrenta a la hilera de periódicos. Alza la vista. Es Mariátegui, el conserje. Un tipo redondo y bien peinado, con los ojos hambrientos de órdenes.

–Dice el señor que si puede ir a su oficina.

–Ya voy.

A don Ramiro parece haberle crecido la cabeza, un casco de carne, ojos dulces y orejas largas, una máscara de payaso jubilado. Detrás de él está Humberto, el asesor legal, con su uniforme de siempre: una camisa blanca y un peinado de maniquí.

Don Humberto está pendiente de lo que vaya a decir don Ramiro, asintiendo siempre apenas escucha la primera sílaba y alentándolo con la mirada a agregar algo para poder seguir concordando con él. Es un noble estelar en la corte de la empresa, un mono entrenado que imita los modales y la ropa de sus dueños. Sus ganas de complacer aparecen reflejadas en sus sacos duros, su peinado brilloso, su sonrisa de manos dobladas atrás, una escultura diseñada por un cincel severo. Humberto basa su eficiencia en la probada elegancia que recorre su cuerpo, su cabeza aplacada con peines húmedos; sus zapatos, dos guantes de cuero reluciente, dos medallas pulidas en los pies; pasadores ansiosos, ahorcados en forma de cruz, bracitos sacrificados en el altar de su deseo de mostrar su buena apariencia. La tela del saco es su verdadera piel.

Como casi todos, Humberto entra cada día a la oficina a comparecer. Comparece ante sus jefes, ante los empleados, ante los objetivos de la empresa. Él, Javier, también comparece, sólo que para él es un acto más arrojado. Comparece en la televisión, se pone un saco y una cara y busca la aprobación y a la vez las disculpas del mundo.

175

Comparecer, existir. ¿Valía la pena escribir algún día sobre eso?

Humberto lo mira.

—Necesitamos más datos para el noticiero —susurra—. Hay que conseguir una entrevista con Abimael. ¿Crees que se pueda?

—Si el doctor quiere —dice Ramiro—. Vamos a llamarlo. Sería un golazo. Imagínense. Un rating de cuarenta puntos, oye. ¿Quién nos gana?

—Nadie —confirma Javier.

—Nadie —repite Humberto.

—Voy a llamar —dice Ramiro—. Eso sería la solución, voy a llamar.

Habla con monosílabos. Humberto y Javier lo miran. Ramiro cuelga el teléfono.

—No quiere. Dice que Abimael no quiere. Además dice que ya no lo ve. Bueno, ¿qué otra solución hay, oye? El rating está bajando.

—Yo los dejo —dice Javier mientras se para y llega a la puerta.

—Hay que convencer a Abimael —dice una voz atrás—. Hay que convencer a Abimael.

Javier entra al corredor. Encuentra a Laura Bozzo otra vez. «¿Sabes que la concha su madre de Mónica Zevallos nunca me gana en el rating?», le dice tocándolo en el brazo. «Te felicito», le dice Javier. «De verdad, te felicito, Laura.»

XVI

Beto empuja la puerta y entra. Ve a Pacho.

Kerosene está sentado a su lado, los ojos de insecto, los labios borrosos, el bigote granulado.

–Se van con él –dice Kerosene.

–Ya.

Pacho se levanta, coge a Beto del brazo y sale al corredor.

–¿Qué pasa?

–Te vas a ir a Chimbote, cuñao.

–¿Qué hay?

–Hay un tipo que está que jode. El Coyote va a llevarte. Él ya sabe ya. Tú los ayudas nomás.

–Ya.

–Ándate con Trucha y con Coyote, y se regresan al toque nomás.

–Listo.

Pacho le da una palmada.

–Pero vengan rápido mañana, ya saben. Nada de andar hueveando por allí.

En el camino Coyote habla de una hembra con la que estuvo, una hembrita riquísima, hermano, igualita a Demi Moore la hembra, anda, mentiroso, puta que bien mentiroso este huevón.

El café con azúcar al pasar por Chancay, la gaseosa en Huarmey para estirar las piernas y orinar, cómo hacemos, tú tocas el timbre, yo entro, ya vemos cómo hacemos, es rápido nomás, o sea, dice que el pata tiene una radio que está que jode y jode, ¿no?, así dicen. La carretera devorada bajo la luna, el olor de algas muertas, los perfiles largos de las fábricas, la carretera doble, el Hotel Chavín, la llegada al Óvalo, pregunta dónde queda la calle, carajo, por allá, al fondo, se va derecho, contesta un señor canoso en la vereda. Allá vive el cojudo. Un huevón que con las mariconadas que hace en la radio nos puede joder lo que hemos hecho, huevón. Ahora que vienen las elecciones, puta, a ver si nos sacamos a ese chucha su madre. Mira, a ver si hay un helado, un Frío Rico, y un chocolate Sublime me da, ¿tienes sencillo?, masca bien, compadre. ¿Un trago? Después un trago. Puta, pero mejor vamos a llamar, aló, ¿señor Bello?, sí, ¿quién habla?, le hablamos de Lima, señor, lo llamamos del Ministerio de Educación. Le estamos enviando correspondencia. ¿A qué dirección, señor? ¿Quién es usted? Ya le digo, señor, actividades del ministerio.

Beto cuelga. La camioneta avanza. Es aquí nomás, en la otra cuadra, ya termina tu helado, pues, compadre, ¿un traguito? Un traguito, ya vamos.

Beto se queda atrás, Trucha y Coyote tocan la puerta, alguien dice ¿quién?, y Trucha aprieta el gatillo. Las tablas de la puerta se rompen, la bota de Coyote está dentro de la casa, un grito, una luz, un corredor de losetas, dos niños llorando, una mujer con las manos en la boca, la mujer saca un palo pero Coyote la tira al piso, el tipo tiene bigote y polo blanco y está gritando mientras Trucha lo jala a la cocina, ellos lo reciben, lo cargan, lo llevan a la camioneta, las patadas, los mordiscos, los manotazos del hombre, cuando lo meten al carro patea tanto que golpea la radio y cambia la estación, pasa de salsa a noticias, claro, es un periodista de radio, pues, dice Trucha, que por fin le dobla la cabeza con un martillo, el ruido corto, el cuello bajo, Coyote lo toma, lo pone de costado, lo sostiene como a un hijo, el carro arranca, cruza la avenida, para en el semáforo, la pestilencia de algas muertas otra vez a la derecha, avanza por la carretera, puta que hay que acabar rápido, otro traguito, una playa de piedras, los ruidos del mar en la piedra como tiros metódicos del agua, lo cargan entre los tres, Coyote lo abraza, le dispara con el silenciador, se forma un boquete rojo, ya está, listo el pollo, y de pronto Beto oye otra vez el ruido de las olas, el rumor que se alarga solo. Al fondo, unos puntos de bolicheras.

—¿Qué haces? —dice Coyote.

Trucha tiene las manos dobladas.

—De todas maneras hay que hacerle su oración, pues, compadre.

—¿Su oración? Qué chistoso eres.

—No me faltes el respeto, compadre.

—Puta, qué fácil estuvo con éste. ¿Trajiste para enterrarlo?

—Puta, me olvidé.

—¿Te olvidaste? Puta, qué huevón.

—Calla, huevón. Hay que enterrarlo

—¿Enterrarlo? Puta, ¿dónde está la lampa? ¿Y dónde vamos a conseguir una lampa ahora?

—Vamos a la casa del muerto.

—¿Allí?

—Claro pues. No vamos a comprar, huevón. ¿Quieres ir a una ferretería acaso? Vamos a su casa. Seguro que tiene lampa en algún sitio.

—Ya.

Vuelven a la casa, la puerta abierta, el corredor vacío, en el patio una puerta de triplay, un atado de herramientas, una lampa gastada pero con hoja. La coge del mango, la alza como un trofeo.

—Ya —dice Coyote—. Con esto lo enterramos. Jala rápido para la carretera.

—¿Dónde está Beto, mamá?

Ángela mira a su madre, los brazos anchos y gastados. Parada frente al lavatorio, las manos rápidas bajo el chorro, el trapo con detergente sobre los platos. Su madre coge cada plato sucio, lo sumerge y va despachando uno limpio, chorreando agua sobre la bandeja.

—No sé, pues, dónde estará tu hermano.

—¿No te preocupa dónde está, mamá?

—Claro que me preocupa, hijita. ¿Pero qué vamos a hacer? Él no quiere decir nada, pues. Hay que dejarlo nomás, hijita. Déjalo nomás.

Ángela se para junto a ella.

—Deja. Yo te ayudo.

—No, ya estoy acabando. Voy a ver la novela que empieza ahorita, hijita. ¿Quieres venir?

—No. Voy a mi cuarto. Ya me cuentas.

—¿Estás bien, hijita?

—Sí, estoy bien. Pero me preocupa Beto, mami.

—Sí, a mí también me preocupa, oye. Me preocupa. Pero no sé, pues, no sé. Por lo menos tiene un trabajo. Eso está bueno.

—Yo voy a entrar a su cuarto, mami. Yo creo que está metido en algo.

—No, déjalo. No te metas en su cuarto, oye.

—Está muy raro.

—Siempre fue un poco así, pues. Desde chico fue así. Bueno, desde esa vez. Tú ya sabes. O sea él era muy chico. Desde que supo. Él me ayudó a cargar mis cosas esa vez cuando vinimos acá, tú eras muy chiquita. Él me vio aquí, cuando recién llegamos. Yo todo el tiempo lloraba, todo el tiempo.

—Ya.

—Déjalo nomás a Beto, oye. No es tan malo él tampoco. Vente a ver la novela conmigo más bien. Vente que ya va a hablarle la verdad Romina a su marido, ven.

Como antes, el temblor en las manos, el recorrido hacia su casa. La fila de microbuses de la avenida, los árboles polvorientos y las dos gradas del cine Country, el esbozo de hierba, el aire líquido, los bultos de la pista, una herrumbre extendida sobre el local de hamburguesas y jugos, los troncos quebrados, la seguidilla de edificios planos y por fin las barras duras de la ventana de Gabriela.

Toca el timbre, camina por la vereda, ve su cabeza en la ventana, tan sólo un fogonazo. Es ella, es ella, ha salido a mirar, ha desaparecido. No le dijo nada, lo miró y desapareció, no «ya voy», no «un momentito», no «espérame un ratito», sino apenas la cara fugaz, el registro de su llegada.

La ve salir, correr hacia el carro sin mirarlo, le abre la puerta. ¿Al Hotel América? Allí vamos, ¿qué dices?, el caos maligno de los carros, la lentitud inmunda, los chorros de humo, Javier acelera, pregunta sintiéndose insuperablemente ridículo si no quería ir a almorzar a otro sitio, ¿por qué tanto al Hotel América?, vamos a un chifa. Barranco, ¿te acuerdas cuando íbamos? Guido y tú siempre querían regresar temprano y yo quería quedarme, claro que me acuerdo, cómo me voy a olvidar. El cielo viaja entre los cortes de ramas negras, los carros se apartan, ¿no te importa?, ¿no te provoca almorzar chifa o una pasta o qué? No. Vamos al Hotel América, vamos allí nomás, por favor. Pero, Gaby, ¿sigues con eso? El estacionamiento, los carros negros, las mesas junto a las ventanas, sus ojos de hielo sobre el vaso.

—Así que dejaste el trabajo en el colegio.

—Sí. Ahora estoy en otra cosa.

—¿Qué haces?

—Estoy estudiando, ¿no te dije?

—A ver, repíteme, ¿qué estás estudiando?

—Secretariado. Voy a ser secretaria de alguien un día de éstos. A lo mejor me consigues trabajo en el canal, oye.

—¿Cómo se te ocurrió?

—No sé..., quiero conocer a otra gente, ya te dije. ¿No te acuerdas?

—Gaby, perdona que te pregunte. ¿Qué te pasa, hijita? Estás muy rara.

El mozo se acerca: chaleco funerario, bigote duro, ojos inclinados. Dos cervezas, cualquier marca, el mozo hace una venia.

—No estoy rara, Javier. Estoy hasta las huevas —dice Gaby mientras enciende un cigarrillo.

—Bueno. ¿Y qué vas a hacer para sentirte mejor?

—No sé.

—¿Y esa periodista que me contabas el otro día? ¿Cómo se llama?

—Ángela.

—¿Y qué estás haciendo con ella?

—Me está ayudando, ya te dije.

—¿Pero quién es? Ni la conoces, oye.

El humo se deshace, la cara vuelve a aparecer. Están en silencio, el cigarrillo revoloteando.

—¿Cómo podemos vivir así, Javi? Dime.

Deja caer la ceniza en el suelo y mira a un costado.

—¿Así, cómo?

—Así, como vivimos. Una pandilla en el SIN matando gente y nosotros aquí pidiendo una cervecita.

Hay un hombre en la ventana. Un viejo de chompa rota, los agujeros en los ojos. Golpea la ventana con el puño, ruidos bajos que se van redoblando, uno de los mozos sale a llevárselo.

—Uno se acostumbra a todo —dice Javier—. Así es, pues. Desgraciadamente es así. Al final te acostumbras.

—Cuando no te pasa nada, te acostumbras. Tú, por ejemplo. Como no te han matado a nadie, como no te han jodido, te acostumbras.

—Aunque estés jodido te acostumbras, Gaby. Te acostumbras igual.

El mozo llega con las dos cervezas. Javier encuentra la ocasión de mirarla, de vaciar la mitad de su botella en el vaso y de hacer el gesto de servir el vaso de ella. Trata de buscar el tono, preservar el equilibrio.

—No puedes vivir pensando en Guido, Gaby. Mira...

—Yo vivo sólo por Guido —lo interrumpe—, me debo a él totalmente, Javier. Yo no soy sino para él. Guido es todo para mí, yo me inclino, me arrodillo ante Guido, me encomiendo todas las noches a él, ¿me entiendes? No hay otro hombre mejor. Nadie le llega a los talones. Nadie.

—Pero no te pongas así.

—¿Por qué no?

—Porque no te hace bien.

—El odio te hace bien, oye. Es como estar enamorada. Nunca me he sentido mejor que estos días.

—¿Qué te pasa, Gaby?

—Nada. De repente me siento que estoy saliendo de todas las épocas en las que estaba como viviendo dormida. Creo que hasta estoy más guapa ahora —sonríe—. ¿No te parece?

—¿Pero por qué hablas así, Gaby?

—¿Cómo quieres que hable?

—No sé, mira, yo te digo una cosa. Hay que aceptar que Guido murió. Guido fue un gran tipo, en todo caso lo suficientemente hombre para no seguir a los demás, o sea un tipo que se enfrentó y que tuvo que sufrir, bueno, es terrible lo que le hicieron, por supuesto, es una bestialidad, ojalá que algún día paguen por eso, ojalá, pero como tú misma dices, nosotros también estamos jodidos, claro que menos, no estamos muertos, no nos han matado, pero por eso pues, como tú misma dices, estamos jodidos también porque tenemos que seguir viviendo con toda esta vaina y yo tengo una familia y un trabajo, o sea, un trabajo que es una vergüenza, una basura, eso no te lo niego, pero un trabajo al fin y al cabo cuando tener un trabajo en estos tiempos es un lujo, nadie tiene chamba estos días y tú, bueno, tú tienes a tu madre, tu mamá te necesita, ella necesita que estés bien y tú necesitas cuidarla y llevar plata a tu casa, o sea que tenemos que seguir, seguir nomás, o sea seguir sin Guido, aceptar que ya no está Guido, ahora ya no está, ya no está Guido. Hay que recordarlo siempre por supuesto, no vamos a olvidarnos de él, pero tampoco que Guido sea una obsesión. Yo sé que es difícil, pero bueno, hay que aceptar que ya no está y seguir adelante y...

–Pero sí está, Javi. Está. Él está. Fíjate cómo hablamos de él. Cómo lo recordamos. Y tú lo que me estás pidiendo es que lo olvidemos, que dejemos que se muera así nomás.

Gabriela toma un sorbo. Mira la botella.

–Hay que aprender a manejar a los muertos, Gaby.

–¿Cómo?

–O sea, que los muertos no te ganen. A veces quieren que te vayas con ellos. Por eso vienen a hacerte sentir mal todo el tiempo.

–¿Mal de qué?

–Mal de estar vivos.

Ella aplasta el cigarrillo. Se queda viendo las brasas, el pequeño cementerio de cenizas.

–Hay muertos insoportables, Javier. Puta madre, no sé por qué me hablas así, vete a la mierda, oye.

–No te quiero hacer sentir mal, Gaby.

Gabriela mira hacia la ventana.

–Tanta gente que ahora no es nada, una piedra, un nombre y un parche de hierba seca y con un poco de suerte, unas oraciones de vez en cuando y nada. Así están todos, un nombre cualquiera en una piedra, un par de flores secas y listo, se acabó. –Voltea hacia él–. Eso quieres, ¿no?

–No. No. Yo lo que quiero, Gaby, o sea lo que quiero más que nada, la verdad, es que tú estés bien, quiero verte bien, nada más.

–Estoy bien. Estoy feliz. Mi vida está llena.

Durante el silencio que sigue, ella enciende otro cigarrillo. Él toma un sorbo.

–Desde hace años que estás pensando renunciar al canal, ¿no es cierto?

–Sí.

–Y no renuncias porque sabes que si te vas, nadie te va a dar chamba, y vas a empezar a tocar las puertas de cualquier sitio para buscar trabajo en lo que sea, de jefe de prensa de una empresa pública o de encargado de las actividades culturales de una municipalidad o una cosa así.

—Seguramente tendría que ser algo así.

—Y piensas que si haces eso, la familia de tu mujer te va a apartar y te vas a tener que mudar y tu hijita no va a poder llevarle buenos regalos a sus amiguitas en sus fiestas, ¿no?

Javier termina el vaso de cerveza. Ve las ojeras largas, los labios oscuros de ella como mostrando los restos de un veneno.

—Así es —se atreve.

—Bueno, entonces no renuncies. Quédate donde estás. Pero haz algo, Javi, hazme un favor.

—¿Qué favor? ¿Ir a marchar a las calles o escribir artículos contra el gobierno en alguna revista o hacer declaraciones contra Fujimori en mi próxima entrevista o qué? ¿Tú crees que va a servir de algo? ¿Qué quieres que haga?

—No. Eso no.

—Bien ingenua eres, Gabyta. Bien ingenua, la verdad. Mira, hay que aceptar que las cosas salieron así como las vemos ahora. Así ha resultado todo. Con Fujimori. Y con Montesinos. Ya los eligieron. Ya ganaron. Ya se salieron con la suya. Hay que aceptarlo nomás. No hay nada que hacer salvo irse del país a lo mejor. Pero no vamos a hacer eso tampoco.

Gabriela apaga el cigarrillo, pone las dos manos en la mesa, las estira, aprieta las manos de Javier.

—¿Por qué no le pegas un tiro al doctor Montesinos la próxima vez que te lleve tu jefe a verlo? Eso sería chévere. ¿Qué te parece?

—Qué cosas dices, Gaby —se desprende Javier—. Qué cosas se te ocurren. Quieres verme muerto seguro. Eso quieres. Ya termina tu cerveza. ¿Vamos a comer algo o no?

Ella alza el vaso. Lo termina.

—Si tú no lo haces, Javi, lo hago yo.

Montesinos se mira en el vidrio negro, la cara triunfante sobre el cuello de arrugas, el plástico se expande, los espejos como medallas laterales, las ruedas aéreas, las cámaras de fotos, las filmadoras son aves negras que lo acechan, sobrevuelan, se entrega al registro de allá, del mundo de afuera, por su bien, por su bien, el primer peldaño antes de ser aceptado, de ser reconocido, de estar fuera para convivir algún día en el mundo de allá, bajo la luz, entregarse a la luz, ¿entregarse? Sí, ponerse un terno y salir y masticar la sangre de los que se quedaron atrás.

El carro avanza, deja el enjambre de cámaras, una carroza funeraria ataviada con las galas de un carro oficial, mira, mira, el motor que despega, las decenas de hombres en el camino que se consumen, un laberinto de calles rotas, una pared envenenada, el mosaico de láminas oscuras, las columnas de aluminio de un restaurante, una pizarra que anuncia un menú de tizas blancas, la decrepitud del mundo de afuera y los lujos oscuros de aquí adentro: el mini-bar, las paredes acolchadas, la artillería en los observatorios laterales. Piensa que todos afuera están muertos. Él es el único vivo, el que ha sobrevivido a los cadáveres que almacena.

Entran al Zanjón, la velocidad de un meteoro, las ansias de un proyectil por llegar a un trozo de carne blanda, el placer de ver que los carros se apartan. Saca el teléfono, escucha la voz del juez Arroyo que le dice que al día siguiente saldrá el veredicto sobre el caso de la fábrica de los chilenos «sobre la que usted me pidió que dictara sentencia, no se preocupe, doctor, ya la sala ha dictado resolución, no se preocupe», él dice «ya» y suprime la voz con un botón, puta madre, los dedos golpean, «le habla el mayor, la noche anterior, doctor, ya cumplimos con la orden, doctor, el señor bien frío se nos ha quedado, ya no tiene que preocuparse, esa radio en Chimbote hablaba mucho pero ahorita ya se quedó bien calladita, doctor, ya no va a tirarse así contra el gobierno, además ya corre el rumor, doctor, de que se escapó con una señorita de por aquí, doctor, y que el marido vino a darle vuelta, así queda, doctor». Aprieta el botón. Un muerto más. ¿Se hubiera podido evitar? En realidad, prefería el chantaje a la muerte, la convicción, la persuasión, sólo mandaba matar cuando no había otra, pero en los últimos tiempos se había hecho más necesario, una orden era más rápida y más barata que un soborno, la paciencia se le acababa, matar es una forma de organizarse, el mundo de afuera iba creciendo, hacía falta aplacarlo, estrecharlo, adelgazarlo, desde ahora, desde ahora. El carro llega al final del Zanjón, las sirenas en el cielo, las llantas abrazadas al cemento, va a la izquierda por República de Panamá, y después de un breve nudo el chofer acelera, un objeto que se alimenta de aire, la serenidad suicida del viento, el vidrio empuja a los otros carros que se apartan como insectos, el cielo blanco se abre al fondo, la niebla cruza los huecos, el carro frena, la baranda verde, el rugido del timbre, el teléfono otra vez, sostener el teléfono, llamar o esperar llamadas, el aparato negro entre las piernas, dar órdenes, escuchar, sí, doctor. En algún lugar siempre hay alguien obedeciéndole, siempre, a cualquier hora, hay alguien ejecutando su orden, el registro de lo que todos están haciendo y pensando, el alma de la gente en la pantalla, todos: había logrado el video del ex presidente colombiano ensartando por detrás a un niño, el general disfrazado de bailarina de ballet, el chofer bien dotado desnudando a la congresista de Cambio 90 (qué asco y qué buena, compadre), los abogados y ministros que habían recogido en Las Suites de Barranco, tocar el ojo y el oído, el sudor y el aliento de ellos en la pantalla. Aprisionar la última región de los cuerpos, la matriz de pestilencia de las almas, el botín ajeno: tocar las heces, el pubis, el pene, la lágrima cerrada, con los ojos. Desde el colegio, desde la Escuela de Cadetes, tocar a la gente que tenía cerca. Aprehender, abarcar, tomar el poder en los cuerpos, en las almas. Durante el interrogatorio a El Vaticano, tocarle la pierna, alzarle el sexo, apretarle las mejillas, entrar en su piel, hacerlo confesar.

Sólo Jacky lo había evadido siempre, su red de sonrisas y halagos, sus caricias estiradas, su voz de gata dulce interrumpida por sus berrinches, sus insultos, ay, qué viejo que te ves, me aburro de quedarme solita, pues, discúlpame, pero te quiero, papi, sólo ella se preservaba. ¿Cómo podía...? La verdad definitiva: podía someter a muchos hombres y mujeres. Pero Jacky siempre era un paraíso ajeno, un espejismo de miel y sangre.

Él había buscado que la traición anticipada de Jacky no quedara impune. Se había propuesto llevar a la cama a su hermana, la hermana de Jacky, un paliativo contra las humillaciones. Pero no bastaba. La ira de su obsesión por ella lo había minado. Era un ente, un manojo de nervios, una basura temblorosa... Y, aun así, siempre el impulso de oír su voz. La adicción a su voz...

En la ventana, los garajes de tierra de República de Panamá.

Saca el teléfono.

–Que Ramiro vaya a mi oficina. Ahora mismo. Allí lo espero, dígale.

Vuelve a marcar. Ella, ella, ella.

–Aló.

–Hola, gatita.

–Ay, mi amor. Hace rato que te estoy llamando.

–Quédate allí nomás, que tengo un par de reuniones y después te vienes y nos quedamos a comer rico. –Sonríe, alza la voz, estira la melodía–. O sea primero a comer y después a comerte, ¿ya?

–Ay, mira lo que me dices, pues. Yo soy tu gatita, ya sabes. Tú eres mi Rambo y yo soy tu Candy. Allí voy para lamerte todito. Tú ya sabes cómo me gusta lamerte, michito. Yo le estaba contando a una amiga cuánto te quiero.

Un hundimiento, un silencio.

–¿Le estabas contando a una amiga? ¿Qué amiga?

–Una amiga. Patty. ¿Por qué?

–Nadie tiene que saber de eso, oye. Nadie, nadie.

–Pero qué te pasa, muñeco.

–¿A quién más le has hablado así?

–Ay, no te pongas idiota, oye.

Cuelga. Mira el papel. Ese día Jacky había llamado sólo a su mamá y a una amiga llamada Patricia. Toda la conversación sobre su hija y sobre él. «Lindo es mi amor, lindo.» ¿Sabe que la están grabando?

Se levanta, busca a Mati. Hablar con Mati, acogerse a

Mati, abrazarse a ese cuerpo más cómodo. Mati es como él. Jacky en cambio... Tiene a tanta gente a sus pies y la boca de Jacky le sigue quebrando los músculos, retardando la sangre, la elasticidad de su risita, se ríe en tu oreja, contigo, de ti, ¿por qué no puedes dejar de imaginarla con otro, abarcándolo con las piernas, encaramada en el vientre de otro, quién es ese otro, quién es ella, algún día estaré seguro de ella, de él, podrán mis hijas aceptarla? ¿Tendremos hijos nosotros?

Sus hijos y Jacky en una casa, él convertido en un consultor, el terno bien ganado de la respetabilidad. Consultor, asesor, invitado a congresos, algún día, que nadie se acuerde.

Otras mujeres, delinear un cuerpo que borre las dudas sobre Jacky, otro cuerpo, no sólo Mati, no sólo las putas, no sólo. Una chica, una cara, alguien, quién es la siguiente.

XVII

En el corredor, Javier ve a Laura Bozzo que camina en dirección contraria, la ve sonreír, dar un grito corto, apartar la cabeza.

La imagen lo sigue. Una blusa que perfila el vientre, hombros doblados, y pantalones negros que terminan en dedos explosivos. Su cara tiene la forma de una calabaza invertida, el pelo partido en una raya ancha y mejillas redondas que flanquean sus dientes de saurio. Parece la diosa de un carnaval de gnomos, piensa, los siervos le sacrifican un sapo todos los días.

Después del canal mientras vagaba con el carro por las calles, había decidido comer un sándwich de huevo en el Haití, sentarse con un sándwich y una cerveza mirando pasar a los turistas, algunos compañeros de clase en la universidad que vagabundean a esa hora. Ahí está Pipo, por ejemplo. Pipo: un viejo revolucionario que entró al bufete de abogados de su tío y que tiene como pasión deambular por Miraflores, el pelo disminuido que le chorrea sobre un ojo, los párpados de papel, los pasos de un perro insomne, largos trancos vacilantes, una mano en el bolsillo, la boca agraciada por una cicatriz blanca, el cigarro rápido, el cuerpo siempre interrumpido por sí mismo. Pipo lo saluda con un golpe corto, el inicio cortado de una sonrisa, el rictus del saludo. Javier sabe que Pipo sigue caminando con una mezcla de envidia y de desprecio, sabe lo que piensan él y otros ex amigos: que se ha entregado a la familia de su esposa,

190

que ha dado en el blanco, y que sobrevive en el lujo y la comodidad y la vergüenza atenuada. Pero Pipo ha dado media vuelta, se acerca, inclina la cabeza a su lado y repite el ritual: cómo
estás, Javier, qué dices, te veo en la tele, y qué te parece, bien,
pero por qué no cambian la música del programa, y al pata de
Deportes sáquenlo, es muy bruto ese chico, pero lo que sí está
bien es el apoyo al gobierno, compadre, porque mira que estamos jodidos por la recesión, pero no sé qué haríamos sin este
gobierno. Si se va Fujimori se descuadra todo. Tienes razón,
¿cómo está tu mujer, y los chicos?, ya estarán enormes, me voy,
compadre. Javier da una vuelta y llega otra vez al Haití a sacar
otro cigarrillo, a pedir otro sándwich de huevo y otra cerveza,
la salsa de chucrut le amarga los labios, la medianoche de faros
nublados, recuperar algo de su dignidad en el café, sentado en
el trono, un centro imaginario rodeado de gente, o en el centro
más preciso del burdel abrazando a las putas, la gente que lo saluda, que le habla, que lo besa y lo abraza.

Entra a ver a Paola dormida, el pelo disperso como un
velo, la cruz frágil de las piernas, se sienta junto a la cama y reconoce con sorpresa y con terror una línea de mujer adulta en
su cara pasmada de leche, esa línea de una joven dentro de diez
o quince años poniéndose una maleta en la mano para irse a vivir lejos, las melancolías y reproches anticipados hacia su hija
que algún día puede darle la espalda, pero todavía tiene mucho
tiempo con ella, aún quedan muchos años, ¿quedan muchos
años?, de llevarla a tomar helados en el carro o buscarla algunas
tardes a la hora de la salida del colegio mientras ella se sienta
con su lonchera celeste de muñequitos, «buenas noticias, papi,
mi profesora me puso diecinueve en lenguaje», o «mi amiga
Pili me va a prestar su casete de Alejandro Sanz para que lo gra-
be», las palabras más simples cobran un vuelo sagrado de gracia, la devoción risueña con la que Paola habla de sus amigas,
sus profesoras, el encuentro con Pili y Charo en el patio, la tensión indefensa de su manera de sostener la lonchera, las conver-

saciones siempre entrecortadas, «papi, ¿me puedes comprar una flauta para mis clases? Ya me la están pidiendo». Podría comprarle lo que le pidiera, hijita, pero que nadie sepa. Un día nos vamos juntos de viaje tú y yo solos, ¿qué me dices?

Montesinos sale de la oficina, barre a la señora Maruja con los ojos, le pide encontrar a los generales, llámelos, que vengan, va al baño, se lava la cara, se mira en el espejo brevemente. «Mati, Mati», un grito bajo. Matilde aparece. Péiname, por favor. Ya, ahorita te peino. Matilde lo acaricia, le sostiene los pelos, los estira atravesando la calva mientras él se vigila en el espejo. El olor dulce de laca, el olor de la juventud. Entregarse a la conversación con ella, inclinarse en sus brazos. «Ya estás», le dice Matilde. «Gracias, gracias.»

Se sienta en el wáter, el estómago vacío y un espasmo de dolor al doblarse, se pone de pie, mira a la señora Maruja. Confiaba en ella, junto a él, a su padre, ¿confiaba en ella?, ¿y los generales ya llegaron?, ahorita vienen, sí. Cuando vengan los haces esperar diez minutos y después me avisas, llama al hotel y diles que nos separen la suite. Estamos yendo para allá.

Hace una broma. «Ese congresista era un gordito maricón de chico, dice que tenía la mamadera zafada, dice, desde allí le quedó la boca grande.» Apenas oye las risas. Los generales se ríen siempre antes de que termine la broma. Se miran entre carcajadas, caminan por el patio de carros, lo siguen al ascensor: la sala, el corredor, los cuartos, hay que decirle al gringo que cambie esta alfombra, puta madre que la misma alfombra siempre, a ver, tú llama que nos suban dos etiquetas azules y harto hielo, oye, ya llama, sí, a ver, yo llamo. El billetón que nos vamos a llevar con los colochos, ah, ¿cuánto calculas?, puta, no menos de diez mil verdes diarios para cada uno carajo, ¿diez mil verdes?, claro, pues, huevón, ¿tú crees que yo hago negocios así nomás? A ver tú, ¿qué te harías con esa plata?, puta, que yo no sé, Vladi, tan fácil la vaina, ¿no?, yo me consigo otra casa en la playa uno de estos días, o le hago un fondo a mi chiquilla para la universidad en Estados Unidos, carajo, puta, quiero que estudie bien mi hijita. El mozo llega equipado con una botella, tres vasos y una hielera luminosa. Los otros lo observan. Se ríen cuando él se ríe, se callan cuando él los mira, los ojos agrandados, la saliva contenida en golpes de palabras, un festival programado: el doctor toca el organillo y los monitos le entregan sus papelitos: mira, hermano, lo mejor para guardar esa plata es ponerla a nombre de un pata en Panamá, y abrirla con ese nombre, te consigues un sobrino, a un pariente, yo tengo a Venero si quieres, hay otros también. Que no tenga tu apellido, igual nadie se da cuenta, hermano, ¿cuándo empezamos a recibir?, puta madre, qué pechugón que eres, espérate, pues, no seas pechugón, oye.

La puerta suena. El mozo de chaqueta blanca, el cuello cerrado, la arruga de miedo en el mentón, una sonrisa rápida para cada uno de ellos, buenas noches, doctor, buenas noches, general, buenas noches, la bandeja con la botella y cuatro vasos. Puta que falta hielo, cholo, trae más hielo, pues, no seas roñoso, huevón, cholo huevón, el mozo inclina la cabeza, se aleja, doctor, sí, doctor, salud, compadre. Puta que mañana sale la orden para las armas, no te preocupes, más bien hay que celebrar, pues, salud, carajo, salud.

Diez mil verdes. El hielo. El etiqueta azul. Puta, que ya se acaba la botella, compadre, pero ésta no es una celebración, pues, hermano, la celebración es con las hembritas, a ver, llama tú, pues, compadre, que vengan, pero ya, ahorita, avisa abajo, que las dejen pasar nomás, a ver un piqueíto también pídete, huevón, y más etiqueta, puta qué rico, carajo.

Cuando la puerta se abre, Montesinos se estira las piernas. Tres mujeres entran. Aquí tómense un traguito con nosotros. Un carrusel hacemos con ellas, ah, pero el que empieza como siempre soy yo, las sobras de las mujeres van para ellos. Primero a ver tú, amorcito, la zambita de pantalón azul se le acerca. La rubiecita de rojo atrás, los ojos brillan, se la comen: acá, hijita, un traguito te doy, una mamadita, más bien yo te doy, a ver mira, este whiskicito si te gusta, qué rico que eres, dijo la zambita, ¿y cómo te llamas?, yo, a mí me dicen Tula, a ver primero tú conmigo, pero ponemos música, ¿no?, ¿qué les parece?, primero *Blue Moon*, después *Only You*, después el primer cuarto, el suyo, desvestir a la zambita, apretarle un poco las tetas, qué redonditas las tienes, amor, pasar la mano por las piernas y decirle que ponte así, boca abajo, desvestirse, ay, qué honor tirar con un gran peruano como tú, mi amor, echarse para que ella le pase de un lado a otro, la chupada, la descarga y decirle ya anda toca la puerta y te vas con mi amigo y le dices a la otra que venga, ya, mi amor, si quieres, así, la ve salir, tapada con la blusa nomás, la puerta vuelve a abrirse, ahora la rubiecita, ay, pero si yo te quería a ti primero, sólo que, ay, pero ya estoy aquí, mi amor. ¿Pero vas a poder?, puta pero qué pregunta, hijita, yo te corto la cabeza, te corto las tetas por esa pregunta, ay, no, mira yo te hago lo que quieras, lo que quieras te hago, perdóname, mi vida. Muy bien. Te perdono pero si te arrodillas y me rezas, pero con la verga adentro, puta.

Se despierta. La pared. La ventana. Su madre, sentada junto. ¿Desde qué hora está allí? El pelo levantado, como un torrente de plata, los ojos húmedos, la piel de alabastro, una estatua de carne transparente que la espera.

—Mamá, ¿qué haces acá? ¿Por qué no estás en tu cuarto?

—Vine a buscarte, hijita. Y me senté un ratito a verte dormir. ¿Cómo te sientes?

—¿Qué hora es?

—No sé. Serán las cinco.

—Tengo que irme, mamá. Aquí te dejo con Nora —dice mientras ve entrar a la enfermera.

Gabriela se levanta, se ducha, se viste, se resigna a esperar un ritual de despedida pero apenas el roce lento, el temblor de los labios en la mejilla y una caricia moviéndole el pelo.

Baja las escaleras.

194

Se queda parada frente a la sombra en la puerta de la calle. Adivina que él la ha estado esperando, deambulando por la vereda, a punto de tocar el timbre varias veces.

Es Artemio.

No lo había visto desde el entierro.

Tiene la piel triste, el pelo caído, una camisa de arrugas. Parece una caricatura.

—Artemio, ¿qué haces aquí?

—Nada. Es que venía a ver cómo estabas. Si necesitabas algo...

La voz tiene un vapor borroso. Los labios le tiemblan.

—No. Nada. Estoy saliendo.

Camina hacia la esquina.

Artemio la sigue.

—¿Qué te pasa? ¿No les va bien con el nuevo juez?

—No, Gaby. Quiero que sepas que cualquier cosa que necesites, estoy para ayudarte.

—No creo que necesite nada.

—Gaby, me siento muy mal todavía por lo de Guido.

—¿Por qué te sientes mal?

—No sé.

Llegan a la esquina. Un carro pasa, cierra los ojos. Al abrirlos otra vez, lo ve más cerca.

—La verdad, Gaby, siento que se me aparece.

—¿Quién se te aparece?

—Guido. Se me aparece algunas noches.

—¿Estás viendo visiones?

—Oigo su voz, Gaby. En sueños.

Artemio mira a un costado. Camina junto a ella, la sigue.

—Voy a llegar tarde a mis clases. ¿Qué quieres?

—Eso nomás. O sea, puedo ayudarte en cualquier cosa.

—Bueno. Gracias.

Mira hacia abajo, hacia él, hacia la pista, ¿no hay un microbús?

—Gaby.

—¿Qué te pasa? ¿Has estado tomando o qué?

195

–Gabriela, tengo que decirte... Mira...

–¿Qué?

–Guido se me aparece, Gabriela. No me deja en paz.

–Pues entonces mándamelo porque yo necesito verlo más seguido.

–Gabriela, Gabriela...

–¿Qué te pasa?

–Tengo vergüenza, ¿sabes? No sé por qué.

–¿Vergüenza?

–Vergüenza de estar vivo. Lo mataron a él. Debieron haberme matado a mí.

–No digas eso, Artemio.

–Lo siento, Gabriela. Lo siento mucho.

Ella le toma la mano. La suelta. Lo mira.

–Discúlpame, estoy nerviosa.

–Ya.

–¿Me llamas otro día, por favor? Voy a llegar tarde.

Mira otra vez hacia la pista.

–Sí. Claro. Te llamo otro día.

Lo besa. Le deja una mano en el hombro. Se aparta. Un Tico frena, arrastra un polvo negro.

Voltea.

La figura de Artemio inmóvil, disminuyendo lentamente.

Parecía recién salido de una paliza, la cara inflamada y las cejas barridas, la demencia apretada de la boca, los ojos incandescentes, Kerosene estaba sentado en la oficina, habían estado practicando esa misma mañana, un perro amarrado a un arco de fútbol, cuatro comandos con una cuchilla que lo habían ido tasajeando, listo comando, así comando, ya comando, el recuerdo del perro eviscerado en una sonrisa cuando suena el teléfono. Habla brevemente, se levanta, y sale del cuarto.

–Valencia –dice–, venga conmigo.

Montesinos mira al general: la boca tensa, los ojos de iguana, las mejillas colgantes.

–Sí.

–¿Cómo estás?

–Bien, qué te pasa.

–Vengo a pedirte un favor.

–Dime.

–Hay un problema, un problemita.

–¿Con quién?

El general se sienta. Se saca la gorra, arrastra la mano por la nuca. Se queda contemplando el vacío, los dedos golpean, uno dos uno dos.

–Es un tipo que tengo en la guardia. Un muchacho.

–Ah, el muchacho ese, el cabroncito.

Los ojos se abren.

–¿Sabías?

–Algo sabía. ¿Qué te pide?

–Yo, bueno, fue un momento, o sea algo que pasó.

–Te arrechó, pues. Era un chico guapo, lógico que te arrechó.

Los hombros se alzan.

–Sin ofensas, Vladi.

–Ya. Sin ofensas. ¿Qué pasa? Seguro que te pide plata ahora.

–Tres mil dólares.

–Qué tal pendejo.

–Al comienzo me pedía quinientos, después mil. Dice que va a hablar.

–Ya. No te preocupes, hermano. Ya lo arreglamos.

–¿Lo arreglas? ¿Lo arreglas de verdad?

–Sí. Ya después te aviso. Te va a costar también, diez mil por lo menos, pero una vez y para siempre. Por ser tú nomás.

–Ya.

–Ándate.

–¿Sabes quién es?

–Sí, Figueroa. Un gran pendejo ese chiquillo.

El general sostiene la gorra, mira hacia abajo, se levanta, observa brevemente a Montesinos y da media vuelta. La puerta se cierra.

–Figueroa.
–¿Qué?
La cabeza ancha, los brazos grandes, el pelo apretado.
–Vente conmigo y con Valencia.
–Sí, dígame, mayor.
–Vamos a Huaycán a ver unos terruquitos, ¿tienes el arma?
–Sí, pero tengo orden de acompañar al general.
–No, pero dice el ministro que vayamos contigo, aquí está la orden, mira, allí está el carro esperando.
Figueroa lo mira. Los ojos se cristalizan, lo interrogan, retroceden.
–A la orden, mayor.
–Vamos, tú sube adelante.
En el camino, el mayor dice puta que estos terrucos siguen que joden por allí, no sé qué vamos a hacer, siempre un huevoncito que anda jodiendo, ¿tú has visto algo por tu barrio?, no, yo ni hablar, yo así nomás, bueno, ya va siendo hora, las mujeres terrucas que encontramos son bien feas, ni para un violín con almohada, oye.
El carro pasa por Santa Clara, entra por un camino de piedras, por aquí vamos a recoger a otro huevón, dice el mayor, Valencia llega frente a una casa de adobes, se baja, y el mayor le dice acá vive un pata que tienes que conocer mientras saca la Beretta y le suelta el gatillo en la nuca, un estruendo corto, una explosión de arterias, un temblor rápido, su voz sigue en el aire, que tienes que conocer mientras Figueroa cae hacia delante. Valencia regresa, puta que ha manchado un huevo este cojudo, ponlo en la maletera y vamos a que laven allá rápido.

Fujimori mira la ventana. Una pesadilla móvil en el vidrio, una galería lenta de carros, el aullido de una bocina. Las calles se amontonaban. Va a voltear para reconocer la cara sonriente, apretada, del doctor. ¿No podía aniquilarlo? ¿Desaparecerlo? Dispararle un tiro en la garganta, el doctor vendado y atado a una silla, un trueno de balas y paf, el fin. ¿Y después? ¿Y después? ¿Y el miedo? No saber quiénes van a matarlo, su voz tranquilizadora en el teléfono, sus datos en la computadora, su información de los mandos militares. Fujimori había aprendido del mundo con él, y se lo agradecía y lo odiaba y lo necesitaba y sentía cómo lo despreciaba el doctor, cómo lo quería hacer sentir tan pequeño, podía tener sus propios negocios ahora, sin él, y sin embargo no podía soportar una sublevación, una amenaza, no podía sentarse en su oficina sin saber que Montesinos estaba sentado también en la suya.

El diálogo de la noche anterior seguía en el aire.

–¿Cómo ve la situación?

–Va a terminar este período. Cinco años. No se preocupe.

–¿Y después? ¿Y cuando yo no sea presidente? ¿Cuando no sea presidente, qué?

–Ya sabe que siempre va a estar bien. Vamos a controlar las cosas y va a estar bien, no se preocupe. Ya ponemos a un presidente. Boloña puede ser con la Laura Bozzo. Buena plancha sería.

Una pausa. Una tos distante.

–¿Y si no quiero presentarme? ¿Y si renuncio?

–Sale otro, sale Toledo, nos investigan y usted se jode. Nos jodemos todos. ¿Me entiende? ¿Me entiende o no?

Un silencio. La respiración al otro lado del aire.

–Así como estamos, los dos estamos jodidos pero yo más que usted, presidente.

–¿Por qué?

–Porque usted puede irse, pero yo no. Yo tengo que ver quién va a venir después de usted. Y después.

–Ya.

–Ése va a ser mi destino, pues, cuidarlo. Usted a la larga va a descansar. Yo no voy a descansar nunca. Eso es así. Así vamos a estar siempre bien. No se preocupe.

Un carro se para. ¿Van a bajar unos hombres, van a tomar Palacio, van a llevárselo?

Mira el teléfono.

XVIII

Las escaleras blancas, la sala circular, losetas de flores, columnas rajadas, el mármol de plástico. Una chimenea vacía, rezago de la antigua casa, un tacho de basura, un círculo de chicas en uniforme.

Gabriela entra al salón. Se sienta en primera fila. Tiene clases de inglés, taquigrafía y contabilidad, hasta las ocho. Abre el cuaderno. Escribe al azar en la hoja en blanco una sola palabra. Guido. Lo mira. La cara de Guido. La nariz corta y las mejillas suaves y ese pelo siempre estirado de Guido.

Se para, sale al corredor, compra un vaso de té. El calor le abrasa las yemas de los dedos. Ve a la profesora de inglés, la señora Campos (una zamba alta y encrespada, aretes rojos y traje blanco, acunando su montón de libros). Suelta el vaso en el basurero, vuelve al salón de clase.

Mira a la señora Campos junto a la pizarra. *We would like to request a budget.* Quisiéramos pedir un presupuesto. *We will look into our files. Thank you very much for calling our company.*

En la pausa de las seis sale al patio. Una de las chicas —mejillas hinchadas, dientes con fierros, sonrisa larga— se acerca. «¿Quieres sentarte con nosotras?» «No, gracias, no, gracias», toca el brazo de la chica como acariciándola y apartándola al mismo tiempo.

Apenas ha visto el libro pero hace los ejercicios de taquigrafía.

201

Las alumnas cierran los cuadernos, un rumor vertical, un ruido de manada trasladándose. Está sola en la clase vacía, las sillas, la mesa, la pizarra: objetos liberados.

Por fin se levanta. En la puerta, aparece la recepcionista. Tiene una sonrisa afilada, la mano que se alza. «La señora la llama, señorita.»

La sigue hasta la oficina de Doty. La encuentra enroscada en su silla, una serpiente negra.

—Todo el día esperándote, mi amor.

—¿De verdad?

—Claro. ¿Cómo así no viniste antes, bandida?

Los brazos en la cintura, el golpe de los labios, la brisa amarga del aliento.

—Pero ya estoy aquí, Doty. Ya estoy aquí.

El temblor se prolonga, una vibración de cosquillas, la crispación del vientre.

Siente la luz de la lámpara.

Con una alegría inesperada se resigna al placer de odiarla, de verla rendida, de saber que ella nunca podría sospechar por qué está allí, le toca las mejillas, se baña en las pestañas mojadas de rímel. Doty activa el olvidado tesoro del odio, la liberación del asco. Gabriela se entrega en silencio, desde las maniobras automáticas de sus manos, a la suprema libertad de la repugnancia. El disco de Luis Miguel empieza a sonar, la bruma de los parlantes de boleros que empiezan «No me platiques más», mientras Gabriela logra exiliarse de su piel, registrar los sentidos y manejar la violencia de las caricias hacia Doty, resguardada por la distancia interior. Se termina de desvestir, la abraza, la absorbe, hay una desesperada lentitud en Doty, el jadeo, el beso, la tensión, pruebas de una hoguera callada, Doty hundida en un martilleo de breves suspiros, por fin el vértigo, los labios mojados, el enroque de los muslos, y la liberación final, el olor a humedad, el aguijón rápido en el cuello, el largo aliento, ay, mi vida, qué suavecita, qué tierna que eres, cómo me haces gozar, mi vida.

La sigue a la calle, le aprieta la mano, la piel áspera, el peinado viscoso, la tinta derretida. Los dedos se apartan. Espérate, espérate, no te vayas. Vamos a mi casa, vente conmigo que no quiero dormir sola. Mucho frío para dormir solita, sin ti.

Gaby se sienta en las sábanas. Junto a ella, la ventana de fierros. No hay nadie. Ahora Doty está entrando con una taza de café.

—Aquí tienes, mi vida. Ahorita te traigo tus huevos.

—No te preocupes. Yo voy a ayudarte.

—No, no, ni hablar. Yo te traigo.

Doty regresa con una bandeja, un olor tibio a fritura, las yemas inflamadas en el plato, ay, gracias, mi amor.

Gaby sorbe del café. Ve a Doty a su lado.

—¿Tú no comes?

—Sí, ahorita.

—Quiero trabajar en un hotel, Doty.

—¿Por qué? ¿Qué tanto hablas de un hotel, oye?

—No sé, me gustaría.

Una mosca aparece como una bala. El animal vuela alrededor de la cabeza de Doty en círculos seguidos: un ballet desquiciado, el zumbido demente, un punto violento de materia.

—Déjame cuidarte. No necesitas trabajar para nada. Termina en la academia y te consigo un buen puesto. Pero no vayas a dejarme, bandida, ah. Ya sabes.

—¿De verdad te gusta estar conmigo?

—Ay, pero claro, me pones en éxtasis.

—Tú también.

—¿De verdad? ¿Verdad que esta vieja te gusta?

La cabeza se apoya en el brazo.

—No eres nada de vieja. Eres linda. Bien elegante y guapa eres, de verdad te digo, mi reina.

—Ay, qué amor de niña.

—Pero ayúdame, Doty. Tengo que trabajar.

203

—Bueno, pero dime. ¿Por qué en un hotel? ¿Qué quieres hacer allí?

Pone la cabeza en la almohada, mira hacia abajo. La voz como un riachuelo.

—Me gusta la vida de hotel pues, ya te dije. La gente entra, sale, no sé, hay movimiento. Y además podrías visitarme cuando quisieras, pues. Hasta cuarto tendríamos.

La mosca se aleja, un disparo que sale por una rendija.

—¿Conoces algún hotel donde pueda trabajar?

—Sí, de repente.

—Por favor, Doty. Me gustaría mucho. Me han dicho que en el Hotel América hay sitio. Queda cerca de mi casa.

La ve sonreír, los dientes amarillos florecen.

El tormento de humo. Una cortina, un velo, un refugio, la ráfaga de vapor contra los hombros, quedarse parado bajo la ducha, estar en el baño, enfrentarse solo al espejo, piensa a ciegas en el vapor, solo y desnudo, desamparado, expuesto al frío progresivo, la puerta cerrada. Piensa que el baño es el último refugio de los hombres, el paraíso de la soledad, la caverna original, el vientre de la madre expandido, escenario privado de excrementos, masturbaciones, depilaciones, orines, confesiones privadas en voz alta, un altar de retorno a lo mojado.

Dentro de un año, ¿podremos pagar el colegio, las cuentas de teléfono y luz, los viajes, podremos salir a comer de vez en cuando? Un mono obediente, un maniquí con modales, una estatua de mármol cubierta de basura. Iba a hacerle una buena fiesta de cumpleaños a Paola el próximo año. Le compraría un vestido, unos zapatos, un anillo. ¿Qué importa trabajar para un gobierno de mafiosos? ¿No son todos los gobiernos una mafia? ¿Los más democráticos en cualquier sitio no lo son? ¿La realidad no está organizada en mafias, todas las leyes de convivencia, todas las sociedades? ¿El tiempo no es una mafia? ¿Las enfermedades no son una mafia? ¿La pobreza no es una mafia? ¿Cómo defenderse de esas mafias sino con otras? ¿Es acaso posible la santidad, siquiera la decencia? ¿La moral es una tabla de leyes indiferente a las necesidades, al miedo, al amor, a la supervivencia? ¿Las únicas opciones: ser demonios o ser héroes, canallas o dignos? La galería de lo humano se esparce entre los extremos, no se arrincona en ninguno. Aun considerando que sabía de los asesinatos, las torturas, los robos, la sangre, las inciradoras, las picanas en los testículos, los fierros en el culo, las colillas en los ojos, la gente amarrada a un árbol y ametrallada, las caras mojadas de orina y de vómitos, ¿él había hecho daño a alguien? No conocía a ninguna de las víctimas. Era como si no hubiera ocurrido. No conocía a nadie. Excepto a Guido.

Sale a las losetas a tientas, derramando agua, envuelto en una nube blanca, tratando de cubrirse con una toalla.

Se sienta frente a la televisión. Cualquier canal, de preferencia fútbol europeo, mientras se uniforma con la camisa blanca, la corbata azul, el saco oscuro, la cara que va a dar trámite a las noticias, el beso final a Paola, hijita, ¿puedo verte en la tele, papi? Claro, pero un ratito nomás porque es muy tarde. El carro golpeando hacia la siguiente esquina, la última luz roja, el vendedor de caramelos en la ventanilla, el mismo ruido suplicante de los niños mendigos (saca monedas y se las pone en las manos a todos mientras bromea para sí mismo es mi modo de pagar por lo que hago), y las escaleras del canal, y la reunión con Tato y la sala de maquillaje y el papel con todo lo que va a repetir y el asiento junto a la sonrisa de Jimena, el gran ojo negro y el conteo hasta que empieza: «Buenas noches, amigos. El presidente Fujimori anunció hoy que la reactivación del agro será el objetivo principal de su próximo período de gobierno...»

Ángela se levanta y abre la puerta del cuarto de su hermano. Está echado sobre la cama. Lo ve abrir los ojos.

–¿Qué haces acá?

–Nada, quería ver cómo estabas.

–Estoy durmiendo, ándate.

Cierra. Llega a la mesa junto a su madre.

–¿Tomas un café, Angelita?

–Sí. Gracias.

–¿Qué te pasa?

–Nada, no tengo muchas ganas de ir a trabajar.

–Oye, ¿y ese jefe siempre es tan maldito?

–Don Osmán.

–Sí, muy malo ese hombre, ¿no?

–Sí, pero un tonto más que nada.

–¿Hablas mucho con él?

–Sí, hablo con él.

–Pero no te le acerques mucho, Angelita.

–No te preocupes, mami. Voy a calentarme el café otra vez.

Su madre se sienta en la silla. Mueve la cucharita en la taza.

–Ya sabes que el único tesoro de una mujer es su pureza, Ángela.

–No sé por qué dices eso, mami. ¿Has estado rezando demasiado?

–No, Angelita. Discúlpame, discúlpame. Estoy un poco nerviosa, pues.

Ángela se para detrás y le pone las manos en los hombros.

–¿Vas a estar bien, mami, vas a ser feliz, algún día?

Siente las palmadas.

–Sí, contigo, Angelita, contigo.

Ángela la rodea con los brazos. Descansa la cabeza en el cuello.

Gabriela entra a la clase, primera fila de carpetas, espera a la profesora con el cuaderno abierto. Doty la ha llamado esa misma tarde para confirmarle su promesa: el señor González la está esperando en el Hotel América para conocerla y darle el turno de 10 a 6, ya me dijo que sí. No hay otro, pues, vas a trabajar de noche, amor, ¿pero nos vamos a tomar desayuno juntas? Pero claro, vamos a tener que vernos a otras horas, amor, pero yo te puedo llevar si quieres, te puedo dejar allí. Esta noche empiezas, mi vida. Pero eso sí, hay cuarto para mí siempre, ya sabes. Y no vayas a dejar tus clases, amor.

Gaby pasa por la oficina de Doty, un besito, te ves regia, mi vida, bueno, ¿quieres que te recoja?, no, amor, me pido un taxi, ya mañana te cuento. Va a su casa. El traje azul, el maquillaje de líneas finas, el pelo alzado en un moño negro, los ojos de esmeralda. A las diez entra por la puerta de vidrio del hotel, los zapatos brillantes en punta, la tela iluminada, de frente al mostrador.

El señor González –un tipo circular, de mejillas engrasadas y anteojos de alambre–, ¿tú eres la chica que me dijo Doty?, qué bueno, te estuvimos esperando, justo se nos ha ido una de las recepcionistas, estamos de suerte, caray, qué guapa, la marca con un doble pestañeo apenas la tiene cerca, una voz asordinada, pasa a mi oficina, hijita. Ella lo espera como desde detrás de su cuerpo, parapetada en el traje, la voz firme y las manos dobladas en las piernas. Te explico, le dice González: viene mucho cliente local, hay gente de acá, pero también vienen turistas extranjeros pero pocos, hay algunos clientes que van a pasar nomás, yo te voy a dar una lista, me dice Doty que eres muy discreta, o sea confiamos en ti, de todos modos, no preguntes nada, ¿me entiendes?, acá en este hotel lo que importa de verdad es no preguntar nada, ya me hablaron de ti, o sea dicen que eres de confianza, pero eso sí, tienes que saber quiénes entran y quiénes no, sobre todo periodistas no pueden ni acercarse, ningún periodista, eso ya tienes que irlo sabiendo, ahorita vas a estar con Vanessa, ella te va a dar los precios y servicios que tenemos, ella te va a explicar un poco más, ¿ya?

–Vienen los generales con sus queridas y con sus plancitos –dice Vanessa en voz baja–. Este hotel sirve para eso.

La voz rápida, los ojos coléricos y risueños, el pelo corto en remolinos.

–¿Son los únicos que vienen?

–También vienen turistas pero también amigos de los generales y del doctor Montesinos. Algunos congresistas también caen por acá con sus chicas. Ahora te los enseño porque seguro que desfilan dentro de un rato. ¿Cómo así viniste? Dicen que eres de confianza, ¿de verdad?

—Vine por vara. Por una amiga.

—¿Quién?

—Doty.

—Ah, la famosa buitre Doty. Claro. —Vanessa se ríe—. Bueno, prepárate porque esto es muy divertido. Los generales no dan propina pero algunos turistas pueden darte algo.

Vanessa prende la televisión bajo el mostrador. Aparece Richard Gere. Ay, no me gusta ese hombre, dice Gaby. ¿No? A mí me encanta. Regio es.

No fue un ruido o un roce. Fue como un nuevo tipo de silencio, como si el silencio se hubiera agravado.

Gaby alza la cabeza. Cortando el escenario de muebles, lámparas y alfombras, frente a ella, una calva cruzada de pelos, unos ojos roídos, un terno reluciente, el doctor Montesinos.

Vanessa le estaba diciendo «buenas noches, gusto de tenerlo aquí, doctor», la voz a una distancia asordinada, como en otro tiempo, los ojos ligeramente estirados y la boca plegada en una mueca, los labios musculares, las arrugas en los bordes, una corbata azul que lo atraviesa.

—Usted es nueva, señorita, ¿no? —La mira, los ojos azucarados.

Una seguidilla de gotas calientes. Gabriela parpadea antes de contestar, la voz ahogada «sí» y luego, como una confirmación de esa primera de las sumisiones, la humillación a la que se estaba plegando, «sí, doctor».

—Y dígame, ¿la tratan bien aquí?

—Estoy muy contenta de estar aquí.

—Ya, muy bien.

Lo ve llegar al ascensor. Antes de darse la vuelta, flanqueado por dos tipos gruesos que parecen mirarla, Montesinos le extiende una media sonrisa y se clausura tras el ruido de la puerta.

–Oye, qué tal éxito el tuyo, me has dejado muda, oye. El doctor te vio a la primera. Prepárate, ya sabes.

–Sí, oye, cuéntame más de cómo funciona esto –murmura con un temblor en los labios–. ¿A cuánto está el cambio del dólar para los turistas?

Gabriela sigue los números encendidos del ascensor. Lo imagina frente al espejo arreglándose el cuello. A tres cuarenta, dice Vanessa. La luz se detiene, reluciendo, en el número nueve.

XIX

Desde el acantilado, el mar es una cordillera en movimiento, los promontorios irrumpen sobre la lámina de hierro, cargan en línea recta, el rumor largo se interrumpe, la superficie llega a una crisis, a un breve vértigo, y una explosión suicida, un descanso exasperado sobre las piedras. Qué rápidas se forman las líneas de calma, la mansedumbre del final de la ola después de la reventazón. Ángela mira hacia el fondo. La curva de piedra y tierra que termina en La Punta, un brazo que empuja a la materia hacia el vacío blanco. Ángela camina junto al borde, atisba el rumor de piedras y botellas. Sigue por la vereda quebrada en grietas que la lleva al periódico, las casas rosadas, blancas y celestes, un velo de óxido en los marcos de fierro. Allí está el portón.

La cara de arcilla de los guardianes, un chirrido de metales. Está en el patio: los contenedores de fierro verde, la escalera negra, la sala de computadoras, la boca interrogándola.

—Oye, ¿qué te pasa? Te ves mal —dice Concho.

—Ay, estoy cansadísima, oye. ¿Y don Osmán?

—No sé. ¿Por qué te preocupas de ese viejo sinvergüenza?

—No sé. Quiero hablar con él para irme de la sección Política y pasarme a Farándula, oye, la verdad que ya estoy harta de la política, oye.

—Lo mejor es seguir con tu chamba nomás y no hacer cambios, comadre. No hagas líos.

La pantalla se enciende. Un rectángulo azul. Un punto blanco parpadeando.

Lo siente cerca. Las piernas cortas, el perfume ácido, la boca abierta en una mueca de estupidez maligna, la mano derecha alzada con el cascabel de la llave, los ojos de reptil, verlo instalarse en la silla, prenderse un cigarrillo, una varita humeante, un mago que ha brotado del subsuelo y se ha instalado en su trono de mugre, con los periódicos en la mesa, una corte de papel.

¿Debe entrar ahora?

Esperar a que termine la reunión de las once, o quizás mejor ahora. Dejarse caer, bajar la cabeza y arrojarse y esperar la tierra y las piedras y ya.

—Don Osmán.

La cara se abre, el diente de oro a un costado.

—Ah. Hola, Angelita. Qué gusto verte, chiquita.

—Quisiera hablar contigo.

—Ah, cómo no. Dime en qué te puedo servir.

—Quiero saber algo más sobre Guido Pazos, Osmán.

—¿Quién?

—El juez que mataron.

—Ah, oye pero ese asunto ya pasó ya.

—Sí, pero quisiera, es que me da curiosidad. ¿De verdad lo mató el gobierno, Osmán? Eso dicen. Tú tienes que saber.

—Bueno, yo claro, claro que sé, Angelita. Pero ahorita difícil. Tenemos mucho que hacer ahorita aquí. ¿Almorzamos, qué te parece?

—Bueno, si quieres.

—Hoy no te voy a mandar a ninguna comisión, Angelita. Así tenemos tiempo. ¿Te parece?

—Ya, Osmán.

—Ya.

El teléfono hace explosión a su lado. Don Osmán alza las

cejas y levanta el auricular. «¿Aló? ¿Sí?» Ángela llega a su silla. Concho la recibe con una mirada.

—Voy a almorzar con él —alcanza a decir.

—¿Qué?

Ángela supone el perfume amarillo que acaba de inyectarse en el baño, lo imagina apretando el frasco sobre las mejillas, en cada axila. «Vamos yendo, Angelita, que te va a encantar, vas a ver», dice y ella lo sigue por el corredor, por el patio, se sienta a su lado en el carro negro, y luego mientras la voz mascada de Osmán le comenta el frío del invierno y la cantidad de ropa que se ha comprado en las Bahamas, una ropa linda, Angelita, a lo mejor algún día te la enseño, te invito a mi casa para que la veas, unas camisas de colores azules y celestes así, pero linda la ropa, tienes que verla, venden muy buenas cosas allá, a lo mejor un día te llevo, ella asiente con una sonrisa graduada, ve el cielo turbio y al fondo las olas arrasadas del abismo. En el camino Osmán sigue hablando de sus viajes y luego de sus amigos en el gobierno: ministros, generales, funcionarios, directores de la policía. Ella mira hacia delante, apenas lo sostiene con monosílabos sonrientes.

Al ver los carros de metal iluminado frente al Costa Verde se paraliza de pensar que no está bien vestida para el restaurante al que está entrando junto a ese insecto con terno, un bicho perfumado que a juzgar por el tono con el que llama a los mozos es un cliente habitual dándose el gusto de impresionarla. Ángela había oído hablar del Costa Verde pero no había imaginado el arco iris de esas fuentes de comidas: el marrón rojizo de las carnes, el blanco plata del pescado, el oro granulado de las papas, las salsas celestes, rosadas, amarillas.

Entran a una asamblea de mesas al aire libre, entre muros de cristal. Al otro lado, las olas se yerguen y se renuevan, parecen siempre a punto de estallar contra el panel. Don Osmán lanza nuevos saludos hacia los comensales de al lado hasta que de pronto la observa con su sonrisa de dientes grandes.

–¿No te parece lindo este sitio? Te recomiendo el coctel de camarones, Angelita. Acá es buenazo el coctel de camarones, de verdad.

–Muchos de los que están acá son del gobierno.

–Así que los conoces bien, ¿no? Son amigos tuyos.

Don Osmán sostiene el tenedor alzando el dedo meñique. Habla con una sonrisa siempre abierta.

–El ministro de Economía, te cuento que su mujer lo tiene tan dominado que ella maneja la economía de la casa, más que ministro de Economía dicen que es más bien ministro de perronomía porque es el perro de su mujer, imagínate.

–No será tan mala gente la señora, Osmán.

–No. No es mala sino pesada nomás. Pero así dicen de él. En cambio el Hurtado Miller, ése sí es un señor.

–¿Dónde los has conocido?

–Bueno, en reuniones sociales.

–¿Y al doctor?

–¿Al doctor?

–El doctor Montesinos.

–Muy buena gente, digan lo que digan. Buena gente.

–Me parece increíble, Osmán. ¿De verdad? ¿Lo conoces a Montesinos?

–Pero claro, mucho, mucho. Buena gente es Gargamel.

–¿Qué?

–Gargamel le dicen. Por el personaje de *Los Pitufos*.

–¿Ah, sí?

–También conocido como el loco de la manguera.

–¿Por qué?

–Porque una vez agarró a manguerazos a su gente cuando no le hicieron caso. ¿Sabías eso? Los agarró a manguerazos.

Don Osmán deja salir un ruido. Se está riendo contra la servilleta. Tose y toma agua.

Algo se mueve cerca. Una sombra. Un hombre alto, ojos relucientes, la cabeza calva como una piedra. Le da la mano a

213

don Osmán. El hombre toma nota de la existencia de Ángela con un saludo errático, se despide y se pierde entre las mesas.

—¿Otro hombre del gobierno?

—Un publicista. Un genio. Realmente un genio. Borobio. El hombre de la imagen. El dueño de este restaurante también es un genio. Modenesi. Un campeón de natación, muy amigo también.

—¿Y cómo conoces a tanta gente?

—Ah, los años —suspira—. Tantos años en esto de los periódicos.

—¿Y a la gente del gobierno?

—Los conozco a todititos. A todititos. Oye, vamos a servirnos del bufet, Ángela. Yo te llevo.

Don Osmán tiene ademanes de grúa, señala con el brazo en alto, la tela colgante se le balancea: acá las ensaladitas que a lo mejor te gustan para cuidar la línea, más allá los pescaditos, los cebichitos y todo eso. Por allá también hay el chanchito y las carnes. Cualquier traguito te lo llevan a la mesa, no te preocupes.

Ángela le dedica una sonrisa estirada, un murmullo de agradecimientos, se mezcla en el grupo de hombres con saco y mujeres en falda corta, junto a las fuentes. Don Osmán la sigue con un plato, amontona una colina de arroz sobre capas de carne.

—Cuéntame un poco más sobre Montesinos, Osmán.

—Bueno, es un señor maravilloso. Un enviado del Señor en verdad, te lo digo. Un hombre que trabaja veinte horas diarias. Un enviado de Dios, no sé dónde estaríamos sin él. Mira cómo está Colombia con los guerrilleros metidos y en cambio nosotros aquí comiendo tan tranquilitos, pues.

—¿Y cómo lo conoces?

—Bueno, en reuniones.

—Ahora cuéntame del juez.

—¿Quién? Ah, sí.

—Lo mataron, ¿no? Digo, la gente del gobierno lo mandó matar, ¿no?

Osmán había cortado un trozo grueso de carne que le colgaba del tenedor.

—¿Por qué dices eso? No hablemos de cosas feas, Angelita.

—Osmán, yo quiero saber una cosa. Me gustaría saber quiénes fueron. O sea, dime la verdad por favor.

—¿La verdad de qué?

—Los agentes, pues, los que mataron al juez, cuéntame sobre eso, no seas malito, anda.

Una línea se abre en la frente. Empieza a masticar.

—¿De dónde se te ocurre saber de eso?

—Porque no sé, soy curiosa, me encanta saber esas cosas de crímenes. Soy un poco morbosa, Osmán. Desde que escribí sobre eso, me siento así, que me gustaría saber. Soy morbosa, ¿no sabías?

—Esa mujercita que habló contigo, la que fue a hacer un chongo en el periódico, Angelita. ¿Qué te dijo?

—Nada. Se fue nomás. Pero yo lo que quiero saber es más sobre ese crimen. No sé por qué me atrae así, pues. Si tú conoces a tanta gente del gobierno, tú seguro que me puedes contar más.

—¿Para qué quieres saber?

—O sea... para divertirme.

Don Osmán sostiene el vaso de cerveza y hace brillar todos los dientes.

—Ah, ya te estoy conociendo, Angelita. Así que medio morbosita me estabas resultando, ¿no?

—Así, pues. Todas las mujeres somos un poquito así, Osmán.

—Pero tú sobre todo. ¿Por qué crees que te puedo averiguar esas cosas, Angelita?

—¿No dices que conoces a tanta gente? A ver, pues.

—Pero no conozco a los agentes, pues, Angelita. A ésos no. No te pases. ¿Qué te parece tu cebiche?

—Riquísimo, Osmán. Delicioso. De verdad.

—Qué bueno.

Las cuatro. Don Osmán hurga en el bolsillo y le ofrece un billete de cincuenta soles al mozo, ya, señor, gracias, señor, la tarjeta de crédito dorada en el centro de la banda. El mozo sigue murmurando «ya, señor» mientras don Osmán se guarda la billetera, y mira hacia delante.

En ese momento, la procesión de nubes se moviliza y una rendija de luz cae como una lenta fulminación y lo convierte en una estatua de piedra dorada. Un dios cobrizo tocado por alguna emanación salvaje del cielo, sentado en su trono de oro, la revelación de un tótem maligno cubierto de melaza. Un nuevo movimiento de nubes lo cubre y don Osmán queda otra vez reducido a la opacidad de la tarde, una materia humana degradada en su sonrisa de batracio, aferrado a un trono incierto mientras agrega, qué bueno estar juntos, qué lindo almuerzo, ¿te ha gustado el almuerzo?, sí, me ha encantado, ¿nos vamos, qué te parece si nos vamos?

¿De verdad vas a seguir con esto? ¿Te metiste a trabajar en el hotel, Gaby? Su padre, un fantasma dulce que llega a visitarla. ¿De verdad, Gaby? Ella deja de escuchar la voz y se lo vuelve a imaginar, el perfil vacilante, las orejas pálidas, el brillo del saco. ¿Vas a seguir con esto? Ven, Gaby, quédate en la casa, ven, cariño.

De todas las imágenes de su padre, recordaba sobre todo las últimas. Cuando le diagnosticaron el cáncer de huesos, él tomó la noticia con un rosario en una mano y un frasco de pastillas en la otra. Estaba resignado y casi conforme, mirando de frente a los indicadores de la biopsia. Como buen médico estaba dispuesto a seguir todas las recomendaciones –la dieta, el descanso, las radiaciones–, alimentado por la certeza de que ninguna iba a salvarlo. No estaba dispuesto a trastocar el orden de la casa, de la familia, del mundo, con una pelea contra el destino. Su timidez y su bondad le impedían molestar a los demás con los resuellos de un sobreviviente. Le interesaba asistir a su vida y a su muerte, de costado. Sólo era protagonista de las ceremonias de su cortesía, su resignación, su amabilidad. Repetía «que sea lo que Dios quiera» como una coartada contra su necesidad de no perturbar el curso de los hechos. Su enfermedad, pensaba, era ya una opinión suficiente sobre el mundo.

Esa vocación por la renuncia inflamaba de furia a Gabriela. Que su padre no se enfrentara a la adversidad, que no se propusiera vencer, era un despilfarro, no una exhibición, de sus virtudes. Gabriela se había propuesto rescatarlo de esa laguna de lodo de su melancolía y su elegancia y su falsa dignidad. Lo llevaba al médico, lo acompañaba del brazo a dar paseos en el parque, lo distraía con los conciertos de la Orquesta Sinfónica los domingos, supervisaba la preparación de su ropa y sus dietas. De todas sus escenas finales, recordaba una. Fue la mañana de uno de los últimos domingos en el Museo de la Nación cuando, en el intermedio del concierto, lo dejó sentado para ir al baño y al volver a la platea se detuvo para observarlo de lejos, un ángel aterrizado entre las sillas, la corona de plata en la cabeza, las manos justas, el saco limpio, un señor sentado esperando la muerte, envuelto en la bandera de su estoicismo. La gracia de su dureza, la virtud de su silencio frente al mal, el falso pragmatismo de su soledad volvían sobre ella como una premonición en la historia de su familia. La resignación de su padre, la pureza moral de Guido, las virtudes de la decencia frente a la adversidad. Su padre y su novio, caballeros andantes de un castillo perdido. Los dos habían aceptado la vida como un campo de honor plagado de derrotas enaltecedoras. Su padre atendía gratis a muchos enfermos pobres. Se había presentado y había perdido dos elecciones al Congreso por un partido de izquierda con el lema «Mejoremos la salud de los peruanos». Guido había querido salvar el sistema judicial, había buscado resistir a la mafia. La virtud, la pureza, la cabeza en alto. Desde extremos opuestos, los dos se habían ofrecido a la muerte. Serían desterrados al olvido incierto de los recuerdos honrosos, su padre y Guido, cadáveres prematuros, insignias en el álbum moral de su soledad. No estaba con ellos sino con su herencia virtuosa. Sólo podía abrazar sus recuerdos helados, no su piel tibia. ¿Acaso alguien la envidiaba? ¿Mejor no estar con un hombre algo virtuoso y algo corrupto como todos, capaz de nadar en las lagunas claras pero también en las corrientes turbias de toda realidad, un hombre algo limpio y algo embarrado como todos, un hombre vivo que la abrace en vez de un ángel muerto a la distancia?

Su padre y Guido habían querido mejorar el mundo. A ella el mundo no le importaba. Quería reventar con el mundo. Meterse el mundo entre las piernas, prender un cartucho y volar con el mundo. El fuego y la mugre de los que estaba hecha la realidad no la quemaban. La hacían vivir. Hubiera podido escupir en la tumba de los dos hombres que más había amado y amaba todavía. Pero los fantasmas de ambos la inspiraban. Ángeles del bien, se habían entregado a la muerte, se habían inmolado, habían desaparecido. Iban a volver en ella como demonios.

Ángela llega al periódico, se sienta frente a la máquina y mira a su costado. «¿Cómo vas, flaca?», la voz de Concho, su cara frente a la Macintosh, la mirada perdida en la luz de la pantalla. Ángela empieza a escribir y se asombra de la paciencia de sus propias manos, mientras siente que don Osmán la sigue espiando y ella termina de escribir y él la llama. Su cuerpo se repliega, y desde algún lugar lejano los labios se mueven. Ándate al Congreso a ver qué encuentras, ya sabes a quiénes entrevistar, ¿no quieres que el chofer te lleve? Salir a la sala otra vez, recoger la cartera en la silla y decir «chau», mirando de frente hacia la nada, presintiendo la muralla del perfil de los demás redactores a la derecha y bajando furiosamente las escaleras, asombrada de pensar en Osmán, en cómo iba a convencerlo, la rabia la enorgullecía, la cara de Osmán borraba las burlas de Beto, la cocinita junto a la ventana, los recuerdos de la casa, el frío entre las sábanas flacas a la hora de despertarse y preguntarse qué hacía ella tan triste y sola y el aire negro.

¿Por qué estaba ayudando a Gabriela? Apenas la conocía. Y sin embargo todo en ella quería hacer que por esta vez una muerte no quedara sin castigo. Un cuerpo más o menos en el mundo, ¿importa algo? El juez Guido había resistido, había hecho lo que ella no podía, había mirado de frente a los Montesinos, a los Osmán Carranza de este mundo. Gabriela había ido al local del diario, había protestado, había tirado el periódico en la cara de don Osmán, ¿la ayudaba por eso? O era quizás por olvidar lo que hacía, escribir en ese diario y a cambio comprarse su dignidad, aceptarse a sí misma pasando retazos de las informaciones a Gabriela. Le hacía bien ver a Gabriela, había una especie de energía en ella, le servía prestarse de ella algo de la rabia. ¿Por eso, lo haría por eso?

Llega a la esquina sobre el acantilado. Se queda frente al murmullo del agua.

Pasó la noche echada boca arriba en la cama, la radio de su hermano Beto, la salsa de Jerry Rivera. Lo oía, los oía a todos. Beto había invitado a un grupo de patas, las voces contaban chistes y estallaban en carcajadas en el cuarto de al lado, el cutis almibarado del Corazón de Jesús la observa en la pared, el espejito, los libros de poemas universales, los casetes, los cajones de pinceles y rímel y cremas, todo junto y seguido hasta que se quedó dormida en uno de los intervalos de la música.

Se despierta, se duerme, se despierta, oye una voz. Se levanta, prepara el café, se ducha en el agua helada, toma el desayuno frente a su madre y sale. El gran aire, la luz blanca, el polvo duro. Otra vez el microbús, los golpes de llantas, el asiento de cuero rajado a Magdalena.

Entra a la sala de redacción. Se sienta. Concho se acerca.

—Quieres averiguar sobre el juez ese que mataron, ¿no?

—Sí. ¿Cómo sabes?

—¿Y por eso has estado saliendo con Osmán?

—Sí.

—¿Qué quieres saber, Ángela?

—No sé, lo que se pueda, quién lo mató. ¿Sabes algo?

Concho prende la computadora, mira de frente a la pantalla. No voltea, no se mueve. El fondo multicolor de una página diagramada se cristaliza. Habla mientras juega con las teclas, produce nuevas páginas de colores, fotos archivadas de actrices, de cantantes en la pantalla.

—Bueno, yo te puedo conseguir el video.

—¿Qué?

—El video de cómo lo mataron.

—¿Qué?

—El video. Allí sale cómo lo matan.

—No te creo.

El ruido plastificado de las teclas, ahora unos arcos de colores se abren como flores en la pantalla, la uña roja golpea la mesa.

—Mi enamorado me lo puede sacar. Él trabaja allí. En el SIN. Filman todo. Tienen montones de videos. Allí están desordenados en su escritorio de Montesinos, dice. Ya le consulté y me dice que puede tratar de buscarlo.

—¿De verdad? ¿Pero cómo puede...?

—No te hagas la idiota, oye —susurra Consuelo—. ¿Acaso no sabes que filman todo? Después Montesinos quiere verlo, ver todo lo que han hecho. Así es. ¿No sabías?

—No.

Una explosión azul, rectángulos anaranjados y amarillos en la pantalla, el cuerpo en bikini de Tula Rodríguez, la sonrisa de dientes cuadrados. Concho escribe «Voy a competir con la Barboza».

—¿Cómo me lo puedes conseguir?

—Yo se lo pido. Pero te va a costar buen billete. ¿Tienes plata?

Mira el papel, aprieta las teclas. «El próximo mes abro mi nuevo show.»

—¿Cuánto?

—Treinta mil verdes, dice.

—¿Treinta mil?

Consuelo marca una línea alrededor de la piel de Tula, siluetea el bikini, amontona las letras, encaja un párrafo entre las piernas. «Hay mucha envidia contra las triunfadoras como yo.»

—Eso me dijo. Es que es muy arriesgado, oye. ¿Tienes la plata?

El teléfono suena, Concho levanta el auricular. «Ya estoy acabando. Ahorita te la paso», dice Concho. Cuelga. Mira la pantalla.

—Tengo que pasar esta página. ¿Tienes la plata o no?

—La consigo. ¿Cómo así tienen el video?

—Pucha, ya te digo. Por el doctor. Quiere que le enseñen la huevada completa. Pucha, ¿tú eres o te haces, comadre, cómo entraste a trabajar aquí?

Toca la puerta.

—Hola.

—Ah, hola. ¿Qué pasa?

—Hay un video.

—¿Qué?

—Tienen un video de la muerte de tu novio.

—¿Un video?

—Lo puedo conseguir. Pero necesito plata.

—¿Qué?

—Vale treinta mil.

—No sé. ¿Tienes confianza en que te lo van a dar?

—Sí. Es una chica que trabaja conmigo.

—No sé.

—Como quieras.

—Treinta mil. Son todos mis ahorros.

—Bueno, depende de ti.

—Íbamos a casarnos con eso.

Ángela deja el sobre en la mesa, aquí está, Consuelo apenas la mira. Cuéntalo si quieres, dice Ángela. Consuelo saca un sobre manila, lo pone encima del escritorio, la mira y se levanta. ¿No me has engañado? Cómo te voy a engañar.

—Voy a almorzar y regreso —anuncia.

La esquina de la avenida La Paz, el zumbido de la chatarra, la miel negra de las paredes, la telaraña de rajaduras en el cemento, ve a un hombre condecorado de harapos, un monstruo untado de negro y ojos blancos que avanza en dirección contraria, le sonríe, «una ayudita para comer, pe, señorita, ya, pe», y ella pasa a su lado y se encuentra con la sucesión de carteles y avisos en la pista. Uno de ellos, la tienda de videos, «Grabaciones, alquiler, videocasetes, servicio a domicilio», camina hasta el espacio de entrada, una barra de fierro al medio, la quijada angular del empleado, las televisiones montadas en bandejas metálicas, el vidrio azul.

—¿Puedo ver este video?

—Sí. Tenemos una sala.

—¿Cuánto?

—Cinco soles la hora.

Ángela saca el monedero. Lo ve temblar, una bolsita de cuero desvalida.

Al comienzo Ángela solo ve el cuerpo amarrado en la cama, las muñecas hacia atrás, un cable en los barrotes, el juez Guido Pazos parecía querer huir con los ojos, junto a él los dos tipos, uno de espaldas y el otro de costado, las sombras en gris y negro, una voz ordena algo. Imágenes borrosas, voces turbias. El otro, el que está de costado, dice algo y se ríe, el que está de espaldas le echa cerveza al cuerpo mientras bromea, ahora lo escucha, que así va a cocinarse mejor, y el otro se mueve con una carcajada, el de frente a la cámara es el que manda: golpea las rodillas con un martillo, los gritos ahogados por un parche de celofán sobre la mordaza, el hombre de espaldas está sentado, posiblemente su trabajo es asegurarse que no se desate, el que está de frente tiene una nariz larga, está doblando cada uno de los dedos de los pies con un gran alicate, le está contando de una hembra que se había tirado la noche anterior, pero muy chiquito el hueco, compadre, para mí sobre todo, puta, el ruido de los huesos que se rompen, el estremecimiento en la cara del juez. «Puta, qué feo que se le ven las pezuñas a este cojudo, oye, salud, compadre», brindaban entre ellos derramando cerveza en la cara de Guido, brinda tú también, malcriado de mierda, el tipo opera el alicate mientras la boca estalla bajo el parche, el que está de espaldas toma su cerveza, Ángela mira a través de la humedad, como si de pronto hubiera tenido que dejar de sentir, cubierta de una lámina, hasta que algo pasa, el que está de costado se para, ella lo ha visto, lo ha visto, lo ha visto, parece él, ¿es él?, camina y dice «voy a achicar, compadre», la voz es más clara que antes, la voz «voy a achicar, espérate, compadre», el otro le contesta que los jueces se cocinan más lentos que los periodistas, vuelven a explotar en carcajadas y él regresa del baño.

Ángela congela la imagen en la pantalla, acerca la cara, sigue, sigue, sigue, el hombre empieza a trabajar en los testículos con un nuevo juego de herramientas, dos navajas y un cuchillo, todavía no te entusiasmes que falta, compadre. Lo ve. Lo ha visto.

Ángela se para, saca el casete y lo mete en la cartera. Corre hacia la pista, en la esquina choca contra un tipo que camina con un maletín, el maletín se abre, y un paquete de papeles estalla mientras el tipo dice algo y se agacha a recoger los papeles y alguien la toca en el hombro, «señorita, se le cayó su cartera», ella se queda de pie, con el casete en las manos, el tipo termina de empacarlo todo y desaparece.

XX

Gaby se baja del taxi en la avenida Arequipa, sube las escaleras. Un duro sentido de la vergüenza: quiere desaparecer, cambiar de cuerpo, retirarse de lo que ha hecho hasta entonces. Lo que resta del día aparece delante de ella en una sucesión morosa. El corredor de la academia, la carpeta de plástico marrón, el sofá de la oficina de Doty, el gran espejo del hotel. Ver pasar a los militares, cabezas cuadradas, ojos de lagarto, hombros anchos.

Al llegar al hotel, Vanessa la espera: la enorme cara risueña.

–Te llamó el doctor.

–¿Qué?

–Sí. Te llamó. Te llamó.

Suena el teléfono, Vanessa contesta. Cuelga rápidamente.

–Está arriba, esperándote. Tienes que ir. Piso nueve. Toca cualquier puerta.

Llega al ascensor, los números bajan hacia ella. La caja metálica que se cierra. El vértigo aspirado hacia arriba. Ve los rombos morados del corredor de alfombras. Camina hasta la puerta. Un hombre se acerca, la observa, la voz le dice «déjala nomás». Gabriela entra.

Está parada frente a él.

Los labios carnosos, el lunar fúnebre en la mejilla, la corbata como una flecha, la carne redonda de la cabeza. La tela de la falda roza el pantalón negro, es la primera vez que lo toca.

Entran a una salita de muebles azules.

–¿Me sirves un whisky, amor?

Ella se levanta, se acerca, ¿con poca agua, con hielo no-más?, pone dos hielos. Le ofrece el vaso.

–Si quieres que le ponga más agua, me avisas.

Lo ve sonreír.

Un paraíso de horror. Estar en el mismo cuarto con él, las manos gruesas en el vaso, una figura contra el fondo negro, su brazo que empieza a bajar, la náusea breve, ella inerme sobre el sillón mientras una voz llega desde allá, su propia voz. ¿Está rico tu whisky? Sí, pero tú tienes que tomarte uno conmigo, mi amor. Ya, pues, si quieres: salir del aire inmóvil, buscar otra vez la botella y llenar otro vaso, y pararse a mirarlo de frente, asimilar, esparcir la sonrisa, el líquido anaranjado y amargo, con los labios aún mojados, estremecerse con las manos del hombre en las nalgas y cerrar los ojos para ofrecerle este horror a Guido. Entonces ella se aleja y le dice, creo que te has equivocado, yo soy una señorita, no soy una cualquiera, tú me has invitado un trago nomás, no te confundas. Yo soy una chica de familia, así que te pido por favor un poco de respeto, te pido. ¿Ah, sí? Claro que sí. Gaby, así te llamas, mi vida, ¿no?, muy bien, como quieras, no eres una cualquiera, claro que no, entonces salud. Ella se para, no tengo ganas de quedarme, la verdad vine porque me llamaste pero ya es mi hora de entrar a trabajar, salud y gracias por entender. Pero no te vayas, pues, mi amor, el amago de sonrisa. Quédate. No te vayas. Mira que ninguna mujer se me desaparece, ninguna.

Ninguna otra mujer, pero yo sí, yo soy tu primera, disculpa. Eres regio, eres guapo pero yo no me acuesto a la primera, no te confundas, oye. ¿Qué te pasa? Nada, es que ya te digo, ya son las diez, discúlpame, es mi hora de chamba, la otra chica tiene que irse. Pero quédate, no seas así. Bueno, si quieres me quedo un ratito, pero un poco de respeto, oye. Más bien cuéntame algo de tu vida. Debe ser difícil, supongo, estar en el gobierno ahora. Las pestañas agudas, los dedos rebasando el vidrio, el nuevo trazo, una caída de los labios, por fin. Sí, para qué te cuento. Llevo una vida muy sacrificada. Vivo en el SIN. No tengo ni un ratito de descanso. Vivo allí. Es muy duro. A ver, cuéntame. ¿Cómo es tu vida? Debes trabajar mucho, ¿no?

Él la observa, el lunar se ha agrandado, los ojos líquidos, aferrados a ella. «Todo el día», le dice, «y casi toda la noche.»

La madrugada. La muralla de polvo, las cajas de concreto, la crueldad de los montículos de basura.

Cerca del hotel, en el parque camino a la avenida Angamos, Gabriela avanza, más allá de los techos, los postes, los cables, el decorado de la soledad en la madrugada, un silencio de truenos. Entra al parque de General Borgoño, los árboles molidos por la niebla, el pasto cristalizado de luz, los baches de piedras hasta que ve un grupo de muchachos en una esquina, un grupo de borrachos que celebran algo en un festival de risotadas. Gabriela se siente protegida por la colérica indiferencia hacia esas sombras riéndose, brindando, celebrando sus propias carcajadas. Podría acercarse para gritar una batería de insultos esperando que alguno de los muchachos la golpeara, y sin embargo ellos la miran con una seriedad inesperada, un respeto mustio, sorprendido, los arbustos afeitados, el piso blando y negro, lejos de sus pies. Entra a la sucia inmensidad de la avenida Angamos, el semáforo a la izquierda, la luz muerta de Espinar al fondo y algunos sonámbulos que vuelan, ella parada sin saber qué hacer, hacia dónde caminar, el jadeo largo y las piernas adoloridas y la voz, ese rumor que no la deja, el espejismo de las luces de un taxi.

La voz de Montesinos. Mira, yo te quiero hablar con toda sinceridad, o sea para mí la sinceridad es lo más importante, nada hay como la sinceridad, ¿no te parece?, o sea, yo no te conozco mucho, Gabriela, pero yo veo a una mujer como tú, y tengo una necesidad muy grande, un hombre como yo está muy solo, ¿y por qué estás solo? Porque trabajo en la solución

226

de los problemas nacionales sin motivaciones políticas, solamente pensando en los destinos de la nación como país, o sea pensamos en los problemas de Estado y no en las políticas de la oposición, sólo pensamos en el país, nada más. Montesinos le había hablado mirándola de frente, tú seguramente has escuchado que me atacan, me insultan, me dicen de todo, pero yo no aspiro a nada, Gabriela, ¿te das cuenta? Yo no aspiro ni siquiera a ser congresista, o sea mi trabajo es un trabajo anónimo, y a veces me pongo a pensar, ¿sabes, Gabriela? Qué ganas de tanta vaina, al final yo me saco la mugre, ¿y para qué? Pero cuando piensas en el Perú, en los objetivos nacionales, alguien tiene que hacer ese trabajo, y si alguien tiene que poner el pecho, hay que ponerlo, ¿sabes lo difícil que es?, pero cuando te concentras en la función nacional, ves el interés nacional. Yo acabo de hacer un viaje largo a Rusia y apenas llegué al aeropuerto me fui a trabajar, ¿ves?, ¿ves cómo es mi vida? Veinte horas de viaje y de frente del aeropuerto a la oficina, la cuota de sacrificio lleva sinsabores, amarguras, pero uno tiene siempre el corazón en alto, y no importan los sacrificios, mírame, Gabriela, ¿tú me ves como un hombre tan malo como dicen?

La voz carnosa, las manos alzadas, el silencio de esa cara redonda, al borde de la sonrisa. Gabriela logra contestar, bueno, para mí es una sorpresa conocerte. Vladi abre los brazos: no tiene cómo hacerle nada, ni un arma, ni una pistola, ¿podría dispararle si tuviera cómo?, nada, la verdad yo no tengo nada contra ti, oigo lo que dicen, sí. Pero, mira, interrumpe Montesinos, eres muy linda, te veo tan guapa y fina, y me gustaría conocerte, o sea, qué haces, yo enseñé en un colegio un tiempo y ahora estudio secretariado, ¿con quién?, con Doty Pacheco, ah, claro, mi amiga Doty, ¿ella te trajo aquí?, ella, ah, ya, qué bien, ¿y qué enseñabas en el colegio?, de todo un poco, psicología, literatura en quinto, educación cívica, a mí siempre me gustó la literatura, dice Montesinos, ¿sabes la relación entre Sartre y Simone de Beauvoir?, dos intelectuales franceses, dos potencias mentales, llegaron a un acuerdo de no vivir juntos, uno vivía en una casa, otro en otra casa, pero se encontraban en momen-

227

tos que eran maravillosos, ¿qué te parece? No sé, yo sabía de ellos, había leído algo pero no sé, soy más conservadora en ese sentido. Bueno, yo también, dice Vladi, la verdad que yo también. En el fondo, soy un arequipeño conservador. Igual que tú. ¿De dónde eres?

Durante dos horas, hasta la medianoche, ella había sentido los escalofríos de los buenos modales, tratando de sostener la descarga dentro de su cuerpo, resistiendo las confesiones, las plegarias escamoteadas, los detallados boletines de su ego. Por fin se había parado, le había dicho es un gusto hablar contigo pero tengo que bajar, me estarán esperando abajo y él le había lanzado las dos frases más memorables de su vida: ¿Podemos vernos pasado mañana? Pero no aquí, yo te mando recoger, y antes de que ella contestara, él había acercado sus labios mojados y los había adherido a los de ella, se había quedado en ella y por fin se había apartado con una sonrisa de victoria.

En el Óvalo Gutiérrez, Gabriela encuentra un muro donde sentarse. Escupe y llora. Ve otra vez la cara.

XXI

El cemento de la vereda: una sustancia pastosa, una lona gris que se mueve, tiene el video en la cartera, ¿es posible?, ¿va a darle esa cinta a Gabriela?, ¿debe advertirle?, ¿y qué va a pasar con él? Ángela llega a la esquina, ¿debe tirarlo, dejarlo ahí? Lo saca de la cartera, lo observa, una red de rayas negras en el plástico. Mira hacia arriba.

Las escaleras, el ruido del timbre, la enfermera ya está con su madre, el timbre de la puerta, la sombra risueña de Delia.

—Oye —mientras entra—, dime qué ha sido de tu vida, chica linda, estoy que te llamo y no te encuentro. Anoche has llegado tardísimo. Te estuve llamando.

Sentarse en el sofá, resignarse a la conversación, a la paciencia, a la amistad. La cara redonda, encendida de Delia, el cuerpo ancho siempre dispuesto al afecto, a la ayuda, a esperar la confesión. Era un privilegio práctico conocerla, estar cerca de ella. ¿Por qué no se alegraba más de verla?

—Hola, Delia.

—¿Qué te pasa? Te veo bien caída. Estás con unas ojeras increíbles...

—Estoy muy cansada.

—Dime en qué te has metido, oye. Tú estás muy rara. Pare-

229

ce que estás metida en drogas o algo. ¿Te estás metiendo tiros, mamita?

–No, Delia, cómo se te ocurre. Voy a hacer café. ¿Quieres?

–Ya, pues, me tomo un cafecito contigo.

Delia la sigue a la cocina. «Todos están que preguntan por ti: Cecilia, Fernanda, todas me dicen qué es de la vida de la Gaby, ¿qué te parece si nos vemos con ellas a la nochecita?».

La luz roja, la máquina encendida con puntos de ruido, las gotas negras que caen en el frasco de cristal.

–No puedo hoy, Delia.

–¿Por qué?

–Tengo clases.

–¿Qué clases?

–Clases de secretariado. Estoy en una academia, ya te dije.

–¿Pero cómo se te ha ocurrido esa locura, mamita?

–Quería hacer algo nuevo.

–¿Algo nuevo? Pero qué idiota que eres, oye, perdona que te diga.

–Bueno... así es, pues. Ya no quiero seguir en el colegio. Ya renuncié además.

–Ay, perdóname que te pregunte otra vez, oye, pero dime, ¿qué te está pasando, Gabyta?

El ruido del teléfono parece una alarma que corta el mundo. Gabriela sale de la cocina y alza el auricular. Una voz conocida.

–¿Podemos vernos?

–Ya.

–Voy a tu casa a las dos.

–Bueno.

Delia se acerca.

–¿Quién era?

–Javier.

–Ay, ese pata sigue templado de ti. Siempre lo veo en la tele. Pobre de ti que le hagas caso, oye. Él ya tiene su familia. ¿Te estás acostando con él?

230

–No, cómo se te ocurre. Soy una mujer decente, Delia. ¿No sabías?

Delia la observa, hace una mueca de sonrisa, mueve la cabeza a ambos lados en una desaprobación de afecto.

–Bueno, tú quédate acá sentada que te traigo tu café.

Vuelve con dos tazas. Mientras le sirve, el teléfono suena otra vez.

–Gabriela.

–Sí.

–Soy Ángela.

–Ah...

–¿Puedo ir a verte?

–Sí. ¿Ahorita?

–Ahorita.

Delia sorbe de su taza. La mira.

–¿Quién es? ¿Qué te pasa?

–Dime, ¿ya te lo dieron?

–Sí.

–¿Lo tienes allí?

–Sí, acá lo tengo.

Delia la mira, los ojos bondadosos y alarmados.

–¿Con quién estás hablando, Gabyta?

–¿Lo viste?

–Sí. Mira, Gabriela, o sea no sé si llevártelo

–Gaby, ¿qué te pasa?

–¿Por qué?

–Te has puesto blanca como un papel.

–Tráelo, por favor.

–Ya, está bien.

Cuelga. Oye gruñidos de perros en la vereda.

Delia termina el café, deja la taza sobre la mesa, el ruido suena en todo el cuarto.

–¿Gabriela?

–Sí, estoy aquí.

–Oye, Gabriela, ¿qué está pasando?

–Nada.

231

—¿Quién te está llamando?

—Una amiga.

—Oye, hermana, ¿tú estás metida en drogas, no? ¿Te están llamando a ofrecerte droga o algo?

—No digas tonterías, Delia. ¿Cómo voy a estar metida en drogas?

Una voz nueva. Su madre bajando las escaleras del brazo de la enfermera. ¿Cómo está, señora? Su madre saluda y desaparece. Delia estira la cabeza hacia ella.

—Alguien viene a verme en un ratito. ¿Puedes irte, así con las mismas?

—¿Qué?

—Ya pronto te voy a contar lo que está pasando, Delia. Pero ahora no. Por favor.

—¿Pero qué pasa?

—Pronto. De verdad te voy a contar. Pero ahora ándate, Delia, tú eres mi mejor amiga, ándate.

—No me voy, Gaby.

—Por favor.

—¿Qué te pasa?

—Es que es sobre Guido.

—¿Qué?

—Me están dando información.

Ha graduado la voz justa, los ojos razonables, la estrategia de su amistad.

—Ah... ¿Y qué vas a hacer?

—No sé.

—¿Vas a meterte a hacer justicia, a buscar a los que lo mataron, una cosa así? Dime la verdad.

—Sí. Eso mismo voy a hacer, Delia.

—Bueno, mira, si tú haces eso, Gaby, lo que va a pasar es que vas a acabar igualito que Guido, ¿me entiendes?

—No me importa.

—¿Y tu mamá, Gabyta? ¿Quién va a cuidarla?

—Tú, Delia. Tú puedes cuidarla por mí.

Delia adelanta la cabeza, pone las manos en las rodillas.

—Gaby, te conozco hace diez años y no sé, ahora siento que eres otra, Gaby, has cambiado un montón, no sé qué te pasa. No te conozco, comadre.

Gabriela siente que ha recuperado la calma.

—La verdad es que nunca me había sentido mejor.

—¿Y quién viene ahora a verte? —insiste Delia.

—Una periodista. Se ha enterado de algo. Va a contarme. Pero si tú estás aquí, seguro que no me dice nada.

—Bueno, ya, mira, yo me puedo ir si quieres... Pero prométeme que vas a llamarme por lo menos, Gabyta. ¿Prometes? Ahora más tarde vas a llamarme, ¿me oyes?

—Te prometo. Y te agradezco, Delia. Discúlpame.

El timbre suena. Es Ángela que mira hacia atrás. Entra a la sala, se sienta. Hurga en la bolsa.

Las rayas del plástico en la mano. Un rectángulo negro, dos orificios. Lo deja, casi lo suelta en la mesa.

—Aquí está.

—Ya.

—Hay otra cosa.

—¿Qué?

—Me dijeron que su asistente le abrió la puerta a los que lo mataron.

—¿Qué?

—Sí. El que fue su secretario antes. Artemio creo que se llama.

—¿Artemio?

—Sí, les abrió la puerta.

Gabriela mira el suelo: las tablas sucias, la alfombra azulada, la serpiente enroscada del cable. El escenario de su sala le parece una mazmorra.

Ángela se para.

—Bueno, me voy. Tengo que irme. Si sé algo más te aviso.

Gaby apenas se mueve.

Las imágenes pasan, Gabriela se asombra del tiempo que resiste hasta que logra ver el perfil de los dos hombres: retiene las caras, la nariz picuda de uno, la voz acascabelada del otro. Apaga la máquina. Se para, entra al baño, saca la tijera frente al espejo.

Siente la tierna lluvia de pelo sobre los hombros. La mujer la mira desde detrás del vidrio como en una revelación, una virgen en la gruta de sí misma. Tiene el impulso de inclinarse ante esa imagen, fundirse con ella, entrar en ese cuerpo que la refleja pero que no es ella, que la duplica en una dimensión remota que puede tocar estirando la mano. Gabriela siente la transparencia en los dedos. El frío del vidrio se va infiltrando en las yemas. Se hace la promesa de dar el salto al otro lado, entrar en esa otra mujer que puede sostenerla, igualar el rostro en el agua fija y cristalina. El espejo es un oráculo de su cara. La pasión del rencor es una pócima y un bálsamo que la reconstruye en el futuro. Sabe que tiene que acondicionar su cuerpo para entrar al nuevo palacio. Va a ceñirse la corona de reina. Tiene que disimular los agravios de la pena en sus facciones. Se delinea las cejas, se riza las pestañas y barre un polvo azulado en los párpados.

Sale del cuarto, baja las escaleras y entra a un taxi. Al llegar al Palacio de Justicia sube lentamente junto a las estatuas de los leones. Cruza el vestíbulo, habla con el guardia, entra por el corredor de losetas cuadradas, lo llama por teléfono, llega a la puerta y ve a Artemio sentado en el escritorio, junto a una torre de papeles. Hay un señor de terno junto a él.

–Dime, ¿tú les abriste la puerta?

–¿Qué?

Ella le da varios golpes seguidos en las mejillas, él se cae de la silla. Ella se aproxima. Lo ve mojado, tembloroso, dispuesto a un nuevo castigo.

–¿Quiénes fueron?

Él se aleja. Se pasa la mano sobre la cara.

–Yo no...

Siente una extraña paciencia frente a él y se asombra de la serenidad de esperar su respuesta.

–Me amenazaron, Gabriela, y me dijeron que podían sacar a mi hermano de la cárcel.

–¿Quiénes?

–No sé. No los había visto nunca. ¿Cómo voy a saber?

Él alza las manos, tiene la cara encogida, la ropa le cae como un montón de trapos.

–Averigua quiénes fueron o le prendo fuego a tu casa. Te achicharras con tus hijitos, todos quemaditos. Ahora más tarde te busco, ¿me entiendes?

Se extraña de lo que acaba de decir.

Un tipo uniformado está entrando.

Sale al corredor. Algunas caras voltean.

El taxi avanza por el Zanjón. Se detiene en una hilera humeante de autos.

A su derecha, una construcción, un jardín amarillo, una baranda.

Gabriela se siente extrañamente reconfortada de la casa abandonada: la pared de ladrillos negros, los remedos de torres, esos dos huecos que habían servido de ventanas a los remotos habitantes del lugar, el techo de ladrillos superpuestos, una psicosis de la materia, ¿no debía bajarse, entrar en esas paredes demacradas, quedarse en el piso de basura y echarse a dormir allí?

El carro avanza a intervalos. Gabriela se echa en el asiento, cierra los ojos y espera a que el chofer la deje en Saga.

Saca unas monedas, las suelta en la mano manchada del chofer. Empuja la puerta, avasallada por el aire limpio del gran almacén, un vago viento de perfume, saca un billete, recibe la navaja suiza, la siente como un tesoro, un cuerpo vivo entre los dedos.

Entra al ruido de la calle, ve a un hombre en la vereda con las piernas cortadas, tiene la cintura atornillada a una tabla con ruedas, suspendido en un trineo de madera. El hombre la mira con una sonrisa de súplica risueña, una propinita, señorita, le dice alzando la mano. Gabriela piensa que podía sacar la navaja y hacerle el favor de degollarlo, se queda frente a los ojos blancos descomunales del medio cuerpo, la chompa de masa negra. Saca un billete de cincuenta soles, se inclina sobre él y lo besa en la boca. Dios te bendiga, susurra, siente la textura húmeda, un líquido espeso en los labios que baja por la garganta. Alza la cabeza, mira hacia la pista.

Camina por la vereda. Hay un edificio abandonado de ventanas fantasmales. Al lado hay un muro. Ve una línea ondulada. Es un adorno.

Gabriela sonríe. Piensa que alguien había querido hacer un adorno sobre la pared, un gesto iluso y amable y dramático de algún albañil que ha buscado darle una dignidad modesta a la pared ruinosa, alguien que ha dibujado en esa línea su gesto de esperanza, un tipo que está jodido mientras hacía una pared a cambio de dos soles y que sin embargo está buscando alguna ilusión en lo que ha dejado allí: un adorno, una línea ondulada, una rúbrica, un esbozo, una aspiración de que alguna forma de la belleza, de la bondad, del amor, sobreviviera, el ensayo de un sueño superpuesto a la vida de perro que está viviendo.

Llega a su puerta. Se encuentra con el carro.
Javier: el terno oscuro, la cara lenta, el perfil inacabado.
–Hola.
–Hola. Vamos a tomar algo.
Entra a la casa, guarda la navaja, se sienta a un lado.
Mientras la calle se inmoviliza, Gabriela lo oye decir Fujimori anunció reactivación de la pesca, eso nos tocó anoche. ¿Y tú qué hiciste? Te estuve llamando. Ella contesta mirando hacia la ventana, estuve hablando con Montesinos, la luz verde se prende, pasan las últimas ráfagas de microbuses, él acelera y ella, voy a verlo otra vez mañana.
Javier se detiene en la avenida Arequipa. ¿Ah, sí?, ¿estuviste con Montesinos?, ¿estás bromeando o qué?, sabiendo que lo

que le dice es el comienzo de una nueva manera de verla, el automóvil es un confesionario improvisado por la bendición de no mirarse de frente. Un tipo repugnante pero muy raro, sigue diciendo ella. Un tipo que está seguro de que todos están a sus pies o van a caer rendidos tarde o temprano. Pucha, Gaby, no te creo que has estado con él. ¿Y dices que vas a verlo de nuevo?

¿Sabes qué?, le insiste. Hoy ni siquiera me atreví a contarle a Delia que es mi íntima amiga y ahora te cuento a ti. Hasta me besó, oye, tuve su boca un rato. Soy casi como él. ¿No me crees?

Pero ¿qué vas a hacer?, dice tratando de ignorarla, frenando en el semáforo. ¿Vas a querer matarlo como dices? ¿Todo por una venganza? No es una venganza, Javier, es algo que quiero hacer por Guido, no es una venganza.

Se extraña de su propia risa, como un grito corto. Bajando al Zanjón, Javier se oye hablar sabiendo que sus frases flotan, retroceden ante su propio asombro, hasta me besó, tuve su boca un rato, oye, todavía la siento, busca hablar para diluir la imagen de ese hombre sobre ella, ahora te cuento a ti. Javier se oyó decirle ¿lo besaste?, quédate tranquila, mejor no hagas nada, ¿para qué te metes en líos, Gaby?, ¿qué piensas hacer?, ¿cómo vas a terminar? Los tipos de su seguridad van a hacerte picadillo en dos segundos, ¿te das cuenta o no?, despide una cortina de palabras contra su propio silencio, el terror ante una repentina extraña a su lado.

Gabriela voltea hacia la ventana. La gente de la pista, una seguidilla de sombras, todas las caras nubladas por una rápida pesadumbre. ¿No te parece que todo el mundo maneja muy triste?, dice ella de pronto. Todos tienen cara de culpables de algo, ¿no? Pucha, Gaby, qué cosas dices, madrecita. Vamos a hablar de otra cosa, oye.

Ella prende un cigarrillo. Sus dedos largos, nudillos fuertes y uñas rojas, sus manos que parecen siempre dispuestas a aferrarse a algo, no son manos sueltas y colgadas, manos dispuestas sobre los objetos sino arañas encorvadas, buscando siempre cerrarse sobre un objeto. Javier tose, mira la ventana, aún trata de disimular la cólera por ese acto de infinita traición, la mujer que él había puesto en el centro de todos sus altares ensuciada con los labios de un delincuente que de paso también es su jefe, ella infectada de su rabia al punto de acercarse a Montesinos, el ruido de su respiración, el cruce del aliento, las gotas ácidas de sus murmullos. ¿No era lo mismo que él? ¿No había hecho ella lo que él?

Al llegar al Haití ella pide una dieta de pollo y agua mineral. Él, bistec con ensalada, y cerveza. Apenas hablan. La avenida Diagonal a su lado despide un ruido continuo, como una tormenta monótona.

Por fin ella le dice que se ha hecho tarde para comprar los remedios a su madre.

Él la deja en su casa.

—¿Cuándo voy a verte? —le dice ella con la puerta abierta, mirándolo de frente.

En otros tiempos, Javier había soñado con que ella se quedara en el carro para hacerle esa pregunta.

—En cualquier momento —murmura—. Yo te llamo o tú me llamas. Cuando quieras.

—De repente mañana —dice ella, sacando el manojo de llaves.

—Ya.

—¿Sabes que el secretario de Guido, su amigo Artemio, dejó entrar a los agentes que lo mataron a su casa?

—¿Los dejó entrar? Qué tal desgraciado.

—Sí.

—¿Quién te contó?

—Mi amiga Ángela.

—¿Quién?

—La del periódico.

—¿Te sigue ayudando ella?

—Sí.

Javier vacila, habla mirando hacia abajo.

—Te llamo mañana, Gabriela.

Ella pone el pie en la vereda y en esa inclinación de la cintura, con el muslo alargado, la rodilla asomada al vacío de la acera, regresa hacia él, le dice gracias, lo besa en los labios, le deja el resto de la mano en el cuello y se aleja hacia su casa.

Esa noche, sentada en la recepción del hotel, Gabriela recibe a algunas turistas, da las tarifas y deja los billetes en la caja. A la una suena el teléfono.

–Aló, amor. No fuiste a la academia.

–Hola, Doty.

–¿Por qué no fuiste?

–Mi mamá se puso mal.

–¿Cómo está?

–Mejor ya, felizmente.

–¿Te paso a recoger?

–No. Hoy no.

Adivina la caída del hocico, el tambor de los dedos en la mesa.

–¿Por qué?

–Estoy muy cansada. Mañana te veo. Te quiero mucho.

–Ya vas a ver.

Hay un ruido y la sirena interrumpida del auricular.

Sale a la calle. Las luces malignas de la alameda.

XXII

Ángela regresa, se encuentra con su madre.
–¿Qué haces?
–Nada.
–¿Por qué vienes tan tarde?
–Mucha chamba en el periódico.
–Ya.
Ángela entra, se echa, se tapa con la almohada.

Gabriela mira el reloj. La blandura tibia de la cama, los pies colgados, los dedos desamparados en el aire.

Tiene la navaja en el bolsillo y el video en la cartera. Toma un taxi, ve pasar las hileras de autos. Llega a la calle de manchas de yeso. Toca el timbre, entra, el sillón de la sala, los saludos a su esposa Miriam, claro, cuánto tiempo, déjanos un ratito, Miriam, ahora dime quiénes son.

Ay, Gaby, no sabes, me obligaron, Gaby, me dijeron de mi hermano. No me importan tus excusas, Artemio, sino que me des los nombres, ¿ya averiguaste? Bueno, pero no le dices a nadie que yo te dije. A nadie. Dicen que uno se llama Antonio Gómez, Gabyta, le dicen Tony, vive en Puente Piedra. El otro es Alberto Maro. Así se llama. Los dos fueron. Los dos hacen trabajos para el doctor. Quién te ha dicho. Así me ha dicho un amigo, el que los conocía. Tuve que emborracharme con él para que me dijera. Le metí el cuento que los necesitaba para otro trabajo, para un desalojo, le dije. Ellos hacen trabajitos así en sus ratos libres. Pero lo tuve que convencer. Es mi pata felizmente de toda la vida. No vayas a decirle a nadie, Gaby, a nadie que yo te dije, ¿me entiendes, Gaby? Artemio saca un papel. Los nombres, las calles, los teléfonos. Ya, Gabyta. Gabyta, no sabes que voy a misa todos los días desde que pasó lo de Guido. Sólo quiero que Dios me perdone, Gabyta, porque yo sé que tú no... yo sé que tú, pero igual iban a matarlo. ¿No te das cuenta?

Gabriela siente la extensión de sus piernas, una dentro del carro y la otra sobre el sardinel, el taco largo, una aguja horadando el cemento, la piel apenas visible bajo las medias.

Tiene la dirección. Antonio, Tony Gómez, el nombre que torturó y mató a Guido. Vamos a Puente Piedra, le dice al taxista. Llegar a la avenida Alfonso Ugarte, la hilera de fierros lentos, las paredes de humo, el carro detenido y ella se queda junto a una galería de muros: manchas indefinidas, trozos de afiches, chorros secos de polvo.

El taxista comenta el frío, mascula algo sobre el presidente Fujimori, pasa bajo el puente de la plaza Castilla y tuerce a la izquierda en Caquetá. Ella apenas lo oye, apenas lo ve. El taxi marcha por la avenida doble, cruza las líneas de cada poste, una tierra de piedras, polvo y cemento, al fondo un puñado de casas bajas. El cuerpo de Tony Gómez se acerca, en algún lugar.

Le ordena parar al taxi. Saca un billete. Sale a la vereda. Entra a una bodega. Se enfrenta al aparato azul de teléfono. Marca el número.

–Sí.

–¿El señor Tony Gómez?

–Sí, ¿quién es?

–Hola, Tony.

–¿Quién habla?

241

–Tú no me conoces pero yo te he visto. Hace tiempo que quiero llamarte.

–Ah...

–Estoy aquí cerca de tu casa. ¿Puedo ir?

–No. Pero una cosita. ¿Quién eres?

Deja avanzar el silencio, siente la vanidad y la curiosidad creciendo como aliadas.

–Soy una admiradora tuya. De aquí, del barrio. Siempre te veo. Eres lindo, lindo eres.

–¿Qué te pasa?

–Por favor, Tony. Puedo darte plata si quieres. Me gustaría verte. Tengo harta plata. Un ratito nomás te pido para encontrarnos, qué dices. Estoy regia, soy reina de belleza, Miss Playa fui el año pasado, Tony. Soy de San Isidro pero vengo por aquí a veces. Mi papá tiene su fábrica por aquí. Por eso te he visto. Me muero por ti. Te he visto siempre, te sigo todo el tiempo. Soy linda. Ven para que veas. Mil dólares puedo darte. ¿Podemos vernos? Por favor.

Otro silencio, un ruido de saliva.

–¿De dónde me dices que eres?

–De San Isidro. Vivo en un edificio en la Javier Prado. Vengo al barrio por un trabajo que tengo en la fábrica. Soy linda, Tony, y quiero verte, conocerte mejor.

–Puta, que segurito que eres una loca de mierda.

Gabriela se muerde el labio, hace una pausa, trata de medir la tensión.

–Estoy en una bodega, en la esquina de tu casa. No me dejes sola. Por favor. Te espero, amor.

Cuelga. Compra una botella de agua y la abre.

Por fin lo ve llegar. Achinado, el cuello grande, los labios gruesos.

El mismo. El mismo.

Está tan cerca, hay un rumor de tráfico, la calle vacía, el tipo le sonríe, le habla. Tiene camisa roja, pelo duro, voz ronca y afilada.

—Puta, qué rica. De verdad eres guapita. ¿Cómo te llamas?

—Chana.

—Chana. Bueno, dime, ¿adónde quieres ir?

—Donde tú me digas.

Lo siente mirando las rodillas, presintiendo los muslos, adivinándola desnuda y bajo sus piernas. La quijada encorvada, los rulos húmedos, la sonrisa permanente de calavera.

—A tomar un trago si quieres. A donde quieras.

—Ya, pues. Vamos.

Lo sigue. Tony le abre la puerta de un Nissan rojo, se acerca, Gabriela recibe los labios, la certeza de saber que esa misma cara había sido la última imagen de Guido. ¿Por qué te dicen Tony? Porque hablo inglés. ¿Hablas inglés? Yo hablo, ¿quieres ver?, you have lovely eyes, ¿qué te parece?, ¿sabes lo que te dije? eres bien fancy, bien lovely. Qué te parece mi inglés, oye.

Gabriela se toca la cartera, el rectángulo del video sobresale. Si pierde fuerzas, si se desanima... se siente reconfortada por la superficie dura, la cuchilla más abajo. La calle oblicua, el vacío del cielo, la hilera de árboles pelados. Gabriela voltea de vez en cuando hacia él. El tipo hablando, me encantan los ojos light como los tuyos, oye, qué lindos tus ojitos, lo observa sin oírlo, certificar el rostro: la nariz de cuervo, las orejas altas, espinillas, granos, protuberancias, la voz perdida en risitas esporádicas, chillidos de felicidad, le cuenta algo de su viaje a una playa de Santo Domingo, pucha, riquísima el agua, te digo, una agüita cristalina, riquísima, deliciosa el agua, mira, vamos a tomar un traguito aquí, mira, un traguito nomás. Han doblado en una esquina, un esqueleto de tubos, una pollería y un hotel de ventanas redondas, una cochera, un techo de calamina.

Se sienta con él. Una cerveza. Lo oye hablar y lo ve tomarse tres vasos mientras fuma. Lo ve besarla, lo ve pararse, entrar al lobby, llenar el cuaderno, lo sigue a las escaleras, una cama redonda de colchas rojas, un espejo en el techo, cortinas amarillas, otra vez los labios, la botella de vino, cortesía de la casa, puta, qué rico. Tony se quita la ropa, Gabriela ve con horror el cuerpo arrasado de pelos, el sexo alzado y balanceándose, la tibieza acerada de las manos, el horror de la alegría de verlo con los ojos cerrados. Mira hacia atrás y ve la televisión en la pared, montada en la parrilla. Piensa que no hay nada más natural en ese momento que sacar el video como lo está haciendo, sacarlo y mostrárselo y escucharlo decir, ¿tienes un video porno para calentarnos mi amor?, con su voz de cascabel. Ella empuja el casete, aprieta el botón, oye el silencio de los hombres con Guido, y lo mira en los ojos. La sonrisa, la mueca, el dedo alzado.

—Oye, pero ¿qué es esto?

—Ése eres tú —dice ella, mientras oye el ruido detrás.

Ahora resulta natural, una cadena que lleva a un fin esperado, la mano sigue un curso previsto, hurga entre las piernas, saca la cuchilla, se aferra al mango y lo empuja en el costado mientras lo sostiene, la ilusión de que ella lo está sosteniendo con una mano y abandonándose en la liberación de matarlo con la otra, la mano derecha actúa sola, ella no lo ha decidido, el músculo de la mano que se aferra, mide brevemente la distancia, cobra un vigor irreparable y se incrusta en el costado de ese cuerpo, atina con un suave horror a buscarlo bajo las costillas, la cuchilla se traba con algo duro, se empuja, el éxtasis de sentir el ruido de su muerte, el globo que hace la boca, su puño aún apretado en el mango, el tipo estalla en un alarido, la sangre salta sobre las sábanas. Gabriela se acerca y le cruza la navaja en la garganta. Soy la novia de Guido, alcanza a decir. La cabeza doblada, su jadeo largo, la última mirada hacia ella, ha sido muy rápido, lo ha hecho demasiado rápido. El tipo incrustado en el colchón, la cara grotesca, húmeda de sangre.

Se pone los zapatos, cubierta de sudor. Saca el casete, entra al baño a lavarse, alguien había oído el grito, una exclamación, lo normal, un tipo gritando de amor. Pasa una toalla sobre el VHS, sobre la manija, sale al silencio del corredor.

No se atreve a voltear. Hunde los pies silenciosos en la alfombra, cruza la escalera, el frío del pasamanos, el tambor de los pasos, hasta la puerta de la calle, un taxi blanco a su costado. Al dejarse caer en el asiento, Gabriela se inclina a llorar aunque no es un llanto con sollozos sino un desborde de silencio, una presión blanca de las mejillas sobre el asiento. Mientras el carro avanza, los restos de sangre en los dedos, el camino de golpes.

Dice algo a la sombra ovalada que asiente. Recorren una avenida, ve pasar los carros como a la distancia, el ruido del tráfico del mundo está tan lejos de ella, en la dimensión en la que ocurren los hechos, mientras que aquí, aquí está lo que acaba de hacer. Ve que baja por un túnel y da vueltas a una plaza, avanza con intermitencias, le ha dicho algo al chofer pero no se acuerda de qué, echada en el asiento de atrás, en la ingravidez de la burbuja en la que se ha acurrucado, absuelta de la realidad. Mira las casas, mira los autos, le debe de haber dicho al chofer dónde quiere ir, él la lleva, o quizás no, quizás es un tipo que la hace dar vueltas por la ciudad.

Comprende que se ha desmayado, que se despierta entre los tumbos del asiento. Está en Miraflores. Está en la avenida Petit Thouars.

Saca un billete. Camina junto a las paredes, ¿por qué el taxi la ha dejado allí, ella se lo pidió? Un ladrillo roto, los carros cruzan delante, llega a la alameda Ricardo Palma, mira el salón de juegos, el pinball de luces, una pelota iluminada, una ráfaga de vidrios y campanas, comprueba que tiene la cartera en las manos, saca un caramelo, el azúcar entre los dientes, la garganta alargada, la pelota saltando de un sitio a otro, el derrumbe de las rodillas, la lija del cemento en la boca.

Un hombre alto, largo, de mejillas anchas, la mira desde arriba. ¿Qué le pasa, señorita? Se levanta, se limpia con golpes rápidos. Se aferra a la cartera como si acunara a un bebe. Atina a abrirla. Saca el celular, marca los números.

—Javier. Ven por favor.

—¿Qué ha pasado?

—Estoy en Petit Thouars con Ricardo Palma. ¿Puedes venir?

Frente a él un ómnibus, un tanque de fierros desollados que conserva una respiración lenta, el ómnibus se ha atravesado en la pista. Javier lo mira; un monstruo calcinado agonizando entre chorros de humo. Líneas negras, grietas de metal, relámpagos congelados en la humedad, el tejido amarillento, los faros de plástico. La vibración de un elefante pintarrajeado con un rugido de tornillos y correas, una criatura apaleada que había huido a desfallecer en esa calle. Las ventanas, la degradada galería de retratos, el campo de concentración ambulante, las caras resignadas en una tristeza de piedra. La gran caja de fierro se moviliza. Unos microbuses más pequeños y crueles y movedizos avanzan como insectos por el costado.

Entonces suena el teléfono. La voz de Gabriela.

Está a dos cuadras.

Aprieta el acelerador. Ve a Gabriela sentada en el cemento, las piernas dobladas, la cabeza hacia abajo. Frena a su lado. Ella alza la cabeza, se para. Un policía se acerca. «Está obstruyendo el tráfico, señor. Aquí no se cuadra. Permítame su licencia, por favor.»

El perfil de la gorra, estirar la mano a la guantera. La señorita está mal y vine a ayudarla, jefe. Ah, disculpe, no lo había reconocido, el de los noticieros es usted, señor. Sí, el de los noticieros, gracias, jefe. Ya siga nomás.

Ella sube al carro, inclina la cabeza en la consola, los rastros de sangre en los dedos. Llegan al semáforo frente al cine Pacífico, la alameda de árboles, el ingreso a la bruma salada.

La observa de costado. Javier intuye que no debe hablar, debe seguir en silencio, esperar, ceder a las cautelas de la lástima. La lentitud del asiento, los ojos cerrados, finalmente el suave sollozo. Hice una cosa terrible, Javier, no sabes, no sabes. Detiene el carro frente al vacío blanco. Ve un camino de geranios, un jardín, unos montículos de piedras, la superficie crispada del cielo. Maté a un tipo. Maté a un tipo, Javier. Uno de los que mataron a Guido. Lo encontré. No sé. Me parece que fue otra, que no fui yo, lo que hice.

–¿Qué pasó?

–Me dieron la dirección de los que mataron a Guido.

–¿Y?

–Y me lo llevé a uno a un hotel y lo maté. Le pegué una cuchillada. Y...

–¿Qué hiciste con el cuerpo?

–Allí está, en el cuarto.

Javier mira hacia fuera. La pared de neblina tan cerca.

–No sé cómo pude haber hecho una cosa así, no lo puedo creer.

–¿En qué hotel lo has dejado?

–No sé. Uno donde él me llevó.

–¿Nadie te conoce?

–No.

–¿Puso tu nombre en el registro?

–No. No le dije mi nombre.

–Ya. ¿Y el arma?

–Aquí está.

Gabriela tenía las piernas juntas, estaba como acurrucada en el asiento.

Ambos se quedan sentados frente a la bahía. El blanco es un monstruo sin forma, la neblina avanza con una lentitud maciza, rodea el carro, pasa por encima. Javier piensa que están en su hogar temporal, suspendidos en el vacío.

Ella saca un papel de la cartera y escribe un número.

–¿Quién es?

–Artemio... Trabajaba con Guido.

–Ya.

–Por favor, si algo me pasa, búscalo a éste. Él me puede ayudar. Busca también a la periodista, a Ángela. Está en *El Pata*.

–¿Qué vas a hacer?

–No sé. Voy a buscar al otro, al otro que lo mató.

Un nuevo silencio.

–Eres una gran idiota, Gabriela.

–Dime lo que quieras.

247

Ella abre la puerta y sale al borde, sobre la playa. Él la sigue. El ruido del mar llega desde el fondo.

—¿Vas a seguir de verdad?

—Sí —contesta en voz baja.

—¿Y yo? ¿Y tu mamá? ¿No te gustan tus amigos, no te gusta Delia? ¿No quieres vivir, oye, o qué?

—Sí quiero vivir, Javi.

Ella mira hacia abajo. La brisa le va deshaciendo el pelo.

—¿Y entonces?

—Pero no quiero vivir así, con Guido muerto y Montesinos chupando whisky.

—Ya le llegará su hora también.

—¿Cuándo? Porque yo la verdad no puedo esperar mucho, oye.

—Ya le llegará. Ven, vámonos a otro sitio. Hace mucho frío acá.

—Estoy muy sola, Javier.

—¿Y yo?

—Tú tienes tu familia, Javi. Y tu chamba.

Había pronunciado la acusación con un murmullo, Javier mira hacia delante. Ve la carga de las olas al fondo.

—¿Quieres una pastilla?

—No. Ni hablar.

—Ya. Pero voy a darte una pastilla. Te ves hasta las patas.

—Quiero echarme un ratito. Pero no en mi casa.

—Bueno, vamos a buscar un hotel.

Ella lo sigue. Javier enciende el motor. Ve un aviso. Entra, firma con nombres ficticios, espera que no lo reconozcan, y la lleva a un cuarto. La besa, la abraza, la echa en la cama. Baja a buscar una farmacia, paga un dinero extra a cambio de no entregar receta, sube las escaleras con un Dormex.

Ve dormir a Gabriela. Una niña perdiéndose en el sueño. Se acerca a arroparla.

Mira por la ventana. Los ríos blancos y paralelos de las olas, la rutina de los carros, todo aparecía de pronto a una gran distancia. Javier se dio cuenta de la extraña, irrepetible felicidad de ese momento. Él solo con ella, cuidándola y a salvo de las preguntas de quién era en el mundo de afuera. Ella se había dormido con la imagen de que él podía servirle de nexo con la vida cuando despertara. Le dio la espalda y se quedó de pie frente a la ventana.

Hay momentos en los que la luz no nos permite saber si es de mañana o de tarde. La ambigua luz del aire. Si no fuera por las referencias paralelas pueden ser las nueve de la mañana o las seis de la tarde. Uno se despierta, mira la ventana y no sabe la hora. Así también ocurre en ese momento, piensa. El mismo espacio puede albergar la barbarie y la bondad, el primitivismo y la sofisticación. En los rostros, el éxtasis de la dicha se parece tanto a la crisis del pánico, los mismos músculos tensados, la misma boca deshecha. Gabriela es tan frágil y tan violenta, tan emotiva y tan dura, él la quiere tanto y le tiene tanto miedo y se siente tan cerca y tan lejos de esa vocación de muerte. La ve suspendida en el sueño, una asesina (¿de verdad esa palabra?), entregada, oculta en ese lugar, la ferocidad y la vulnerabilidad. No era tan difícil matar a alguien después de todo. Matar al que te ha hecho tanto daño, el que se lo ha merecido tanto.

El peligro es un estímulo para el organismo, exige lo máximo de las personas, la progresión de su astucia, de su personalidad, de sus condiciones físicas, la persona que vive bajo el hechizo del peligro se proyecta hacia el futuro, hacia otra persona más completa. La felicidad, la tranquilidad en cambio repiten y disminuyen los rasgos del presente, estrechan y hunden al individuo en su mismidad. No era, nunca sería como ella.

Mirándola dormir, siente que Gabriela se está yendo. Siente una extraña envidia. Una envidia, una nostalgia, un deseo de fundirse. Lentamente, se echa a su lado. La besa y la abraza. Ve los restos de sangre.

Su hija aparece en el cuarto, papá, dicen que Montesinos es un desgraciado, dicen que tortura gente, ya sabes que tiene agentes. Sí, hijita, eso yo creo que es habladuría de algunos periodistas, hija, yo no creo que tanto, hija. Pero sí, claro que es así, papá. Pero tú también has ganado con él, hijita.

Fujimori se para, voy a una reunión, hijita, más tarde, más tarde hablamos, es un miserable ese hombre, papá. Pero cómo vivimos sin él, hijita, estoy tan solo, tú me acompañas nomás. Tú también vives de él.

Ella lo sigue. Hay videos, papá. Dicen que filma torturas y tiene grabaciones. No hagas caso, hijita, si no fuera por el doctor no estaríamos aquí. A ti te va muy bien. No te olvides, no te olvides. Tú también estás muy bien, no te hagas.

Ella se queda detrás. Su papá, el presidente. Recuerda el golpe de Montesinos en la cara, el golpe remeciendo las mejillas, el ruido del llanto, las manos de Montesinos, dos pájaros grandes que se alzan sobre ella, su doble sombra.

Javier mira el reloj, se para junto al cuerpo dormido de Gabriela. Piensa, ¿voy a despertarla, decirle que me voy, dejarle una nota? Es la hora de ir al noticiero. Lo esperan Tato y Jimena y Bruno y don Ramiro. Escribe: «Tuve que irme. Te quiero mucho. Te llamo mañana.» Coge otro papel: «Tuve que irme. Te quiero mucho.» Otro: «Te quiero.» Rompe los papeles. Los deja en el basurero. Se acerca. Le susurra en el oído. Ella abre los ojos, le sonríe. Él se aleja.

Cuando Gabriela vuelve a despertarse, ve el cielo blanco. Se incorpora, mira el reloj, entra al baño, apenas se mira en el espejo. Es tan tarde y tiene tanto que hacer. Siente el corte de agua en la nuca.

¿Volver a la casa? ¿Entrar al cuarto? Mira la pantalla, ¿qué está escribiendo?, una voz rápida.

–¿Entregaste el video?

–Sí, lo entregué.

–¿Y a quién?

Ángela duda en contestar, escribe «Toledo jala coca en hotel» y agrega «dicen que lo oyeron cantando hasta altas horas».

–No te puedo decir.

–Bueno, no digas que fui yo nomás, aunque te maten.

–Ya. Dime, ¿de verdad lo filman todo?

–Claro –dice Concho, que acomoda la foto de Toledo con los ojos cerrados en la pantalla–. Graban todo y lo tienen allí, hay un montón... los casetes están botados.

–¿Y quiénes son? –«Toledo estuvo jalando primero con gringa Eliane y después con tres jermas»–. ¿Quiénes son los torturadores?

–Gente que reclutan. Entran incondicionales allí.

–¿Pero quiénes?

–No sé, mi novio no me cuenta mucho, oye, está preocupadísimo de habérmelo dado, está medio arrepentido, creo, quiere que me digas a quién se lo entregaste, no vayas a contarle a nadie que te di el casete, oye, nos pueden joder. No te vayas a rajar, oye.

–¿Quieres que te diga una cosa? –Ángela escribe «la gerencia del hotel tuvo que tomar medidas pues no sabía cómo controlarlo»–. ¿Quieres que te diga lo que vi en el video? Lo vi a mi hermano, Concho, mi hermano era uno de los que estaban torturando a ese juez, estoy tan pero tan triste, ay, es horrible, Concho.

–¿Qué? ¿Tu hermano?

–No estoy segura, no lo veía bien pero creo que sí, creo que sí.

–¿Tu hermano Beto?

–¿Sabes qué? Voy a salir un ratito, diles que me fui a la bodega, voy a dar una vuelta y regreso, oye.

Ha esperado dos días. ¿Va a buscar entre sus ropas, va a atreverse a hacer hoy lo que no hizo ayer? ¿Su puerta estará abierta? Ángela se aferra al asiento. El microbús traspasa las calles, el chofer es un ser enorme y mojado, de camisa abierta, manos vehementes. Por fin ve su casa. Los postes altos, la puerta verde, el suave telón de plástico, las bolsas de papitas y chifles, las botellas verdes de Sprite, el chirrido de la puerta y la salita del Corazón de Jesús y el mantel de plástico con flores. Podría entrar a su cuarto, a esa hora no estaría en la casa, ¿o si estaba?, ¿no estaba trabajando, cortando alguna pierna o cercenando un cuello en alguna mazmorra? La puerta del dormitorio, ¿cerrada, cerrada como siempre?, el ruido de la ducha, Beto está allí pero ella no puede detenerse. La puerta está abierta, la empuja, el cuarto de Beto, el cuerpo plateado de Britney Spears, el golpe del tambor, el chillido largo, el cubrecamas naranja, el piso lustroso, las fotos de calatas de calendario, abre el cajón de la mesa de noche y encuentra unos papeles escritos en lapicero. Recortes de diarios *La República*. El periodista Pedro Yauri. Asesinado en Huacho. Ángela deja el papel. Mira hacia el baño. El ruido del agua continúa.

Abre el cajón, ve una carta. «Me comprometo a servir a la institución bajo todas las órdenes de mi superior y cumplir con todas las reglas de...» Ángela mira hacia atrás. Beto ha apagado la ducha. ¿Se quedará como siempre a peinarse y vestirse dentro del baño? ¿Ella debe huir, debe esconderse? Ve el ropero, el saco negro colgando. Busca en el bolsillo. Encuentra un carnet, la foto de Beto, Alberto Maro.

Ángela se aleja. Se queda parada, mirando el ropero. La puerta se abre, rebota en la pared. Un escalofrío de miedo. Es su hermano.

—¿Qué haces acá?

Lo mira, oye la voz de su madre que la llama.

—¿Quién te ha dicho que entres a mi cuarto?

La rabia la protege, la hace alzar la mano.

—¿Qué porquería es esto, Beto?

Beto se acerca, le quita el carnet.

—¿Qué te pasa? ¿Qué haces acá revolviendo mis cosas?

—¿Tus cosas? ¿Éstas son tus cosas, Betito?

252

–¿Qué has visto?

–Todo, Betito. Ya vi todo.

–¿Ah, sí? ¿Qué has visto?

–Lo que eres, la cochinada esa que tienes allí.

Beto la empuja. Ángela siente el golpe en la cabeza.

–¿Qué haces viendo mis cosas, oye?

–¿Cómo has podido meterte en esta cochinada, Beto?

Beto alza el brazo, tiene los ojos inyectados.

–¿Cómo crees que conseguiste la chambita en tu periódico, hermanita? El Pacho te la dio, pues. Él me consiguió a mí también. Sin esa chamba estaríamos muertos de hambre, Angelita. ¿O tú crees que con la bodeguita de mamá...?

–Qué horrible, Beto. Qué horrible.

Ella sale del cuarto, llega al corredor, él la sigue, la alcanza, la zarandea en los hombros.

–Ahora mismo vas a decirme quién te ha contado, carajo.

–Suéltame, suéltame, maricón.

–Ahorita mismo vas a decirme, cojuda. ¿Quién te ha contado?

–Suéltame, Beto, suéltame o no te digo nada.

La empuja, ella baja las manos, trata de amortiguar la espalda.

Beto se detiene, está jadeando, la mira.

–Qué tal cochinada en la que te has metido, Beto.

–¿Qué cochinada? ¿Por qué? ¿Y tú?

–¿Yo qué?

–¿Quieres que yo también le cuente a mi mamita lo que hacías con tus machetes, ah? Puta, ¿tú crees que yo no sé? Ellos mismos me contaban. Ellos me contaban cagándose de la risa. Entre patas no hay secretos, oye. Yo sé que te ibas con Percy al hostal de Túpac Amaru, ¿tú crees que no sé?

Ángela corre hacia su cuarto, Beto la sigue, la alcanza y la tira contra la cama.

–Así que bien pendeja habías resultado, ¿no?

–Vete a la mierda, huevón. Ándate de aquí. Déjame o le cuento todo a mi mamá.

Él se detiene, mira a un costado, pone las manos en la cintura. Voltea hacia ella. Está jadeando.

—Está bien ya. Dime nomás quién te dijo.

—Todos saben, Beto. Un montón de gente te conoce, huevón. Además yo misma te vi. Vi unos videos.

—¿Videos?

—Tú y otro pata torturando y matando a un tipo. A un juez. ¿No te acuerdas?

El golpe le da de lleno en la mejilla. Siente la cara abrasada. Cae hacia un costado, se toca.

—Maricón de mierda —susurra.

Una sacudida, las dos manos en los hombros.

—Dime, Angelita, dime. ¿Qué video? ¿Dónde está ese video?

—No lo tengo.

—¿No? ¿Y dónde está? ¿Quién lo tiene?

—Alguien que ojalá no te reconozca, huevón. Por tu bien.

La sangre humedeciendo los labios, las gotas acumulándose, dos, tres, sobre la frazada.

—¿Quién?

Los ojos cristalizados, el aliento de perro sobre ella.

—¿Vas a torturarme a mí también para que te cante, Betito?

—Puta madre, que eres una cojuda de mierda, una cojuda, puta madre.

La pared se mueve y Ángela se sienta en el colchón. Mira detrás de su hermano. Tiene los ojos fijos. Siente los golpes en la cara, uno tras otro, uno tras otro.

Alguien acaba de entrar al cuarto.

Beto voltea.

Gabriela está parada junto a la puerta.

El viaje había sido rápido, el paisaje de cemento en la avenida, la navaja saltando en cada hueco de la pista. Un papel con una dirección, el asiento roto y reclinado, la calle de ruidos, los rectángulos de tierra, las puertas, la reja, el número que buscaba. Se baja del taxi. Encuentra una cabina telefónica, lo llama, nadie contesta. Suena otra vez. Nadie, nadie. Camina hacia la casa. Es el espacio abierto de una bodega. Allí vive. Va a entrar, se pone los anteojos negros.

Camina hacia la puerta. No sabe lo que va a hacer, no sabe qué va a pasar. Quiere verlo, quiere ver a ese hombre. Saber si vive allí, por qué no le contesta el teléfono. De pronto, un mostrador de vidrios y fierros, el rostro arrugado y redondo de una señora, sí, ¿qué desea?, la enredadera de bolsas, el mural de gaseosas, la voz vacilante de la señora, ¿sí?, es mi hijo, sí, voy a pasar, oye la voz de Ángela, ¿es la voz?, otra voz que se superpone a la de ella, una voz que grita, un ruido de golpes, Gabriela avanza detrás del mostrador, pero espérese, señorita, un momentito. Pasa detrás de la cortina. Las piernas solas como una mano que la lleva por el aire, un corredor, unas plantas colgando, doblar y encontrar una pared, una puerta abierta, Ángela llorando, gritando, parada junto a él.

Gabriela la mira. La cara alzada de Ángela, el hombre a su lado está diciendo algo, tú quién eres, qué haces aquí. Uno de los asesinos de Guido es ¿hermano, novio, esposo? de Ángela. El tipo la mira de pie: es alto, la cabeza redonda como una pelota, los ojos macizos. Es el mismo, el que ella ha visto de perfil.

–¿Y tú quién eres? –sigue insistiendo el hombre.

Gabriela se acerca. Un silencio inmóvil se ha formado dentro del cuarto. Gabriela ve al hombre gritar algo que ella no oye. La idea de sacar la navaja y de degollarlo allí le parece tan natural que se lleva la mano a la cartera. De pronto oye la voz de Ángela. No sabe lo que le ha dicho pero el timbre de una voz conocida le desmantela el cuerpo. Aun así logra sacar la navaja. Esta vez oye un grito. Ve al hombre salir del cuarto y siente un extraño terror en las piernas. Va a huir, huir de allí.

Pasa junto al cuerpo ruidoso de la señora. Camina hacia la avenida.

Los ómnibus avanzan junto a los postes, hay un ruido continuo de tráfico, como un lamento.

Se para en una vereda vacía, bajo un poste. Ve un taxi junto a ella, abre la puerta. Cierra los ojos y de pronto se da cuenta de que está en su calle, en su casa, se sienta en la sala, camina de un lado a otro.

Sube la escalera, se lava la cara, se peina, se ducha, se peina otra vez, se pone el traje, baja la escalera, llega al patio.

Aramis está sentada junto a las macetas. Hay una línea segura que la conduce a la puerta, la prolongación natural de esa línea que han hecho sus pasos por la casa, la línea marcada de su cuerpo. Coge la navaja, la tira al basurero, abre la puerta contra el gris de la tarde, empieza a correr.

Montesinos enciende la pantalla, se mira entregando un fajo de billetes, se concentra en las cesiones en la cara del congresista que acepta el dinero.

El cuarto oscuro apenas se ilumina con la pantalla. La televisión es el sol de ese universo negro. Él es el centro de la televisión. Estira las piernas. La oscuridad del cuarto hace más ancha y profunda la mirada. La oscuridad es su hogar. Desde ese agujero puede ver pasar presidentes y ministros y asesores, todos reducidos por el fulgor de la vida pública. La grandeza de la oscuridad es suya. La luz descubre y vulnera, empequeñece los cuerpos. Él sabe, Vladi, que la verdadera vida es el secreto. Dios existe porque nadie lo ve. El que puede ver y no ser visto. Eso soy. No un hombre. Una fuerza, un rayo oscuro, permanente. Un ángel de humo blanco se confunde con la neblina.

La humanidad es una masa densa de sudor y lágrimas, arrepentimientos, pestilencias, necesidades; la carne es blanda, el agua de la que está hecho el cuerpo se somete a la dureza de los alrededores. El largo, silencioso gemido de una vida sólo puede paliarse con epifanías de sexo o de dinero. El hombre es un ente servil, un bicho que esencialmente inclina la cabeza. Bastan unos cuantos gritos y un fajo de billetes para encauzar la fila de cuellos, bajar los brazos, alinear las mentes. El dios de los hombres es la certeza en cualquiera de sus formas. La manada humana explora, se desconcierta, mira de un lado a otro, espera, busca un líder, una figura celestial que le entregue una sola certeza: una olla de comida, un atado de ropa, un techo y un piso. La masa va a seguir a ese líder, va a establecer su gloria, poner su corazón de rodillas, bajo los pies del líder que le asegure esas certezas. Fujimori es tu líder hoy, ¿y mañana?, Laura Bozzo, Boloña, Salas. La esperanza es una emoción tan segura: querer lo que uno necesita. Desde la oscuridad, el mundo es tan claro. El observatorio de la oscuridad. ¿No sabe todo? El poder es administrar el silencio.

Apaga la pantalla. Hora de peinarse. Esta noche va a salir.

Corre alrededor de la manzana, por el parque. Por fin se detiene. Va a regresar. Abre la puerta de la casa.

Lo había reconocido. ¿Quién era? ¿El hermano, el esposo de Ángela? ¿Ella lo había sabido? Ahora parece claro. Dos hermanos viviendo con su madre. Él trabaja en el gobierno, ella en un diario chicha. Ángela la ha ayudado sin saber que su hermano... ¿Es así? Cierra las cortinas. ¿Van a averiguar dónde vive? ¿Van a buscarla?

Prende la televisión, Nora se sienta a mirar. El señor Barriga llega al callejón con la maleta, la Chilindrina llora agitando los brazos, el profesor Jirafales pregunta cómo se dice pájaro en inglés. Las imágenes aparecen y se esfuman entrecortadas con la cara pálida de Ángela, los ojos macizos de Alberto Maro.

Cambia de canal varias veces. Inclina la cabeza y se encuentra de pronto despierta, la ventana encima. Mira el reloj. Son las nueve. La ducha la cubre, la rodea, la protege. Abre la puerta, sale chorreando agua, baja las escaleras. Se sirve y se termina un vaso de ron. Ve la mano temblando. La siente de pronto como un objeto extraño, ajeno a ella. Se arrodilla junto al basurero, hurga entre los restos de papeles, encuentra la navaja. La abre y la cierra. La frase, la voz de Montesinos. Voy a

257

mandar por ti. La cita es hoy. Hoy por la noche. Sube a vestirse.

Fieles, fuertes, convencidas, agradecidas, necesitadas. Matilde y Maruja. Una guardaba la plata, la otra llevaba la agenda, administraba las llamadas. Eran amigas, una alianza de madres postizas, una gruta doble hacia donde regresar después de las putas y de las parejas, después de las amanecidas con whisky en el hotel. Había rescatado a Maruja del pasado, la secretaria de su padre es su secretaria, él está viviendo la vida que su padre debió haber vivido, la vida con una gran oficina, mostrándole a Maruja lo que su papá no fue pero quiso para él. Mati es una esposa y una madre en esa nueva familia, ella es parte de él, tiene su plata, es testigo de sus encuentros con otras mujeres, Matilde aún después de estar tanto tiempo con Jacqueline (la semana pasada en Moscú con las dos, cuando peleaba con Jacky, cuando Jacky había querido ir a la recepción con el escote tan bajo, cuando él le había tocado la puerta a Mati, y ella le había dado su pastilla). Mati es la esposa-madre-tesorera y Jacky es la amante. La única mujer con la que siente la comodidad de hablar. Ella. No Jacky. Ella. ¿Mati lo va a proteger? ¿Alguien vendrá por él un día? ¿Vendrá a matarlo alguien? Buscar a otra mujer. Ilusionarse con esta mujer que va a venir. Otra mujer que no sea Mati o Jacky. Esta noche. La mujer que se niega, mostrarle su dominio, la certificación de su cuerpo, devorar otro cuerpo con el suyo.

Se echa, se enfrenta a la blancura del techo, se levanta, se toca las piernas, embolsa el sexo con una mano, se lo frota, se para frente al espejo, Matilde aparece en el umbral, ponme bien, murmura, ella regresa con el peine, la laca, el terno azul marino. Se sienta. ¿Vas a salir?, afirma ella. ¿Pero no con la Jacky? Qué bueno. Cómo te jodió en el viaje. Ya déjate de cosas, dice él. Péiname y arréglame. Ahoritita, dice ella. Estoy molesta contigo. Ya no me jodas. Ya, está bien, pues. Voy a peinarte. Bien guapo vas a quedar, vas a ver. Tú te lo mereces, Vladi.

Gabriela llega al lobby, mira las hojas altas, saluda a Vanessa, recibe la llamada de una agencia de viajes: cien dólares, incluye el desayuno-bufet, hay una suite de trescientos. Sí, gracias a usted.

Entra al baño. Se mira al espejo. Está lista. ¿Está lista?

A las once Doty cruza la puerta.

Gaby la besa. Le sonríe, le habla en voz baja.

—Vamos a sentarnos aquí.

Doty la sigue.

—Tengo que venir hasta acá a buscarte, hijita. No te vi en la academia. En tu casa ni contestas.

—He estado ocupada.

Doty se apoya en el cojín.

—Claro. Claro que sí. Bien ocupada has estado. Anoche por ejemplo, ¿no? Te llamé y no me llamaste. Ni la tos. No te vi para nada, oye... Puta madre, puta madre —mueve la cabeza a ambos lados, el ruido de un lamento no de un insulto, la rajadura de lástima en la voz—, puta madre, Gabriela, la cagaste conmigo, Gaby. No eres la única. Siempre todos se aprovechan de la vieja Doty.

—Lo siento.

—No es cuestión de lo siento, oye. Tú querías entrar a trabajar en un hotel, te aprovechaste de la vieja Doty y después me tiras perro. Así fue, ¿no? Dime la verdad, pues. Mañana mismo les digo que te boten de acá, ya sabes. Y después te vas a joder de verdad, vas a ver.

—No te pongas así, Doty.

La mano juega sobre un cenicero. La mesa de cristal refleja a Doty alargada, deforme, la sonrisa furiosa de un lagarto. Las uñas largas mueven el cenicero de un lado a otro, de un lado a otro. ¿Debía escapar antes de que la golpeara?

259

–No te asustes, hijita. No te preocupes. No voy a hacerte nada.

Gaby la mira, busca un tono claro, recobra la voz.

–No tengo nada contra ti. Lo siento.

–¿Vas a abandonarme?

–No.

–Puta, qué mentirosa.

Doty estrella la mano en su mejilla. Gaby la ha visto venir y le ha puesto la cara al golpe. Soporta el dolor con un brote de humedad.

–Perdón –le dice Doty–. Perdón, ay, es que me gustas tanto, mi vida.

Gaby se levanta.

–Ven aquí.

–¿Qué quieres?

–Dime que vamos a vernos.

–Ya.

–¿Cuándo?

–Mañana si quieres.

–¿A qué hora?

–Llámame. Vamos a vernos de todas maneras, no te preocupes.

–De mí no te burlas, huevona.

–Ya.

Doty se levanta. Saca las llaves del carro, las enrosca, las hace sonar. Da media vuelta.

–¿Quién es esa mujer? –dice Vanessa.

–Nadie. Una loca.

–Oye, ¿ésa no era Doty Pacheco?

El teléfono suena. ¿Es él?

–Hotel América, buenas noches.

–¿La señorita Gabriela Celaya?

–Sí.

Una voz de mujer.

—El doctor te va a mandar buscar, mamita.

—¿Quién?

—El doctor. Para que vengas aquí, a Chorrillos. El chofer sabe. En una hora va a ir.

Mira la alfombra, mueve el lapicero sobre la mesa.

—Ya —dice—. Entonces lo espero.

Cuelga, alza el teléfono, se lo acerca.

¿El señor Javier Cruz? No, él ya se fue, ¿de parte de quién?, no, no importa, yo llamo más tarde. Se para, llega al baño, llama al celular de Javier. Una grabación monocorde, un ruido. Sale a la vereda, dos carros negros con televisores, va al comedor, pide un vaso de vodka, sube al baño. En las escaleras encuentra a Miriam, una ex profesora del colegio. Qué haces acá, flaca, nada, trabajo aquí, ya nos vemos. Piensa, ¿debo correr?, ¿debo irme?, ¿debo salvarme? Termina el vaso. Llega a la sala de entrada, marca el número. Delia, qué haces. Hola, Gaby, qué haces, nada, y tú, estás bien. Sí, todo bien. Qué te pasa, Gaby. Nada, nada, estaba aburrida aquí nomás, ya, bueno, dónde estás, aquí en el hotel, te dejo. Oye, ¿estás bien, Gaby?, te noto bien alterada. Sí, ya nos vemos. Aprieta otra vez el celular de Javier. Es su voz. Es él. Es él. Hola. ¿Puedes venir un ratito? Urgente. Una pausa larga. Ya.

Se para, llegan dos turistas japoneses, les explica, los manda a las habitaciones, llama a su casa, le contesta Nora, ¿todo bien? Sí, sí. Todo bien, señorita.

Javier en la puerta. El impulso de pararse. Se acerca, lo coge del brazo, lo lleva a la calle, un velo de humedad, nadie en la vereda, nadie en la esquina.

—¿Qué pasa?

—Mira, Javi, voy a salir ahora. Si no te llamo en la mañana, haz algo por buscarme, ¿me entiendes?

Su voz apenas en el ruido lento, ansioso del tráfico, Javier la sigue en la suavidad de su determinación, el cuidado con el que se calla.

—¿Qué vas a hacer?

—Montesinos me ha llamado para estar con él. Voy a ir pero no sé, me muero de miedo, pero voy a ir.

261

—No seas loca, Gaby. Por favor.

—Ya hice todo hasta aquí, Javi.

—¿Y?

—¿Y? Nada. Quería verte un ratito, y decirte que no sé, no sé qué quería decirte, pero...

La cara se ilumina.

—En este momento coge tus cosas, cruza la puerta y regresa aquí. Ahora mismo. Yo te espero aquí.

—¿Me esperas aquí?

—Sí, coge tus cosas y ven, Gabriela. Ven aquí. Salte del hotel y súbete a mi carro y vámonos.

Ella lo mira, los ojos lucen enormes, hay una reverberación de las luces de la calle, un punto blanco, Gabriela baja la cabeza.

—Hazme caso, Gabriela. No vas a poder hacer nada. Te van a matar. Mañana amaneces muerta, Gabriela. ¿Quieres morirte de verdad?

Ella da un paso atrás.

—Si me voy contigo —dice ella—, no me lo voy a perdonar nunca. No voy a poder vivir tampoco.

Gabriela baja los ojos, da media vuelta y entra al hotel. Él da un paso adelante pero se queda en su lugar, la sigue con la mirada.

Javier piensa que esa figura de rojo que desaparece tras el vidrio, como entrando a un espejo en el tiempo, como si hubiera escapado a una dimensión donde él no va a seguirla, es la que va a recordar con más frecuencia desde entonces, acaso la que ella le deja como herencia a su corazón. Se queda de pie. Ve un carro estacionarse, ve bajar a un hombre de frente cuadrada, siente un escalofrío en la garganta, van a verte, te van a reconocer, ponte a un lado y déjala, ve al hombre tras los vidrios junto a Gabriela: ella asiente, se levanta, sale hacia la puerta, pasa a su lado sin mirarlo.

La luz ámbar se acerca, parpadea, pasa por encima. La noche continúa. Postes encorvados, faros rojizos, una delgada línea blanca.

Junta las piernas. El chofer a su lado es una silueta vaga. Delante de ella, un vértigo horizontal: paredes desolladas, dos hileras luminosas, Kola Real, Mirinda, bocaditos Chipy's, el carro acelera, como marchando hacia un abismo.

El chofer frena, se detiene junto a un microbús. «Trabaja y no envidies», dice, las letras se inclinan hacia la derecha, apuntan al foco resquebrajado, forman una ola entre manchas color óxido. Más arriba, dos caras en la ventana de relámpagos que la observan desde una distancia congelada, un museo de la melancolía. Ella golpea el vidrio con la uña toc toc. El microbús avanza, la pista se abre, ¿vas a poder? ¿alguien sabe, te han descubierto, te están siguiendo? Toc.

No distingue la forma del zapato, mueve las piernas, se repliega en el asiento, lejos del hombre que maneja a su lado. Saca el espejo, se peina, el maquillaje le ha aclarado la piel, le ha fijado los ojos, la pintura cristaliza los labios toc toc.

El mundo va a detenerse, van a llegar, falta poco para que ocurra, ¿falta poco para que ocurra? El grifo a la derecha, las paredes rendidas, agonizantes de mugre blanda, el poste con la luz más cruel de todas las calles del mundo: un resplandor que baja como una cuchilla, la sangre amarilla del cemento. El carro se detiene junto a un farol y una reja.

El chofer espera. Un guardia incierto se acerca, inclina la cabeza. La luz sesgada de lluvia, un murmullo de lija.

–Viene para el doctor.

–¿Su nombre?

–Es la señorita Celaya.

Un músculo se aplasta en la cara del guardia. Abre un espacio del ancho del carro. La fachada, el patio, la manija redonda como un puño. Un gran salón. Un círculo de mesas. La orquesta tocando una salsa. Pisa, endereza las rodillas, alza la cabeza, camina hacia la escalera. Entra en una masa de viento.

Llega a un salón con mesas, un estrado, una barra, una serie de columnas doradas. Tres mozos de saco negro pululan junto a las sillas. Gabriela se acerca. Un muchacho –cara triangular, pelo en forma de casco, ojos lánguidos como velas– le señala el corredor. La salsa vibra en un parlante. Hay dos parejas que bailan.

Los manos expeditivas de un tipo que le abre la cartera, tiene brazos de boxeador, le toca la ropa.

–Venga.

Lo sigue hasta otra puerta. Entra a una suite: paredes celestes, bustos blancos, una alfombra granate, vasijas plastificadas, una cama de barrotes amarillos, las hélices redondas de dos caños, una planta colgada.

Se sienta en la cama. Extiende las manos. Mira la puerta. ¿Se abriría pronto? ¿Entraría, la abrazaría, la besaría?

El breve tambor de pasos. La puerta se abre. No es él.

Un hombre: el pelo encrespado, la barra sucia del bigote, una arruga de tela negra. Recorre el cuarto, toca las cortinas, entra al baño. Hace todo mientras habla por el teléfono en voz baja, como un cura que confiesa.

El tipo apaga el celular. Se aparta. No la ha revisado. No la ha revisado. Gabriela lo ve salir.

Espera sentada, columpiando una rodilla.

Él aparece. Terno azul, camisa granate, peinado redondo, una mueca risueña. Como si fuera una revelación del subsuelo.

No puede apartar los ojos. El cráneo húmedo, las mejillas altas, los ojos secos de ofidio, la nariz afilada, la piel de escamas y puntos, el grosor de la sonrisa. Lo ve acercarse, tocarla en la mejilla, decirle mi amor, mi amor, mi amor, mi vida, viniste por fin, ahora sí, vidita. Una camisa con una abertura en forma de V que lo horada, una tela decorada por botones anchos, como medallas. Un perfume azucarado cuando la rodea con los brazos.

Le insiste con la boca ahogada en la piel, qué linda eres, mi amor, por fin, mi amor, por fin. ¿Y qué hiciste estos días? Cosas del gobierno, siempre las cosas del gobierno, los viajes que me tienen esclavo, oye.

Él se aparta. Se abre el saco, se deshace la corbata. ¿Bailamos? Pone un CD. El piano lento. La voz canta *Only You*. Él se acerca, la sostiene, se mueve con ella. La música termina.

Gabriela lo toca: el placer viscoso de la tela, el abandono en el hombro, el buceo de la carne tibia. Rendirse, alzarse. Tocarlo en la lentitud, en el silencio. Esperar con la dureza de la repugnancia, de la nostalgia, besarlo con los ojos impunes. Igualar su energía, prolongar el pacto con su aliento, ponerse la corona de reina. Baja el brazo, siente el filo de la navaja entre las piernas.

Entonces el mundo da un salto y el cuerpo se acerca a ella. Lo ve encima. Ella lo aparta, lo abraza.

–Vladi. Vladicito cabro –susurra en el oído, restrega las manos.

–¿Qué?

–Cabro. Asesino de mierda.

Se incorpora, la mira, los brazos de carne zafada, la cara mustia.

–Carajo, quién eres –la sostiene.

–Vladi, asesino de mierda.

El golpe la turba pero no la hace bajar la cabeza.

–Puta, ¿quién eres, carajo? Te jodiste.

–¿Vas a matarme o qué vas a hacer, maricón?

El golpe. Su propio grito. Una rápida oscuridad. Se para frente a él, se queda de pie mirándolo, siente la humedad en los dientes, el traje rojo que va creciendo, se imagina como un espectro iluminado.

–¿Quién eres?

–Tú –susurra–. Soy tú.

Entonces ve la línea que debe atravesar: la línea junto a la garganta de ese hombre. Logra abrir la hoja, logra acercarse, logra apretar la mano, pero el brazo se queda detrás de esa línea, el brazo no hace lo que la mano ha empezado, una renuncia de miedo o de cansancio, y un misterioso estallido de pena que la paraliza: la certeza de que no va a poder cumplir con el otro extremo, de que no va a alcanzar el envío, no va a cubrir el aire, no va a llegar a la distancia de ese cuerpo. Se asombra de comprobar su repentina debilidad, saber que no va a matarlo pero que va a morir, y casi se alegra de sentir el frío del brazo que la invade.

El cuarto se abre, recibe el abrazo de atrás, la caída, la pica-zón de la alfombra en la cara. La navaja salta hacia una esquina junto a las paredes que se nublan.

Un ángel rojo fuego aparece en el aire, él está suspendido al borde de un edificio, el abismo abajo, al fondo tiene el mapa, recortado y relievado como en los mapas del colegio, los Andes alzados en una cordillera, él está a punto de caer y el ángel rojo abre la cara en una sonrisa larga, de dientes negros, los ojos se le inflaman, una carcajada negra, el ángel señala hacia abajo y hacia él y se sigue riendo, su risa es un crujido.

Alguien que quiso matarte, una mujer que regresó desde alguno de los cadáveres que dejaste atrás, una mujer que pudo ser otra y otra, Vladi, cuántas más al otro lado, sentiste el filo de la hoja, una mujer que ha venido, que puede volver a cortar-te, tienes a alguien siempre de allá que se infiltra, que llega has-ta tu cuerpo, dónde están tus guardias, quién te protege, hasta dónde, ¿siempre así?

Montesinos sale al corredor, qué pasa aquí, de donde salió esta mujer, llamen al hotel, llamen a Doty, carajo, y tú, le dice al guardia, consígueme otra hembra ahorita, pero ahorita.

¿Habría regresado? Javier se despierta sentado en la cama. Se levanta, toma un vaso de agua, mira el teléfono.

Marca. Un timbre, un silencio, un timbre. La voz sucesiva. «Éste es un mensaje grabado.» Vuelve a marcar. Es la casa. Contesta una voz de mujer. Soy Nora, la enfermera de la seño-ra. La señorita Gabriela no está. No sé. No ha venido. Su mamá no se ha despertado. Pero ella no ha venido, señor. Vuel-ve al dormitorio. Ve a Marita dormida. Regresa al baño. Se vis-te. No levanta la cara junto al espejo, se ducha, siente la voz so-bre el granizo de gotas. ¿Qué haces? ¿Qué te pasa? ¿Por qué te vas tan temprano? Tengo una reunión, un desayuno. La soltura al hablarle, la clarividencia de inventar fantasías verosímiles. El corte de la navaja en la mejilla. Entrar al cuarto, mirar a Paola, despedirse con un beso, bajar las escaleras, ¿no quieres que te haga un cafecito?, dice la voz antes de la llovizna, el motor del carro, la piel caliente, la dirección de Artemio en el lapicero de Gabriela. Mira el mapa en la guantera.

La fila de ferreterías, bodegas, tiendas, una torre de canastas, un racimo de escobas, las calles avanzan lentamente, techos bajos, ventanas de rejas, paredes verdes, azules, blancas, puertas de madera, encuentra el número, se baja, espera, aprieta el timbre, nada, nada, golpea la puerta, el puño lateral, un camión de fierros, el chofer voltea a mirarlo, algo se mueve tras la puerta, aparece un tipo de ojos blandos, orejas largas, el pecho abombado, ¿tú eres Artemio? No se mueve. Es él, es él. Quiero hablar contigo.

La cara se ablanda, un amago de sonrisa.

–¿Tú eres el de la televisión?

–Sí, yo era amigo de Guido.

–Ah...

–Tienes que ayudarme, Artemio. Ahora sí.

–¿Qué pasa?

–Gabriela está en problemas.

–¿Qué?

–No volvió anoche a su casa.

–¿Por qué? ¿Dónde está?

–No sé. Hay que buscarla.

–¿Dónde?

–En el Servicio de Inteligencia para empezar.

Artemio sonríe con las manos alzadas.

La puerta se mueve. Un niño. Un niño de pelo corto, ojos tiernos, papi, ¿qué pasa? Ándate adentro, hijito. Pero qué. Te he dicho que te vayas. Javier mira hacia la espalda del niño. Se queda solo con Artemio.

–¿Y por qué allí? –continúa.

–Gabriela fue a ver a Montesinos y no ha regresado.

–¿Dónde está?

–Fue con Montesinos y no ha vuelto, ¿no me entiendes?

267

Baja la cabeza, se frota la nariz, lo mira.

–¿Fue y no ha vuelto? ¿Adónde fue?

–No sé. Hay que encontrarla.

La mano sucia en la boca, el golpe de tos, los ojos derivados a la pared.

–Imposible. Si fue con Montesinos, imposible.

–¿Cómo que imposible?

–Nada. Si no ha regresado es porque sigue con él o porque está muerta. Ya olvídate. ¿Cómo hizo algo así?

–Mira, Artemio. Averigua todo lo que puedas. Y dame tu número que te voy a llamar, ¿me entiendes?

Artemio lo mira.

–¿Sabes adónde se encontró con él?

–No. No sé.

–A ver si puedo averiguar algo.

Javier sale a la calle, aprieta el celular.

–Aló, ¿con la señorita Ángela Maro, por favor?

El baldazo de agua. El ruido en los dientes. Las manos apretadas, dos cabezas sobre ella. Una cara de pelo crespo agrandándose, dibujada por la luz; la otra un tipo redondo, calvo, de boca de muñeca. Una voz astillada que entra y sale de la risa.

–Hola, amorcito. Gusto de conocerte. Cuéntanos una cosita ahora. ¿Quién te mandó donde el doctor? Dime, pues, no seas malita.

Apenas comprende que le habla a ella. Apenas puede verlo.

–¿Quién te mandó? Dinos, pues, cuéntanos, no seas así, mi vida.

–Yo misma me mandé. Yo misma.

La fulminación de la mano. Llora no de dolor sino de asombro.

Una masa tibia le alza la cabeza. Siente los dedos abriéndose paso en la humedad de la sangre.

–Escúchame, amorcito. –El pelo crespo se tiñe, se disuelve–. Habla nomás, bien tranquilita. Por tu bien, mi amor.

Una súbita ola de indiferencia. Está tan lejos.

La pista se abre por la izquierda, las filas de microbuses anaranjados, azules, marrones, a la derecha, la fila de postes, el semáforo en verde, la velocidad del asfalto, correr, correr, seguir, doblar a la izquierda en Las Palmas, llegar al fondo.

—Quiero ver al doctor Montesinos.

La cara del guardia.

—¿Quién es?

—Prensa. Soy del canal. ¿No me reconocen, oye? Soy del noticiero.

El hombre alza el teléfono.

—No. El doctor no está.

—Bueno, voy a esperarlo entonces.

El celular vibra en el bolsillo.

—¿Qué?

La voz de Tato.

—¿Dónde estás? Te están buscando hace rato. Vente al canal, oye.

—¿Qué pasa?

—Vente nomás te digo.

No supo cuánto tiempo había pasado. Tuvo un instante de lucidez y alcanzó a pensar que no la sostenía el coraje sino la resignación. Pero adivinó el miedo de Guido con otros dos tipos unas semanas antes y se sintió reconfortada. Cuando los oyó reírse tuvo el alivio de saber que la consideraban un juguete, una pelota en manos de dos bebes desquiciados. Pensó que debía intentar disolver su conciencia, entregarse a ellos, aceptar convertirse en un objeto para olvidar que estaba allí.

Pudo ver sus propias piernas: estiradas, largas, lejos del cuerpo. Buscando acumular la energía dispersa a lo largo de su vida, se propuso morirse, y se encomendó a su madre y deseó fervientemente encontrarse con ella, no su madre de ahora, no su madre enferma, no su madre rendida a los olvidos y las siestas, se encomendó a su madre de diez años antes, su madre joven y risueña y locuaz regresando a la casa con su papá, saliendo a misa con ella, tejiendo ropones para su primer nieto, sentada con la mesa del desayuno puesta. Esa madre junto a Guido en su casa del futuro, en un tiempo ilusorio que había sido real, un tiempo que no le alcanzaba, pero que había sido el tiempo en el que Guido y ella iban a estar un domingo en la tarde con la música en la sala mientras ella jugaba con el hijo de ambos, un niño parecido a él. En ese momento sobre las voces y los remezones en la cara vio la escena construida con precisión. Los cuadros en la pared, el color de la alfombra, el reloj de madera. Ella, el niño y Guido. Se sintió tan avasallada por la realidad de su esperanza que supuso natural morirse con la convicción de esa imagen. Se acercó entonces a la infinita humillación de pedirles que la mataran. Entró al ruego liberador de un disparo en la cabeza o en la boca. Empezó a dar gritos exigiendo el derecho de morirse entre las carcajadas de ellos. No la muerte sino los protocolos de la muerte la espantaban, la falta de respiración, el ruido de la saliva, los espasmos del dolor sobre todo, la rutina del dolor. Comprendió que no iba a soportar enfrentarse a un final largo como el de Guido, nunca sería como él. Un nuevo golpe de sangre se mezcló con las lágrimas, el mundo se borroneó y de pronto ocurrió lo único que no esperaba.

Los dos hombres se alejaron. Una nueva voz había aparecido en la puerta. Una voz casi conocida sonó en la rendija. ¿Quién, quién?

—Choche, dice el coronel que vayan.

—¿Y qué hacemos con la costilla, compadre?

—Déjala allí nomás. Así me han dicho.

—¿Qué?

—Vamos que el doctor está llamando.

—¿Qué pasa?

–Me han dicho que aquí en la esquina hay unos alfajores bien ricos –dice Tato–. ¿Qué dices si vamos a comer unos alfajores?

–Ya.

Bajan la escalera, llegan a la bodega, el mandil gordo de la señora, dos Inca Kolas. Tato saca el celular, lo apaga, se lo deja a la señora.

Salen al carro.

–Por fin solos.

–¿Tú crees que de verdad tenemos los celulares con micrófonos como dicen?

–Así dicen. Bueno, ¿qué hacemos?

–Vamos a tomarnos un vodka acá en la esquina.

–Ya.

Llegan al Berisso, las hileras de sillas, hay una mesa con una asamblea de actores cómicos, un coro de carcajadas, los dientes alzados de saludo.

–¿Qué te pasa? Te ves hasta las huevas. ¿Tu mujer ya empezó a pegarte?

–No. Todavía.

–¿Qué te pasa?

–Estoy buscando a una amiga.

–¿Quién es?

–Una chica. Se metió en líos. Fui a ver a Montesinos. Pero no me recibió.

–¿Una amiga tuya fue a buscar a Montesinos?

–Sí. ¿Qué pasa? ¿Qué querías contarme?

Tato saca un cigarrillo.

–Una cosa muy jodida.

–¿Qué?

–Ya lo llamaron a don Ramiro, ya todos saben.

–¿Qué pasa?

–Hay un video de un congresista recibiendo plata de Montesinos.

–¿Ah, sí?

–Alguien se tiró el video y se lo han vendido a Olivera.

271

–¿Qué congresista?

–Kouri. Se ve que Montesinos le da plata para pasarse a su partido.

–¿Eso lo tiene Olivera?

–Eso lo tiene. Hay una conferencia de prensa en el Hotel Bolívar. Hay que estar atentos para el noticiero. A ver qué decimos. Don Ramiro está preocupadísimo, oye. Pobre viejo, pero bien hecho.

El mozo se acerca con dos vasos de vodka.

–Mucho ya se creía ese huevón de Montesinos. No creía en nadie. Ni en los gringos. A los gringos también les sacaba la vuelta, oye. Mucho se creía, puta madre, tenía que pasar esto, de todas maneras. De todas maneras. No pueden dejar solo a un huevón así a que haga lo que le da la gana. Hay demasiados cabrones en el mundo para dejar a un cabrón solito que haga lo que quiera. Es la historia de toda la vida, carajo. Los cabrones de verdad saben que tienen que mantenerse unidos. Montesinos era un romántico, carajo. Creía que podía estar solo el puta.

Javier termina el vaso en dos tragos seguidos.

–¿Y nosotros?

–Nada, pues. Seguiremos nomás.

–¿Qué va a pasar con el canal?

–Ya veremos, quién sabe. Hay que seguir chambeando nomás.

–Sí, pues.

–¿Sigues preocupado por tu amiga?

Despierta dentro del ruido de una camioneta, los golpes del piso, las mejillas duras, las ventanas negras a merced del motor. Tiene las manos y los pies amarrados. Toca el piso con la frente, la oscuridad, esta cosa negra sin forma que se acerca, que la rodea, que es ella, la furia de la máquina que la hunde en el otro lado del espacio, donde aparecen los susurros, ahora la puerta se abre y algo la desata. Está de pie, mira hacia abajo, está de pie, está caminando. Hay una pared lavada, una serie de barrotes.

Entra a una celda. Dos mujeres echadas, durmiendo. Se sienta en el suelo, se acurruca. Al otro lado, más cuerpos sobre cartones. ¿Dónde está? ¿Dónde? Inclina la frente. Cierra los ojos. Mejor así, que la oscuridad le pertenezca, que no sea la oscuridad de afuera, que sea sólo suya, mejor así. Ella sola en el aire negro que es suyo porque ha cerrado los ojos, no porque todo es negro a su alrededor. Por fin cede y vuelve a abrirlos. El traje rojo manchado, una de las mujeres que dice de qué fiesta te sacaron, oye, una risa larga, salivosa, la sombra se vuelve a echar.

Un largo olvido. Comprende que se ha vuelto a desmayar, ve el cono de luz blanca en las losetas. Una sombra en la reja. Alguien la está llamando, está diciendo su nombre.

La sombra se mueve, se aclara, se perfila.

Es Artemio.

Tiene una expresión de terror y de asombro, una mano aferrada a un barrote.

La mirada fija en ella.

Hay una guardia a su lado con unas llaves.

Artemio baja la cabeza. Se acerca, se pone en cuclillas. Gaby, toma, en esta bolsa está tu cartera, tómala y no digas nada. Párate y acompáñame. No mires para atrás, no voltees, sigue, sigue, sigue derecho nomás. La puerta está abierta, Gaby, sigue derecho y vas a salir a la calle del costado, allí nomás está, sigue nomás, yo te acompaño si quieres, ven, no te caigas, no te caigas, no llores, que no te vean llorando, Gaby, ven conmigo, sígueme nomás, el rectángulo blanco, las rejas y los vidrios.

De pronto Artemio se ha quedado. Ya no está. El mundo se llena de un ruido familiar, el aire se aclara, y Gabriela se encuentra de pie, ve la pared trasera del Palacio de Justicia, los barrotes y mallas de la carceleta, una playa de estacionamiento, la fachada del Museo de Arte Italiano. Comprende que es de día. Las palmeras, las ventanas del hotel, el ronquido tierno de los

273

buses. Está en la vereda, el mismo lugar, el lento paseo del tráfico, una mujer que camina cerca, vende alfajores, se le acerca, ¿no me compra?

Entra al corredor, sigue la línea recta, a la derecha, en la ventana a la izquierda, almorzar allí con Jacky, entrar al jacuzzi con ella, olvidar la noche anterior, quién era esa mujer, de dónde, quién, de pronto la cara del hombre canoso y lento, el único, mira lo que hemos sabido, mira, había aprendido tanto de la cautela de él. Si lo hubiera imitado mejor tal vez hoy no, piensa. Esto es muy jodido, ya todos saben, no hay modo de evitarlo. Qué pasa, ya dejaron un casete en Canal N en la mañana, ya hay que esperar nomás, Vladi. Hay que esperar, cómo pudo pasar esto. Es tu culpa, Vladi, tanto video, tanto video por todos lados. ¿Qué te creías, Vladi? Ahora, qué vas a hacer. Yo lo arreglo, yo lo arreglo. Cómo. Ya vas a ver. Esto no lo arreglas.

Gaby entra a la casa. La enfermera está bajando la escalera.
—Señorita. Estábamos preocupadísimos, señorita.
—¿Cómo está mi mamá?
—Ha estado bien la señora. Preocupada nomás porque usted no venía.
—Ya.
—¿Qué le ha pasado?
—¿Por qué?
—Mire su cara, señorita. Cómo tiene la cara. ¿Qué le ha pasado?
Entra al baño, se mira al espejo. Moretones, un ojo inflamado, manchas que la convierten en una extraña. El dolor reaparece mientras se peina, se pregunta si el pelo resistiría. Se quita los jirones de tela roja. Se pone el traje blanco. Sale a la calle. Un corredor furioso de carros, un ruido largo, la calle es un túnel, va a llegar al final, el taxi entra a la avenida Arequipa, los fierros pintarrajeados, los árboles sucios, los grupos en la

274

esquina. Las rejas del local de la academia, la puerta verde, el cristal rajado.

Pasa junto a la recepcionista, tuerce a la izquierda.

Encuentra a Doty en el escritorio.

—¿Qué haces acá? Ya me contaron lo que hiciste. Así que habías resultado una loca de mierda. ¿Cómo te escapaste? Cuéntame. Ahorita llamo para que te encierren. No sabes los problemas en que me has metido, oye.

—¿Sabes quién soy realmente Doty? ¿Sabes quién soy?

—¿Qué?

—Soy la novia de Guido Pazos. Tus amigos del gobierno lo mataron. Guido Pazos era mi novio, ¿me entiendes?

—¿Qué? ¿Que eres quién?

La voz le tiembla. Los ojos la miran como dos piedras.

Parte del cuarto se borra. Sólo queda Doty: la silueta de buitre, la nariz afilada, el peinado de miel negra. Entonces la figura se deforma y se nubla. Gabriela se acerca, encuentra la tela caliente y empuja el bulto contra la pared. Cuando la ve de nuevo la ha cogido de la cabeza. Le estrella una mano en el estómago. La ve caer, las rodillas dobladas, la cara inflamada de gritos. Gabriela levanta la mesita, la arroja contra la pared y ve impasible la explosión de ceniceros y animalitos de cristal.

—Voy a llamar a la policía. Ahora mismo —chilla.

—Sí, llámalos. Ya me conocen.

En la calle alza la mano. Cuando entra al taxi siente el extraño calor del asiento, el temblor rápido, el vidrio hecho relámpagos. El chofer la espera con la cabeza en alto. ¿Dónde la llevo?

Gabriela se baja del taxi frente al ruido de las olas. Ve el carro alejarse.

Camina por las piedras, siente el zarpazo del agua helada,

los tobillos se hunden en la masa de plomo, se deja caer. Sale nadando a la superficie.

El mar se extiende, una armadura helada que la protege, piensa que está entrando como por primera vez. Se echa hacia delante, cortada por la espuma, hasta quedar flotando de pie en la corriente. El renovado golpe de las piernas la impulsa contra los muros blancos, siente la fortaleza desesperada del pecho, el cuerpo erizado en la paz vibrante de la superficie. Empieza a nadar mirando la línea que corta el cielo: empujar hacia el fondo con brazadas largas, seguir hasta lo que parece el otro horizonte, el punto remoto en el que se unen el agua y el aire. Cruza el último promontorio y se encuentra en la soledad del mar adentro.

Está en el centro de un territorio infinito, marcado por los susurros, cada brazada es una nueva afirmación en esa euforia serena, esa efervescencia de hielo que la abriga. En el vértigo horizontal está avanzando dentro de un sistema luminoso, una gran telaraña blanca en el murmullo del agua, una red de crespones, el silencio resuelto en un corredor de resonancias, las voces de su madre que la alcanzan. Ven, Gaby, regresa temprano, no nos dejes, ven a vernos, amor, aquí está tu cama, ya es tarde, hora de que te acuestes, Gaby, hora de que descanses, mi vida, has hecho mucho, ven, cariño. La voz clara de Guido. Te extraño mucho, te veo más tarde, tengo ganas de abrazarte, nos vemos a la noche, la mano extendida, la voz de su padre, hola, ¿vas a llegar a la casa temprano?, te espero, no importa la hora pero que no sea después de la una. Cuídate, hijita, cuídate mucho. Veo la tele y te espero.

Mira la distancia, la franja de la playa empequeñecida de la que viene, la muralla de tierra al fondo. La superficie se acelera. No siente el agua ni el aire. Sólo su cuerpo que se ha ido.

El presidente entra al cuarto. Pon el Canal N, dice. La sala. El sofá. La lámpara. El doctor de costado, las piernas angulares, infladas, el congresista Kouri mirando de frente, el sofá y el sillón de cuero marrón, la pintura de bote y mar al fondo. El congresista le habla de los gastos de su campaña, el doctor le dice que debe pasarse al grupo del gobierno en el Congreso, ¿cuánto necesita?, diez o quince, ya, diez más cinco quince, el doctor saca fajos de los bolsillos, quince mil dólares, haga el anuncio que se pasa al grupo parlamentario pero hágalo mejor en agosto, sugiere Montesinos, el vidrio resuena, el rectángulo multiplicado de los billetes, Fujimori no ve a Montesinos sino a quienes lo están viendo.

El presidente coge el teléfono.

–¿El doctor?

La señora Maruja al otro lado.

–No sé, no sé dónde ha ido. Yo le aviso.

Cuelga. Llama al primer ministro.

–¿Qué vamos a hacer?

–No sé.

–¿Quién se robó el video? ¿Sabe?

Montesinos sale del escritorio. Afuera están la señora Maruja, los guardias, los conserjes, las secretarias, los capitanes. Los observa distante, comprimido.

–¿Quién de ustedes me ha traicionado? –exclama.

Algunos lo miran. Todos están allí. Todos menos Mati.

277

XXIII

Ángela mira el periódico, las letras que ella ha escrito. «Crimen en Los Olivos. Encuentran a gil en hotel bañado en sangre.» ¿Quién te dijo que pusieras eso?, le había dicho don Osmán. Era buena gente ese tipo. Era conocido. ¿Cómo le pones gil? Ah, pero eso me dijeron en el barrio, Osmán, que el tipo era un gil con las mujeres, me dijeron. Tony Gómez. Dicen que hablaba en inglés para seducir a sus mujeres.

La cara de batracio de don Osmán sale de la puerta y se acerca al grupo.

—¿Qué hacen todos aquí? ¿Un ataque de flojeritis o qué les pasa?

Algunos voltean pero nadie contesta. Don Osmán abre la boca y la deja así, mientras alguien dice: «Montesinos está que soborna a Kouri, oiga. Vea la televisión.»

Don Osmán vuelve a su oficina.

Javier se levanta, entra a la oficina de Humberto, allí lo espera don Ramiro, supongo que ya saben lo que va a pasar.

—Sí, lo del video —dice.

—Sí, bueno, vamos a hacer así. Vamos a entrevistar a Kouri, él va a dar su descargo. Va a decir lo que pasó.

—Pero no sé si vamos a poder convencer a nadie —dice Javier.

278

—Yo creo que sí, si lo hacemos bien, oye.

—¿Y qué vamos a hacer? ¿Dejarlo hablar nomás? —dice Jimena.

—Sí, Jimenita —la mira don Ramiro—, dejarlo dar su versión nomás. Dejarlo hablar. ¿Está claro lo que digo?

—Clarísimo —dice Javier—. Como siempre.

Se para. Don Ramiro lo observa.

—No estamos para bromas, Javier. No es momento de bromas.

—No es broma. Acá se hace lo que tú nos dices, lo que nos dicen tus amigos. ¿Por qué va a ser broma?

Javier sale a la calle, piensa en ir a la casa de Artemio otra vez. De pronto la vibración del celular en la tela. Antes de oír su nombre, el sonido de esa voz, la ascención de la pregunta, la música que regresa de la nada, el milagro del sonido.

—Javier.

—¿Gabriela?

Un viento de gotas tiernas. Acelera por la avenida Arequipa, dobla a la derecha, hace los intervalos del tráfico y se baja frente a la puerta. Ella le abre.

Se separan, la ve otra vez.

—Artemio me salvó, no sé cómo. Me sacó de allí.

Mira hacia un costado. Las manchas la avergüenzan, baja la cabeza.

—¿Has ido al médico?

—Sí. Dice que son moretones nomás. Se me va a pasar. Creo que voy a irme de Lima un tiempo, a algún sitio, no sé, a lo mejor donde mi prima, en Trujillo.

—¿Qué te hicieron?

—Me pegaron nada más.

—¿Y cómo llegaste aquí?

—Me vine en un taxi y después fui donde la Doty, la directora de la academia de secretarias, y me loqueé y me puse a pegarle y después de allí, no sé, se me ocurrió ir al mar y me metí, y luego no sé cómo después me salí, de repente estaba en la orilla y me recogió un taxi, y me tomé una pastilla y me dormí no sé cuánto rato.

Javier camina junto a ella, la escucha: el encuentro con Montesinos, el interrogatorio, la cárcel de mujeres a espaldas del Palacio de Justicia, la aparición de Artemio.

Están entrando al parque Villavicencio, un sendero de tierra entre las dos pistas. El viento empuja las ramas de los árboles, un murmullo sostenido que se sobrepone al ruido del tráfico. Encuentran una banca. Tres tablas verdes unidas por fierros, atrás los parches altos de hierba. Al lado un sauce. Unas palomas aterrizan en la plancha de cemento.

Los árboles forman un techo intermitente. Hay una cadencia sombría, un silencio puntuado de carros, bocinas, murmullos de palomas. Javier la mira una vez, voltea hacia abajo, ve los parches de tierra.

–¿Y cómo te sientes ahora?

–Me gustaría haber hecho algo, Javi.

–¿Qué podías hacer, Gaby?

–No sé.

–No podías hacer nada. Solos no podemos.

Lo que quieres hacer siempre es menos de lo que puedes, sigue pensando Javier, ésa es una ley de la biología social, lo hemos sabido siempre, hay gente que manda y gente que obedece en el mundo, eso no es novedad, y los que mandan siempre quieren matarte, o descartarte o desaparecerte o minimizarte, pero qué querías, Gaby, así es el orden de las cosas, el mundo es una estructura vertical, los de arriba y los de en medio y los de abajo, nunca hay dos individuos en el mismo nivel, esto es una escalera, el anarquismo es muy hermoso en teoría pero en la práctica es un zafarrancho de combate, anarquistas del mundo uníos y sálvese quien pueda, vamos, Gaby, estás viva, estás aquí, tienes esa suerte, eso ya es mucho, muchísimo, ya no sigas con tus delirios. La pena también es un delirio. Como la moral, como el amor.

—¿Siempre fuiste así, Javi? —dice como si adivinara lo que piensa.

—¿Así cómo?

—Así, siempre toda tu inteligencia alimentando tu cobardía.

Javier mira el trozo de hierba, ve una colonia de hormigas marchando en línea recta.

—El hecho de que extrañes a Guido no te da derecho a insultarme, querida.

—Perdona. No sé por qué dije eso.

El viento se ha detenido, la ve mover el pie arriba y abajo. Un perro blanco los ronda, parece querer acercarse a jugar con ellos. Por fin se aleja.

—Yo alguna vez fui un rebelde también en la universidad, ¿te acuerdas?

—Claro que sí.

—Salía a protestar todo el tiempo.

—¿Y cuándo se te acabó eso?

—No sé.

Javier cruza los pies.

—Mejor dicho si sé. Cuando me entró el miedo. O sea el miedo se mete como un virus y ya nadie te lo saca. No hay una vacuna contra el miedo, oye. Uno no nace con el miedo, dicen que te viene a los pocos meses o al año de nacido, así he leído en algún sitio. Te das cuenta que tienes algo, que eres alguien y que lo puedes perder. Cuando el miedo entra, ya no se va nunca y todo cambia. Uno renuncia a todo lo que más admira, a la belleza, a la inteligencia, a lo que considera el bien, y uno se entrega a lo que más odia, a la estupidez, a la injusticia, a la violencia, a todo eso con tal de no tener miedo, o sea con tal de no estar solo, o sea de no estar desamparado, de tener tu platita y tu casita y tu chambita y tu dormitorio y tu refrigerador lleno de cositas. Casi todos nos quejamos pero nadie se atreve a dejar su lugar, el lugarcito de mierda que piensa que tiene en el mundo, así como don Ramiro tenía un sitiecito asignado en el estacionamiento del SIN. Todo por un lugar, Gaby, todo por tu pequeño territorio. Todos quieren su lugarcito.

Un hombre camina cerca, un tipo vestido de otro siglo: el sombrero con una cinta negra, el saco con chaleco, la tela color plomo. El hombre voltea a mirarlos con los ojos furiosos y sigue su camino. Un pequeño grupo de palomas se mueve, murmura cerca, las patas largas y tensas.

—¿Sabes cuándo empecé a quererte, Javier?

—¿Cuándo?

—Cuando te vi el otro día en la televisión, tan compuesto y tan hipócrita. ¿Sabes lo que pensé? Que tú y yo somos lo peor, la misma basura, Javi. Yo siento a Guido casi como un extraño, tan perfecto él. Tú estás tan lleno de miedos y de hipocresías y tienes tantas pequeñas arrogancias. Somos iguales, o sea yo he fallado, y tú eres tan... o sea tan patético y tan tierno y tan bueno y tan inteligente y tan cobarde. Casi como yo, que estoy tan sucia y estoy tan triste y no sé. Soy tan despreciable también. Hasta tuve que acostarme con la directora de la academia, hasta tuve que matar a un tipo. Y después nada, sigo aquí y nada ha cambiado, y hoy está tan nublado por aquí, me siento tan mal y te tengo tanta lástima, y te quiero tanto, tanto. Me has visto hacer cosas horribles y has seguido conmigo, no sé por qué. A pesar de lo sucia que estoy, tú me hiciste sentirme querida, el día que me quedé dormida a tu lado por ejemplo, tú me cuidaste ese día. Quiero pedirte un favor, si puedes hacérmelo vas a ayudarme mucho. No dejes de verme nunca. Sigue con tu mujer y con tu hijita. Yo voy a seguir amando a Guido siempre pero no podría vivir sin ti, Javier.

Él mira hacia delante. De pronto se da cuenta de que están junto a la estatua de César Vallejo. El poeta es una cabeza de mármol negro deformada por las erosiones de la humedad. Sin embargo, esa tarde los ojos parecen haber cobrado una nitidez cristalina, rezagos del rocío de la madrugada. Javier piensa que la estatua parece estarlo mirando como si se hubiera bajado de su dolorosa gloria para acompañarlo, entendiéndolo de algún modo después de tanto verlo allí sentado junto a Gabriela.

—Yo voy a tener que seguir en el canal —susurra Javier.

—Ya sé.

–Claro que si tú estuvieras conmigo, si tú pudieras estar conmigo, a lo mejor la cosa sería distinta. A lo mejor podría irme y empezar contigo. Empezar los dos.

Lo ha dicho lentamente como una liberación.

Gabriela lo toma de la mano.

–Sigamos así nomás. Así nomás para siempre, Javi. Tú, yo y Guido.

XXIV

¿Cuál es su plan? ¿Qué va a pasar con él? Se imagina una noche, la primera huida con el dinero en el maletín. El avión se endereza en la pista, corre a una velocidad suicida, se estremece en un lento crujido de fierros, y pronto logra una caída horizontal, el metal apretado, el mundo se aligera, la ciudad de Lima queda debajo de él y a su lado la negrura infinita, el cielo.

La oscuridad ilumina el agua, enciende la liquidez inmunda de estrellas, los perfiles de los barcos. Piensa que muchas de esas estrellas corresponden a soles desaparecidos hace miles de años cuya luz muerta sigue cruzando el espacio. El doctor Montesinos se reclina, aprieta la mano al costado, se balancea el asiento, la pesadilla del futuro se materializa, los golpes de viento suenan en las alas mientras la gran caverna negra lo recibe, se lo traga y ya no queda sino el humo ruidoso, sabe Dios cuándo, la realidad va a desordenarse, a perderse sin su centro. Nada de lo que queda aquí atrás va a durar. Está huyendo, ¿es posible? Va a embarcarse en ese corredor, entrar en la madrugada de su infancia, lejos de quien es, al otro lado, un retiro temporal. Tiene a Jacky, a los hombres de la guardia. Mira la pared sucia, el hilo húmedo de plata, las sombras de los que se quedan. Su venganza va a ser mirar de lejos la destrucción, el enjambre de insectos que va a ser el nuevo gobierno. Hasta que lo llamen, hasta que le pidan de rodillas. La vibración de fierros, el cielo hueco, el Perú disminuyendo, desapareciendo en el chorro oscuro, pero cuándo, cómo, cuándo el mundo se abrió, cuándo si hace poco. El olor de los cadáveres acumulados, el llanto de los cadáveres, los huesos incinerados, algún día, los cuerpos sin cabeza.

La política es así, la realidad es así, el Perú es así. Festejar entre esqueletos, lograr los objetivos y recorrer la galería de ojos salidos, pechos reventados, billetes floreciendo en las solapas. Si Fujimori había fracasado en lograr una mayoría, él había tenido que lograrla. Si alguien se resistía a obedecer, él había tenido que convencerlo. Por asegurar el gobierno, por hacer estable el mundo. Regresar, escapar, la sábana negra de agua que se corta, entra en la oscuridad. Imagina el futuro: ¿vendrán por él?, ¿esposado?, ¿enjuiciado?, ¿llorando en un cuarto de fierro?

Artemio ve llegar al nuevo juez, Chicho González, la cara ansiosa, el pelo enrulado, la boca suelta.
–Buenos días.
–Ven un momento, Artemio.
–Sí.
–Dime, ¿no ha llegado el doctor Rodríguez?
–No.
–¿Sabes algo de lo que ha pasado?
–No.
–¿Ninguna novedad?
–No. Todo está muy confuso ahora.
–Claro. Bueno, avísame cualquier cosa.
–Ya. Yo le aviso.
Artemio llega a su sitio. A su lado Lidia voltea.
–¿Qué te dijo?
–Nada. Volvemos a la normalidad.

El viaje de regreso después de la carretera, los días en Trujillo con su prima Úrsula, los almuerzos en Huanchaco, la imagen del caballo de totora indemne sobre la ola. Su madre y

285

Nora la esperan, la ven salir del taxi, la abrazan. Gabriela entra a la casa, vaga por entre los muebles, toca las flores, ¿por qué duran tan poco las flores, cómo se convierte el perfume en una pestilencia?, alguien debía imaginar un museo de flores viejas, la idea la hace reír mientras se enfrenta a la televisión con un café y un cigarrillo, mira la ventana, ¿alguien viene a buscarla? De pronto una sombra, un ruido, el timbre cruza el aire como una fulminación.

–Yo abro –dice.

Es Ángela.

Tiene puesto un traje blanco. Hay algo de novia remozada, una niña que acaba de venir de una ceremonia de primera comunión en la que ha estallado un petardo y que sin embargo se ha limpiado el polvo, se ha vuelto a peinar y ha ido a pie a visitarla.

–¿Puedo pasar?

Le termina de abrir la puerta. La ve sentarse.

–¿Quieres un café?

–No, gracias. Venía a verte, a ver cómo estabas, nada más.

–Estoy bien. Estuve fuera un tiempo. Acabo de regresar.

–Ya.

–¿Y tú?

–Nada. Mi hermano se fue de Lima. Dejó a esa gente del gobierno. Eso quería contarte. Se fue.

Una pausa, el ruido de un carro, un gesto de Ángela hacia abajo, estira las manos, se las pone en la cara.

–¿Cuándo supiste de lo que hacía?

–Cuando me dieron el video. Pero así y todo te lo di. Tenía que dártelo. Pero nunca pensé que ibas a saber que era él.

Ángela abre una cajetilla. Gabriela le alcanza un cenicero. Hay un largo silencio.

–¿Cómo va todo en el periódico?

–Todo igual. Osmán anda aterrado. Seguramente van a caerle. Ahora va a empezar la investigación. Anda llamando a sus amigos a ver qué puede hacer. Pero igual manda poner titulares para Fujimori todo el tiempo.

—¿Y tu madre?

—Preocupada por mi hermano. Preocupada. Pero hay una cosa. Una cosa que te quería decir. O sea, mi hermano te salvó, ¿sabías eso?

—No.

—Cuando te estaban golpeando, cuando estabas en el sótano, él te reconoció, nos contó, yo lo había llamado, aprovechó que hubo una reunión de emergencia, te hizo sacar de allí, te metió en un carro y dijo que el doctor había ordenado que te fueras a la Cárcel de Mujeres y el secretario ese, ese señor que trabajaba con Guido, te encontró allí, te estaba esperando. Así que Beto hizo eso, no sé por qué, no sé por qué hizo eso, yo se lo pedí, y él me dijo que ni cagando te iba a ayudar y después te salvó, y se quitó, se fue de Lima, se escondió. Han ido a buscarlo a la casa varias veces.

Los ojos secos, la voz como una cuerda tensa en el aire. Ángela absorbe el cigarrillo. El cilindro se enciende, despide una luz apenada, Ángela lo deja en el cenicero. Gabriela se reclina.

—¿Y cómo supiste que yo estaba allí?

—Por Javier Cruz.

—¿Javier?

—Sí, el periodista de la televisión, él me llamó. Y había hablado con el asistente de tu novio, el que te sacó de la cárcel.

La cara aparece recompuesta en la neblina de esa tarde. Javier la había salvado y no se lo había dicho, había querido mostrarse ante ella sin heroísmos ese día en el parque, había querido probarla. Vaya, Javi, vaya contigo.

—¿Tú sabes una cosa, Gabriela?

—¿Qué?

—Beto, mi hermano, no siempre fue así tan malo. ¿Sabes?

Un carro pasa rugiendo junto a la fachada. Un silencio nuevo empieza, una caída en el aire.

—O sea, él no siempre fue así. Antes era otra persona —agrega.

287

—¿Antes cuándo?

—Cuando vivíamos en Toctos, en Ayacucho. Nosotros vinimos hace años a Lima. O sea, en esa época, éramos... no me acuerdo nada pero vivíamos en una casa, en las afueras, teníamos una huerta y un perro y unas gallinas. Yo no me acuerdo mucho.

—¿Trabajaban en el campo?

—Mi papá era director del colegio. Éramos tres hermanos. Mis dos hermanos mayores y yo.

Ángela hace una pausa larga. El teléfono suena. Nora se acerca a la sala.

—La llama su amiga Delia, señorita.

—Dile que yo la llamo, por favor.

Ángela alza el cigarrillo.

—Mi papá era un hombre bien trabajador. Trabajaba todo el día en el colegio y después en la huerta también.

—¿Y cómo así vinieron a Lima?

—Un día una columna de Sendero entró al pueblo. Tenían fusiles y granadas. Eran como veinte. Mataron a los soldados del cuartel y hablaron en la plaza. Después fueron al colegio y le dijeron a todos los alumnos que se reunieran y que cantaran los himnos de Sendero. Los alinearon a toditos en el patio y les dijeron que cantaran. Mi papá les dijo que no, ni hablar les dijo, ni hablar. Él no iba a cantar las cochinadas de Sendero delante de todos, así les dijo, no iba a dar ese ejemplo a los alumnos. Los senderistas empezaron a insultarlo y a cachetearlo en el patio, delante de los niños.

—¿Y?

—Mi hermano, el mayor, que era alumno del colegio, se acercó llorando a mi papá. Así que allí nomás le pegaron un tiro en la cabeza a mi papá y también a mi hermano. Allí nomás. Los mataron a los dos delante de todos los alumnos y profesores. Después los senderistas los llevaron a la Plaza de Armas y les pusieron unos carteles en el cuello. Mi mamá los vio así. Muertos, un cartel en el cuello que decía «así mueren los traidores del pueblo».

288

Había hablado con una voz monótona. Un motor suena a la distancia.

—¿Y tú qué edad tenías?

—Yo era chiquita. Tenía un año. Estaba en la casa con mi mamá. Mi hermano Beto tenía cuatro años. Si hubiera ido al colegio, lo habrían matado también a lo mejor. Pero los mataron a mi hermano mayor y a mi papá.

—¿Y qué hicieron ustedes?

—A mi mamá le avisaron tarde. Cuando fue, lo encontró a mi papá así, sentado, muerto, con el cartel. A él y a mi hermano. Ella misma le quitó el cartel. Se lo quitó y se quedó con ellos. Hizo un velorio, no fue casi nadie por miedo, después los enterró. Ella misma con la lampa de la casa. A veces me parece que la veo con la lampa enterrándolos, poniéndoles su cruz. Ella dice que estábamos allí. Yo no me acuerdo de casi nada pero a veces me parece que me acuerdo.

—Lo siento mucho, Ángela.

—Bueno, así fue, pues. Después nos vinimos. Los senderistas iban a regresar. Mi mamá tenía una hermana en Lima, en Comas, se vino acá. Puso su tiendita. Beto y yo fuimos al colegio aquí. Yo entré a estudiar periodismo en San Marcos pero él no estudió nada, iba siempre de un lado a otro, no duraba en ningún trabajo. Beto siempre vivía pensando en mi papá. Siempre hablaba de eso. Él sí los recuerda a mi papá y a mi hermano. Se acuerda de sus caras. Y mi mamá le contaba. Por eso creo que nunca estuvo bien, mi hermano. Siempre estuvo mal, siempre. Creo que se metió con el gobierno para tratar también de castigar a los terrucos, a los que los mataron. Hablaba de Pedro. Mi hermano mayor se llamaba Pedro. Me dicen que se parecía a mí también. Igualito a mí dicen que era. Cuando lo mataron tenía ocho años.

Se queda en silencio. Alza una mano como aceptando lo que acaba de decir.

—¿Y han vuelto al pueblo ustedes?

—Sí, volvimos. Todo está tranquilo ahora. Pero ya no queda casi nadie.

–¿Y tú qué vas a hacer ahora, Ángela?

–Voy a preparar mis papeles. Creo que dentro de poco voy a tener que buscar trabajo, al paso que va el periódico. Voy a estar bien, algo va a salir. Una tiene que vivir estas cosas, ya no podemos hacer nada a veces. ¿A quién le reclamamos?

–No sé.

Una pausa larga.

–Oye, se me va haciendo tarde. Me están esperando.

–¿Te tienes que ir?

–Bueno, quería pasar por aquí un ratito nomás. Tengo que irme a ver a una tía que vive por aquí.

–Te acompaño un rato.

Salen al aire frío. El ruido intermitente de carros, bocinas, el rumor sostenido. En el camino, Ángela le pregunta qué va a hacer. No sé. Volver al colegio, no creo. Ya veré. Voy a tener que hacer algo. ¿Tienes miedo de que te busquen? Sí, estuve fuera de Lima un tiempo pero tampoco puedo irme para siempre, dicen que no vino nadie, también pienso que ya me habrían encontrado, ya no creo que me pase nada, estarán pensando en otras cosas, supongo. Yo no soy tan importante después de todo. A lo mejor piensan que me fugué con tu hermano, sonríe.

Al llegar a la avenida Arequipa, un microbús pasa junto a ellas. Ángela se acerca a Gabriela.

–A lo mejor nos veremos algún día –le dice.

Se abrazan. Ángela sube. Gabriela ve la caja de fierros desapareciendo.

Dónde, adónde, huir para siempre, desde la madriguera de su personalidad, la armadura del silencio, estirar la risa, congelar los ojos, el mundo en retazos de afuera. Sin la voz del doctor, no te preocupes, todo está bajo control, sin las certezas del doctor, nada va a pasar, ¿nada va a pasar?, el temblor en la garganta, no saber hasta cuándo, el retorno otra vez, el humillado japonesito presentándose, la gente blanca en la ventana que lo

290

mira, otra vez los ojos lentos, llevando las flores en su Monark, otra vez en el cuarto oscuro mientras su padre mide las telas con el metro marcando con tiza, mientras él imagina que quizás, que algún día.

Asomado al balcón de Palacio, frente a las luces de la plaza, las caras de la gente a la que había pedido que colaborara con él. Ministros, parlamentarios, periodistas, empresarios, todos sonriéndole. Nunca había sentido nada por ellos, extraños que lo apoyaban, caras en blanco, cuerpos flotando.

El presidente se alejó de la ventana, miró la cantidad de maletas en el cuarto. Iba a partir al día siguiente, no iba a regresar ¿Renunciar? Renunciar enviando un fax. Un roedor asoma la cara, mira el mundo, husmea, alza los dientes, se recluye otra vez, se aleja corriendo dentro de él para siempre, para siempre.

Gabriela había pasado todo el día en la casa, leyéndole a su madre, hojeando los periódicos, tomando pastillas.

A las nueve abre la puerta. Delia está allí, los ojos enormes, los hombros alzados de la respiración.

–Oye, chica linda, por fin te encuentro.

–Hola, Delia, cómo estás.

–Te estuve llamando.

–Debe haberse quedado descolgado.

–¿Escuchaste la noticia?

–¿Qué noticia?

–Ay, que cayó el gobierno. Fujimori renunció. Mandó su renuncia.

–Ya.

–Pero ¿qué te pasa? ¿No te encanta? Vístete que vamos a la calle a ver.

–Pensaba acostarme temprano.

–¿Qué? Vamos, hija, que todo el mundo está hablando de eso.

–¿Adónde quieres ir?

La avenida Diagonal, las mesas del café Haití, los grupos en círculos dispersos, la voz de una mesa a otra, «dicen que han capturado a Montesinos», Delia y Gaby sentadas junto al vidrio.

–Pero mira, por fin cayó el gobierno. ¿No te parece bacán?

–No me parece nada.

–Pero es que los que mataron a Guido. O sea, por fin se jodieron, ¿me entiendes?

–Sí.

–Parece que nada te alegra, oye.

–Creo que tengo que ir a ver a alguien –dice Gaby, sacando el monedero–. Te dejo diez soles para la cuenta.

–¿Qué? ¿A quién?

–Hace tiempo que no voy.

–¿Adónde?

–Tengo que irme. ¿Te puedo ver mañana? Por favor, llámame. O yo te llamo. Tú eres mi única amiga, Delia.

–Ay, ¿te vas?

Gabriela deja un billete en la mesa. Camina entre los grupos de gente, cruza el parque.

La primera tentación del poder, piensa, que se exprese en un territorio. Mientras más grande es tu casa más poder tienes, o así piensa el anfitrión, así creen los invitados. Es lo humano: fundar un trozo de territorio y ser el emperador, un ama de casa por ejemplo no permite intrusiones en su cocina, en su comedor, en su jardín, lo mismo que un gerente en su oficina o un agricultor en su campo o un profesor en su salón de clase. El espacio da un tiempo y no viceversa. Cuando un anfitrión pone un individual o un tapete en la mesa del comedor le está dando a su huésped un espacio temporal en el que ejercer su dominio, le está entregando un trozo de su propiedad de sí mismo. ¿Qué mejor prueba de afecto puede haber? El que se sienta en la cabecera domina la mayor cantidad de espacio. Apropiarse y dominar una parcela es un instinto natural, excepto que el doctor había extendido esa erótica del espacio, había querido apropiarse del mundo, comerse los territorios de otros, los cuerpos de otros, extender su cuerpo en otros.

Lo había sentido esa mañana al caminar junto a una muchacha modesta en la vereda. Hay cuerpos que parecen estar hechos de nada, cuerpos que anulan su propia materia, que abren el espacio. El de esa muchacha por ejemplo junto a la cual había caminado una cuadra sin sentirlo. El cuerpo de otros, en cambio, el cuerpo de Montesinos por ejemplo, irradiaba un vacío, un campo magnético (¿hecho de qué?, ¿de su mirada, de su cabeza, de su pecho, de su ropa?), una serie de anillos invisibles que detenían todo objeto en movimiento, un escudo natural. El poder, un asunto del alma formando el cuerpo.

Javier deja de escribir y alza el teléfono.

–¿Y?

–¿Qué?

–¿Qué te parece la noticia?

La risa de Tato: una serie de golpes cortos, espasmos, quejidos, tintineos.

–Me parece que de ahora en adelante va a estar bien divertido el noticiero.

–Sí, pues, bien divertido. ¿Te ha llamado don Ramiro?

–Quiere que vaya a su casa. Está citando a todo el programa de noticias.

–¿Y vas a ir?

–Claro. Y tú también.

Javier cuelga el teléfono. Pasa junto a Marita, la descarta, «ya nos vemos», y llega al carro.

Hay un murmullo de rostros fúnebres sobre los muebles mientras don Ramiro hace las veces de un difunto que habla por celular en medio del velorio. Javier encuentra una silla libre y se aclimata al silencio de asamblea solemne que rodea a don Ramiro. La sala tiene paredes altas, cuadros en marcos de pan de oro y una mesa de cristal macizo sobre una alfombra multicolor. Los ángeles coloniales en la pared de pronto parecen presidir la ceremonia, los ojos hipnóticos, las alas angulares, la piel encerada de una inquisición de condenados. El viento ondula la cortina, alguien pide que se cierre la ventana pero nadie se levanta.

—¿Qué va a pasar ahora? –dice una voz detrás de él.

Javier mira a don Ramiro, mira a Tato, mira a Jimena y se ve unas semanas antes sentado en el parque de Lince, se ve junto a Gabriela, caminando en silencio junto a ella, y se pregunta por qué no le contó que fue a ver a Montesinos y a la casa de Artemio para tratar de salvarla, por qué no le dijo que llamó a Ángela. Hice algo, me arriesgué por ti, te estuve buscando como te he buscado siempre. La escena final entre ellos se había conformado con su gratitud y su lástima y su tibieza, su heroísmo tardío. No había logrado más que los rezagos de su afecto, lo que Guido no se había llevado al otro extremo, hasta que ella le había dicho esa frase que ahora se superpone a las acongojadas de don Ramiro, amo a Guido pero no puedo vivir sin ti, las palabras en voz baja que lo ponían a él en la vida, pero a Guido sobre él en la muerte, desde ese lugar de neblina crispada donde siempre Guido iba a mirarlo con la superioridad de los fantasmas siempre.

Cuando por fin don Ramiro cuelga el teléfono y lo oye decir algo así como «vamos a ver lo que podemos hacer en esta nueva etapa», su voz llega desde una distancia galáctica hasta que don Ramiro lo observa y le pregunta «¿qué opinas?» y él se va a parar y va a decir «sinceramente, yo te sigo, Ramiro, por el bien del canal», y luego llena el vaso de whisky, pone dos trozos de hielo, los agita, y se enfrenta al espectáculo de don Ramiro y esa carroza inmóvil de condenados. Las cosas van a ser difíciles, tenemos que salir bien claros con nuestros argumentos, ya sabemos las acusaciones que vamos a tener pero es muy importante que todos sepamos lo que vamos a decir, las caras de gravedad de Tato, de Jimena, de Humberto, de Bruno, de los hermanos y sobrinos, de Panchito, las arrugas inciertas, un montón de gallinas ansiosas mirando al gallo sombrío y él cacareando y batiendo las alas rotas ante todos. Javier hunde la boca en el vaso otra vez, juega con los hielos en la lengua y se detiene: allí, abajo, en esas dos bolas de cristal ruidosas ve las imágenes sucesivas, el documental biográfico, el blanco y negro de su futuro: reuniones entre bocanadas de humo, reproches en voz baja, comunicados a la opinión pública, oler a Marita, hacer nuevos juegos con Paola, el nudo de la corbata lo más apretado posible, vamos a buscar soluciones, don Ramiro, lo importante es proteger a la familia.

Toda la inmovilidad de su pasado se le aparece en ese instante, como si esos pobres murmullos de pesadumbre destilaran las frases que de veras se adecuaban a ese momento en el que iba a rendirse para siempre. «Eres Javier», «no eres Guido», «vas a vivir mucho tiempo», «vas a despertarte siempre acompañado», le decían las voces. Sentía la comodidad del sofá, el perfume frío del aire, el brillo de los vasos. Se dio cuenta de que nunca iba a dejar esa sala. Tenía el cuerpo acondicionado a las formas de los cojines. El terrible placer de ese fracaso lo abrumaba. Era a Gabriela a quien debía el último resto de su coraje. Sin embargo, iba a hacerla a un lado desde entonces. Iba a seguirla viendo en la morbidez de sus confesiones, la lástima de su mediocridad, la clandestinidad de sus emociones frustradas. La vida era una línea plana, no una cuesta. El tiempo era una sucesión. El vehículo del mundo marchaba a toda prisa y él había encontrado un lugar en su interior. Montones de manos se estiraban para buscar el pequeño nicho en el que estaba sentado. El futuro se iba angostando. No podía, no tenía las fuerzas para abandonarlo. El hielo de su egoísmo y las cortesías de su miedo lo habían acondicionado a esa forma inclinada de la soledad. Era un empleado del destino. Creía a pie juntillas en el azar. Esta vez el azar se había organizado a su alrededor. Iba a seguir como un aristócrata discreto rodeado de idiotas balbucientes. Confundido en la masa de hombres a los que despreciaba y con quienes hablaba en una intimidad vencida.

Mira el color acaramelado del whisky, siente que va a hundirse en las líneas del hielo y en su último gesto de rebeldía alza el vaso y se termina el líquido de un solo trago.

Ahora lo recuerdas, cómo preparaste la huida, cuándo te vas, esta semana, la próxima, en octubre, en noviembre, el pasaporte japonés, recuperar los videos en los que apareces recibiendo los sobres, hablando de la plata, limpiar tu cara de la mugre de estos años, quién eres, un fugitivo, todos te han traicionado, sin Montesinos eres otra vez un pobre profesor, el hijo de un sastre perdido en los callejones de Lima, quién soy, nadie me oye, nadie me quiere, nadie me busca, todos miran para allá, las pitucas de Lima, los hombres de terno, dónde vas. Solo. Fuera. El mundo no me sostiene, estoy tan lejos, los que me defienden no saben nada de mí. He robado y mentido y engañado tanto. No sé. No sé nada. Estoy tan acostumbrado a la mentira y al robo, desde que conocí el mundo, no puedo respirar sin mentir, sin robar, sin saber que tengo plata. Tengo tanto, no sé cuánto dinero. No puedo ser como los otros, elegantes y versados, no puedo. Lejos, lejos, lejos, a salvo, hundido en el cuerpo de mi nueva mujer, traer a mis hijos, estoy tan lejos, voy a volver un día, van a llamarme, voy a regresar.

Las diez, ¿estarán despiertos? Aún tenían una luz prendida. Se baja del taxi. Pisa el camino de piedras con el jardín al lado. Aprieta el botón.
Don Jorge aparece.
–Gabriela.
–¿Cómo está, don Jorge?
–Pasa, hija, qué sorpresa, que bueno que viniste.
Todo parece sencillo y limpio, como la primera vez. La sala de muebles blancos, la mesa de cristal al medio, las flores en una esquina.
–Perdone que no pude venir antes, don Jorge.

–No te preocupes. ¿Te puedo invitar algo? ¿Un jugo, te provoca?

–No, gracias.

–Qué bueno que viniste, Gaby. Martha está acostada ya. Ni se ha enterado de la renuncia de Fujimori. Yo estaba aquí viendo la tele.

Don Jorge alza el control remoto y la pantalla se disuelve.

–¿Cómo está tu mamá?

–Allí, igual.

Una pausa, una bocina distante, el rugido de un motor.

–¿Está bien la señora Martha?

–Sí, está bien. Se acostó porque nos estamos levantando tempranito ahora. Vamos a misa de ocho todos los días.

–¿Todos los días?

–Nos parece que Guido está más con nosotros cuando estamos en la iglesia. A veces nos parece que está con nosotros allí, sentado, escuchando el sermón, como antes.

–A lo mejor puedo ir mañana con ustedes, don Jorge. Puedo ir a misa con ustedes.

–Claro, hija. Todas las veces que quieras. Y, mañana, ¿por qué no te caes después a almorzar también? Mi hija Anita viene con los chicos.

–Ya, don Jorge.

Gabriela se para, mira la sala a su alrededor, todo parece tan cercano.

–¿Qué has estado haciendo, hija? No te hemos visto en buen tiempo.

–Don Jorge, ¿quiere que le cuente de verdad?

–Sí. Dime.

–Yo quise hacer algo, don Jorge, no me conformé con su muerte y quise hacer algo.

Está sentado, las manos en el sillón, un rey sereno observándola.

–Pero, ¿qué podías hacer, Gaby?

–No sé. Quise hacerle algo a Montesinos. Lo busqué. Estuve cerca.

Los ojos de don Jorge han asimilado la confesión con un movimiento de las pestañas. Algo se convierte en sus ojos y por fin la enfrenta. Se alza en el sillón, estira la cabeza hacia ella, habla con un susurro.

—¿Por qué hiciste eso, hija?

—Porque sentía... que tenía que hacer algo así.

—¿Pero por qué?

—Por él.

—¿Por Guido?

Gabriela se acerca a la ventana. El parche de pasto rociado de luz, la luna había aparecido de pronto con una piel cruda, despedazada de manchas negras. Vuelve a sentarse.

—Pero después pensé en acabar yo también, o sea en matarme yo también, ¿me entiende? Quise matarme y...

—¿Pero qué hiciste?

—Me metí al mar. No pensaba en nada pero empecé a nadar y llegué bien adentro y desde allí quería dejarme ir, estaba por fin sola adentro, al fondo, más allá de las olas y las espumas, todo se había tranquilizado, estaba sola y en calma, empecé a bracear, tenía una energía no sé de dónde y pensé en dejarme llevar y de repente habría sido fácil, dejarme llevar nomás, pero de repente, no sé cómo, de repente me di cuenta de que morirme era no sé, era como perder a Guido, ¿me entiende?, pensé en él cuando estaba allí sola en el agua, pensé más en él que nunca, y me di cuenta de que estoy con él ahora porque estoy viva, y lo tengo conmigo, así como ustedes lo tienen, como ustedes lo tienen porque lo sienten aquí en la casa o porque van a misa como iba él, yo no lo tenía y pensé en morirme para encontrarlo pero allí adentro me di cuenta de pronto de que morirme era perderlo, o sea era que él estaba aquí, en estas cosas, en su casa, en ustedes, y no sé, se me ocurrió que debía vivir, seguir aunque sin él pero con él, o sea pienso que no pude hacer nada, pero que algún día les llegará de verdad su castigo, pero eso no es un asunto mío o mejor dicho sí, es mi asunto, pero no sólo mío, pero los que lo mataron no me importan tanto ahora, necesito estar con él, don Jorge, y que esté conmigo, y por eso tengo que seguir, verlo a usted y a la señora Martha y venir a esta casa, ver a los hijos de Anita, y a ustedes, verlos a ustedes, ¿me entiende? Los hijos de Anita se le parecen un poco a Guido. Es un poco tonto a lo mejor. Yo tengo que recuperarme, claro, es lo que todos dicen, tienen razón. Me dicen que tengo que sobreponerme, que debo recuperarme, don Jorge. Pero no es una cosa de reponerse sino de seguir con él.

—Has pasado por muchas cosas, Gabriela. Creo que es hora de perdonar.

—Yo no entiendo lo de perdonar, don Jorge. Pero lo que sí podemos hacer, discúlpeme, es entender. Entender, ¿no?

—¿Entender qué, Gabriela?

Gabriela baja la cabeza, en el vidrio del jardín hay una llovizna progresiva, una serie de gotas acumuladas que estallan en líneas largas, se acumulan en el borde.

—O sea, nadie lo va a decir nunca pero yo creo que Guido con lo que hizo, con lo que resistió, o sea con ese poquito que aguantó y gente como él, yo creo que ayudó a cambiar las cosas, o sea yo creo que quien sea, quien sea que resiste un poco, en cualquier sitio, o sea el que se niega a aceptar la mugre que alguien le impone, ese tipo es el que ha cambiado o está cambiando algo, o sea es el que nos salva un poco. El otro día una amiga me dijo que su papá era director de un colegio en Ayacucho y que Sendero entró a su pueblo y que lo quisieron obligar a cantar las canciones, o sea los himnos de Sendero, cantarlos delante de sus alumnos, y ese señor se negó. Se negó, ¿me entiende? Se negó porque le parecía mal que él le diera ese ejemplo a sus alumnos, o sea cantar esos himnos horribles, esos himnos de un montón de asesinos hijos de puta, un montón de asesinos senderistas de mierda delante de sus alumnos... Y él sabía que lo podían matar, y sabía que seguro que nadie iba a acordarse de él pero sus alumnos iban a acordarse, sus alumnos iban a acordarse, eso es lo que le interesaba, y entonces no creo que haya dudado mucho ese señor, porque ése era su colegio, y era su pueblo, era su guerra, o sea ésta es la guerra de todos nosotros, todos los días, y era la guerra de Guido y es la mía y la suya, es la guerra de ser nosotros, o sea no ser unos cobardes o unos asesinos o unos indiferentes de mierda, disculpe, don Jorge, o sea a veces pienso que el hecho de que estemos vivos a lo mejor se lo debemos a alguna gente a la que no conocemos, o sea esa gente que hizo algo un día, algo como parar a un terrorista o no obedecer a un corrupto, y a lo mejor si nosotros estamos aquí es por esa gente que hizo algo una vez y ahora esa gente descansa sola, nadie se acuerda de ellos, ¿no? La bondad nunca es pura pero la bondad existe, ¿no cree?, existe en todas partes. Y también hay algunas personas ahora que valen la pena. Yo lo quise tanto a Guido y ahora lo quiero más y creo que tuvo razón en lo que hizo, nos ayudó a todos en lo que hizo, a lo mejor nadie se va a acordar de él, nadie va a escribir sobre él pero yo sí y algún día si tengo hijos ellos van a saber de él, como mi amiga sabe de su padre en Ayacucho y como los hijos de mi amiga sabrán de su abuelo, y como ellos hay tanta gente que hizo lo que su conciencia... o sea ésa parece una palabra muy solemne, ¿no?, su conciencia, pero no es nada solemne, es algo que a Guido le salía de los cojones, ser honesto le salía del alma, disculpe, don Jorge, así como hay otra gente que ser corrupto o ladrón o asesino le sale del alma, él era así, tenía que ser así, y ahora él y otros están por allí, olvidados o muertos o jodidos o pobres o ignorados, y a ellos les debemos estar aquí, a lo mejor por ellos no llegó Sendero y por ellos no siguieron Montesinos y Fujimori, por ellos, no por mí, no por los que no pudimos pasar al otro lado. Y aunque la gente los olvide, no creo que se arrepientan. No se arrepienten de lo que hicieron. Yo siento que él me mira a veces, don Jorge. No sé pero a veces pienso que sus grandes miradas me van a acompañar siempre, siempre. Lo siento, don Jorge, creo que me he emocionado mucho, lo siento.

Un velo de llanto la interrumpe. Trata de recuperarse mientras escucha algunas frases.

—Guido fue un gran hombre. Él está con Dios y ése es nuestro consuelo.

—Yo le reprochaba a veces seguir allí, en el Poder Judicial.

O sea, yo no lo acompañé en lo que era lo más importante para él, don Jorge. Yo quería casarme y tener mi casa, y ser feliz con él. Eso nomás quería.

–Nadie te puede echar la culpa por eso.

Mira hacia abajo. Hay un largo silencio. Gabriela siente que el cuarto se aclara frente a ella. Una serenidad progresiva, parecida a la lucidez del cansancio, la va fortaleciendo. Se pone de pie.

–Ha sido muy bueno verlo. Muchas gracias, me siento un poco mejor. Gracias.

–Gracias a ti por venir, Gaby.

–Mañana vengo temprano, don Jorge.

Gabriela avanza y don Jorge llega con ella a la puerta. En el umbral, él la toma de los hombros y la besa en la frente. De pronto los ojos de don Jorge se asimilan a los ojos marrones de Guido, los mismos ojos con los que la había mirado el día que lo encontró vivo en la puerta de su casa junto al taxista, en medio de una lluvia de monedas. Antes de que el rostro de Guido desaparezca, ella se acerca y lo abraza. Piensa que nunca, en toda la vida que pueda quedarle, va a volver a abrazar así a un hombre.

Camina hasta la esquina, no siente el ruido de sus pasos, se instala en el asiento trasero de un Tico amarillo y trata de ignorar los comentarios del chofer sobre la caída del gobierno.

Prende las luces de la casa. Saluda a Nora, ve a su madre y entra al dormitorio.

Se sienta en la cama y estira el brazo hacia el cajón de la mesa de noche. Coge el videocasete. Lo sostiene, lo pone bajo la almohada y se echa. Piensa que va a quedarse dormida.